U0116930

企业价值提升的机理与路径

——基于中国建筑业的经济学分析与实证研究

Value Enhancement Mechanism & Paths：
Economic Analysis & Empirical Research Based on Chinese construction industry

陈宏伟　著

科学出版社

北京

内 容 简 介

本书以当前中国建筑企业发展所面临的挑战与机遇为出发点，对中国建筑业的真实存在状态进行了系统的经济学解释，对建筑企业的价值活动及其驱动因素进行了理论和实践上的较为全面和系统的分析研究，创造性地构建了一套能够揭示建筑产业本质的新的理论、方法和观点。本书针对中国建筑企业的成长问题，从产业组织理论角度进行重新审视，围绕现实复杂环境下建筑企业如何实现价值提升这一中心问题进行理论和实践研究，为解决中国建筑企业的发展提供了理论依据和实践方法。

本书可供建筑企业、监理、设计、咨询等单位管理人员和相关行政主管部门人员参考，也可作为高等院校及科研院所人员的教学研究参考书。

图书在版编目 (CIP) 数据

企业价值提升的机理与路径：基于中国建筑业的经济学分析与实证研究/陈宏伟著. —北京：科学出版社，2011

ISBN 978-7-03-029706-8

Ⅰ.①企… Ⅱ.①陈… Ⅲ.①建筑企业-工业企业管理-研究-中国 Ⅳ.①F426.9

中国版本图书馆 CIP 数据核字（2011）第 240442 号

责任编辑：徐 蕊/责任校对：宋玲玲
责任印制：张克忠/封面设计：陈 敬

科学出版社出版
北京东黄城根北街 16 号
邮政编码：100717
http://www.sciencep.com

骏 走 印 刷 厂印刷
科学出版社发行 各地新华书店经销

*

2011 年 3 月第 一 版　　开本：B5（720×1000）
2011 年 3 月第一次印刷　　印张：16 1/4
印数：1—2 000　　　　　　字数：300 000

定价：**39.00 元**
（如有印装质量问题，我社负责调换）

专家评语之一

　　经济学和管理学都是研究稀缺资源的配置与效率问题的学说，但其研究目的则有所差异，前者的研究目的是分析社会资源利用和配置方式对社会经济发展的影响；管理学的研究目的则是提供实现其目标的组织资源最优使用原理和方法。面对现实的经济世界和企业组织，经济学必须与管理学有机结合才是探讨市场和企业效率的有益方法。陈宏伟博士在对中国建筑业价值提升的机理与路径进行经济学分析的同时，还创新性地应用管理学方法对中国建筑企业价值驱动机理理论进行了实证分析和验证，是经济学和管理学研究相结合的好例子，研究思路和方法值得肯定和推广。

中国工程院院士

中国社会科学院学部委员　

专家评语之二

　　在国际权威的《工程新闻纪录》杂志（简称 ENR）排名中，中国建筑企业表现非常突出，包揽了前两名，且在前十名中占其五。中国建筑企业的快速发展，得益于中国经济发展的良好态势和国企改革的深入推进。但我们要清醒地认识到，在高速发展的表象下，难掩企业"内核"的落后。与国际先进企业相比，中国建筑企业的持续价值创造能力乃至核心竞争力还有明显差距。在本书中，陈宏伟同志以其长期实践经验为基础，对影响我国建筑企业发展的关键因素进行了较为全面研究，系统论述了建筑企业价值实现的一般路径，这对建筑企业未来发展具有重要的参考价值。

中国铁建股份有限公司董事长

中国铁建股份有限公司总　　裁

序 言

　　"十一五"是中国经济发展极不寻常的 5 年，在即将过去的 5 年中，中国经济既有高增长低通胀的理想格局，亦有高增长高物价的过热场面，更因国际金融危机冲击而遭遇了经济急速下滑、通胀和通缩轮番登场的考验。从 2006 年到 2009 年，"十一五"前 4 年我国国内生产总值年均实际增长 11.4％，比"十五"平均增速 9.8％加快 1.6 个百分点，比世界同期水平快 8.2 个百分点。2010 年上半年，中国 GDP 又实现了 11.1％的增长，取得了辉煌的成就。在这一历史进程中，中国企业的发展对中国经济社会的发展起着基础性的作用，几乎所有的经济学家都认可这样一个观点：企业是现代社会最为重要的核心组织，企业的发展是一个国家繁荣富强的最终依靠。

　　然而，一个无法回避的事实是：经过多年的发展，中国在被称为"世界工厂"的同时，尽管拥有世界上任何国家无可比拟的最能吃苦耐劳的劳动者，但没有形成技术熟练的产业工人大军；能制造各种先进的产品，但只能照图加工；有庞大的生产能力，但难以集成完整的产品；拥有世界最多的工厂，乃至最大的企业，但只能进行初级生产；企业能够产生巨大的营业额，但只能获得低得可怜的利润率，消耗了过多的资源，付出了巨大的环境代价，但企业整体效益却不好，水平也不高；企业的发展更多的是来自要素的消耗，而不是能力的提升。中国企业的发展已经走过了规模扩张的粗放式发展阶段，面对着社会、资源和环境的压力，我们要到哪里去？站在"十一五"和"十二五"的交界处，需要做出一个正确的判断与选择。

正视问题方能找到应对之策，我国从 1953 年开始制定第一个五年计划以来，每个五年计划都根据不同的经济背景，为国家的发展战略和发展政策确定了不同的方向和重点。"十二五"发展规划的重要任务将是结构调整、产业升级和节能减排，强调经济增长的质量和效益，加快经济发展方式的转变，这是针对中国社会的发展阶段和当前我国经济、社会发展中存在的一系列不平衡、不协调、不可持续等突出问题和矛盾提出来的。在上述规划背景下，中国企业如何提高业绩增长的质量、实现可持续的价值提升，成为"十二五"期间需要面对的首要命题。

回顾现代西方经济学对于企业本质的探讨，重心主要集中在两个方面：一是企业为什么产生，二是企业如何发展。斯密用分工和交换理论启蒙了企业本质的研究，李嘉图和科斯从交换的角度探视了企业产生的本源，新兴古典经济学则复活了分工理论，从专业化分工和市场交换相统一的角度探索了企业组织的本质。上述理论虽然逐渐揭示了企业来源的本质，然而关于企业如何发展的问题则始终争论不休。在中国经济持续快速增长的最近 30 年中，对中国经济发展的解释出现了"理论误判症"：一方面，理论不能令人信服地解释发生的现象；另一方面，实践的发展路径与理论预期不符。梳理一下有关企业成长的研究，可以概括为三个研究视角：一是规模经济视角，二是资源能力视角，三是企业家视角。这些研究不断拓宽着企业成长理论的研究，形成了多方面的研究结论。然而，放在中国企业成长的时空背景下，还不能回答诸如"什么样的企业增长才是可持续的、有意义的？"、"企业怎样实现有价值的成长？"这样一些现实问题。

我国企业理论，尤其是企业成长理论的研究长期没有靠近现实，对于中国这样一个转型中国家，企业如何实现可持续的、有价值的增长和发展，缺乏深刻的产业研究。建筑业是国民经济的支柱产业，对建筑企业的研究具有重要的意义。陈宏伟博士以其在建筑企业一线的长期实践观察以及研究积累，对以上困扰企业发展的核心问题进行了大胆思考和深入研究，从企业价值成长的视角探讨了企业成长的基本规律和机理，是对企业成长理论的一种创新。他撰写的《企业价值提升的机理与路径》专著以目前建筑企业发展所面临的挑战和困境为出发点，针对中国建筑企业的成长问题，从产业组织理论角度进行重新审视，围绕现实复杂环境下建筑企业如何实现价值提升这一中心问题进行理论研究和实证分析。书中基于"价值创造"的企业成长基本动力假设，创造性地构建了一套能够揭示建筑产业本质的新的理论、方法和观点，为解决中国建筑企业价值提升提供了理论依据和实践途径。尤其是首次提出"完整建筑产品"的概念，构建"建筑业市场结构分解谱系图"，引入"微笑曲线"分析范式等，这些研究令人耳目一新。

　　总体来看，本书通过对中国建筑企业价值构成及其内在机制实现的基本逻辑的建立，对建筑企业的竞争能力、组织能力及生产方式的动态研究，对中国建筑企业竞争优势的源泉，以及未来中国建筑企业的成长方式和价值创造与提升路径的探索，具有很好的理论意义和实践指导价值。

国 务 院 参 事　　袁伦渠　2010年11月
北京交通大学教授

前　言

　　任何一个企业理论都必须回答两个基本问题：企业存在的理由是什么？什么因素限制着企业的成长和发展？改革开放以来，伴随中国经济持续快速增长，中国建筑产业得到空前发展，频频引起全球关注，但是建筑企业的商业模式、生产组织方式和市场运作方式等"内核"并没有显著改善。政府主导下的巨无霸龙头企业的快速生成，只是宏观经济高速增长下带动的超常规发展，而不是市场优胜劣汰的结果，中国建筑企业长期处于一种低技术水平、低人力资本、高用工数量、高产值增长和生产率增长缓慢的低水平动态均衡，中国建筑企业目前的成长模式是不可持续的，无法适应资本、信息、交通、知识等变化所引发的产业内涵的变化。

　　建筑产业具有独特的经济学特征，由于缺乏对这些特征的揭示，现有理论不能有效把握影响建筑企业竞争优势的核心问题，也就不能很好地回答诸如建筑企业应朝哪个方向发展，什么样的发展与增长是有价值的，价值提升的机理与路径是什么等关系我国建筑企业成长的关键问题，对于企业成长的研究，一直缺乏理论的深度。在"存在就是合理的"、"摸着石头过河"这样一些试错方法的支持下，在锦标赛式的经营规模赶超中，中国建筑企业确定、调整着自己的战略选择，企业规模得到快速扩张。但是，从本质上分析，企业失去了提升与转型的重大发展机遇，改革开放 30 年以来，只是一个比 30 年前拥有更大一些的规模、更现代一些的机器、更时尚一些的管理方法，除了规模的扩张，企业的市场、生产组织方式、企业的商业模式基本没有改变，企业还在做着 30 年来一样的事情，即使"走出去"也只能做一些低端的活儿，更多的还是数据的辉煌。没有人觉得有什么不对，依然不知疲倦地发起一轮又一轮锦标赛式的规模扩张运动。30 年来，对建筑产业和企业的研究，只存在于管理学的范畴，主要是对项目管理、资源配置、成本控制、规范基础管理这样一些车间管理层面的研究。但是，作为一个市场中的企业，企业的意义究竟是什么？现在建筑企业的存在是一个什么样的状况？什么样的发展与增长才是有价值的？面对高速发展的信息时代和瞬息万变的市场环境，现实中的建筑企业发展模式受到了严重的挑战。

本书应用经济学理论，尝试以"价值判断"为标尺，研究企业的成长与发展问题。书中对建筑产品与建筑产业的经济学特性进行分析，提出了"完整建筑产品"的概念；建立了"建筑业市场结构分解谱系图"；应用产业组织理论 SCP 范式，分析中国建筑企业的市场结构、市场行为、市场绩效等状况，剖析中国建筑企业价值成长过程；引入了"微笑曲线"概念，构建了建筑企业在不同发展模式下的微笑曲线模型；在现状研究的基础上，本书对我国建筑企业价值驱动因素进行经济学分析，提出了建筑企业价值实现的一般路径。同时，本书深入研究了顾客价值系统、建筑企业内部相关者价值系统、建筑企业外部相关者价值系统的价值需求、价值创造过程及驱动因素。在建筑企业价值驱动因素分析基础上，构建了三阶段的建筑企业价值提升方式，提出了通过建筑企业价值链来拓展和提升企业价值的新思路，并就如何通过提供完整建筑产品实现建筑企业价值提升和企业转型进行了分析论证。针对上述建筑企业价值提升方式，本书提出了建筑企业价值评价的基本思路和框架，以经济学理论为基础，融合管理学方法论，从企业价值创造的角度出发，建立了基于价值关键驱动指标的建筑企业评价模型，并以中国铁建股份有限公司为研究案例，进行实证分析和验证。

　　本书以目前建筑企业发展所面临的挑战和困境为出发点，对中国建筑企业的价值活动及其驱动因素进行了理论和实践上的较为全面和系统的研究，创造性地构建了一套能够揭示建筑产业本质的新的理论、方法和观点，本书针对中国建筑企业的成长问题，从产业组织理论角度进行重新审视，围绕现实复杂环境下建筑企业如何实现价值提升这一中心问题进行理论和实践研究，为解决中国建筑企业价值提升提供理论依据和实践方法，这些理论模型和方法希望能给相关人员以启发和借鉴，是作者所期。

　　本书难免有缺憾之处，谨请读者指正。

作　者

2010 年冬月

目　录

第一章

绪　　论

■ 第一节　中国建筑业发展的特征与问题解析

一、彼德·德鲁克企业思想的启示

本书研究的问题是中国企业在中国国民经济长期持续发展的机遇中，应该如何成长发展。

发展有多种价值取向，什么样的发展才是有价值的，这是目前企业发展中的一个突出问题，虽然许多企业还没有认识到。以中国建筑企业为例，改革开放 30 年来，伴随中国经济的持续高速增长，一些大型建筑企业的年施工产值与 20 世纪 80 年代初相比增加了二、三百倍，但是，在中国建筑企业规模快速成长的背后，实实在在发生改变的是比 30 年前有了更大的规模、更现代的装备、更时尚的管理方法。然而，企业的商业模式、生产组织方式和市场基本没有改变，还在做着 30 年来一样的事情，企业发展了很多，但

"内核"并没有改变。截至 2010 年，连续三年有 5 家中国建筑企业在庞大的数据支撑下，进入世界 500 强，但是业务层次并没有大的改变，单位盈利指标没有明显提高，指标数字背后所体现的是在宏观经济高速发展下所带动的建筑业超常规发展，而不是依靠竞争优势在国际市场竞争的结果；是政府主导下的巨无霸龙头企业的快速生成，而不是市场优胜劣汰的演变结果。一旦国家固定资产投资规模放缓或饱和，企业规模就要缩小，企业各方面的状况就要往回退，所谓的发展成果又要还回去，企业的状况将回到过去的某个时点。这种增长与发展没带来相对称的企业价值增长，没有太多的价值意义。

要回答企业什么样的发展才有价值这一命题，首先必须回答企业存在的目的是什么，即必须回答目的方面的科斯问题。

科斯从运行成本方面回答了"为什么企业会存在"：市场具有交易成本，企业具有组织成本，在二者的权衡中，如果组织成本小于市场的交易成本，企业就会产生，二者的权衡同时决定着企业规模的边界。

格拉诺夫特、汉密尔顿、费恩斯特拉则按照市场与层级结构的韦伯式解读，从组织方面回答了这一问题：经济组织的一个关键要素是将人们结合在一起的特定的权力结构及其法律基础。

本书则从企业目的来讨论这一问题。企业发展史显示：在人类经济发展过程中，当个人的力量不足以满足大型经济活动的需求时，产生了合伙制企业，然后逐渐演变为公司制企业。企业一词是在清末由日本借鉴而来，日本则是明治维新从西方翻译过来的，英语中称为"enterprise"，法语中称为"entreprise"，德语中称为"unternehmen"，词汇构成与词义都极为相似。以英语为例，"enter-"具有"获得、开始享有"的含义，可引申为"盈利、收益"；"-prise"则有"撬起、撑起"的意思，引申为"杠杆、工具"。据此，可以认为，企业一词在语源意义上是作为权利客体存在的，它是"主体从事经营活动，借以获取盈利的工具和手段"，或者"创制企业和利用企业进行商事营业活动并非商事主体的终极目标"，其最终目的无非是为了"谋求自我利益的极大化"。简言之，企业就是指，依法设立的以营利为目的、从事商品的生产经营和服务活动的独立核算经济组织。追溯企业诞生的源头可见，其存在的目的非常直接：企业是个体获得经济利益最大化的一种工具，它是社会发展的产物，因社会分工的发展而成长壮大，社会的发展在潜移默化中改变了企业的最初面貌，使问题变得扑朔迷离。

美国著名管理学大师彼德·德鲁克（Peter·F. Drucker）在《管理的实践》（*The Practice of Management*，1954）一书中对"企业是什么"的独到见解，促使人们对"企业是利润最大化的组织"进行深刻的反思。德鲁克指出，要想知道什么是一个企业，必须从理解企业的目的开始。企业的目的必须存在于企业本身之外。事实上，企业的目的必须存在于社会之中，因为企业是社会的一部分。"企业原本就是人类的社会组织，企业的经营绩效也就是人表现出来的成绩。人的团体必须以共同的信念为基础，必须用共同的原则来象征大家的凝聚力。否则组织就会瘫痪而无法运作，无法要求成员努力投入，获得应有的绩效。（德鲁克，1954）"

企业的责任在于价值的创造。早期的企业是为股东创造价值，发展到现在，这种价值创造的内涵还包括为顾客创造价值、为员工创造价值、为社会创造价值，价值创造是企业存在的基础和基本目的，可以认为企业就是建立起来的一个价值创造机器。建立企业的主体是股东，因此为股东创造价值是企业的使命，是否能为股东创造更多的（超过平均水平的）价值，能否更快地成长到具有创造更大价值的能力，能否持续不断地增长这种能力，是判断一个企业是否成功、是否更有价值的标准。而在当前社会环境条件下，要想实现这一目的，正如杰克·韦尔奇（Jack Welch）所说："股东价值是一种结果，而不是一种战略……你主要依靠的是你的员工、你的客户和你的产品。"除了"股东价值最大化"这一基本目标外，意味着企业在决策过程中需要平衡企业整体的需求和企业各个方面的利益。

"价值创造"是本书对现代企业本质的一个新的认识总结：企业存在的意义就是价值创造：①如果企业的产品和服务不能够创造价值并把这种价值

转移给顾客，或者价值很低，顾客就会流失。在这种情况下，不能创造价值的企业就会用价格策略和各种公关手段去创造交易，企业可以借此获得短期的产量和利润，但长期来看，这对企业成长并没有太多的贡献。②企业不能够为员工创造价值，则失去了人力资本的积累条件，使企业失去了发展的基础。③企业不能够给股东创造价值，就失去了生存的前提。企业存在的意义是能创造更多的价值，而不是创造更多的交易与合同额，正确地认识企业价值是经济活动和管理行为的依据和前提，从"价值创造"这一认识出发，才能在决策中避免陷入企业"为交易而存在，为竞争而竞争"的泥淖，才能实现企业的科学发展和可持续发展。

随着科学技术的迅速发展、信息化和全球化的浪潮迅猛席卷世界，企业所处的环境正发生着巨大的变化，企业的成长而非利润最大化成为理论界和实业界共同关注的话题，成长意味着要永续经营和企业可持续发展。因此，企业有无永续经营意识被认为是企业探索进化规律、进行战略管理的基础，永续经营意识要求企业首先具有永久生存的意愿和信心，并为此制定长期发展方向和战略。而价值创造是永续经营意识的核心，企业只有在价值不断扩大的前提下才能实现永续经营。这就产生了"生命型企业"和"利润型企业"的概念区别。"创造价值"是生命型企业的生命意义所在，也是长寿企业的关键所在。企业的价值就在于其创造价值的能力：不断地为顾客、员工、股东和社会创造价值，并最终实现企业自身价值的提升。企业为了生存和发展，必须提升原有价值，不断创造和培育新价值。企业价值创造对我国企业的生存与发展具有重要的现实意义。可以说，现代企业之间的竞争，从根本上看，是企业价值创造能力之间的较量，企业价值的创造和企业整体价值的提升是企业长盛不衰、持续发展之本。研究如何提升企业价值、企业如何创造价值成为具有现实意义的重要课题。

二、需求拉动型的中国建筑业发展国家特征

改革开放以来，通过将体制改革释放出的活力与劳动力丰富的比较优势

结合起来，中国创造了人类经济增长历史上前所未有的奇迹（林毅夫等，1999）。国家统计局"改革开放30年我国经济社会发展成就系列报告"，以一连串数据展示了改革开放以来我国经济建设的辉煌成就，改革30年，中国GDP年均增长9.8%，国家统计局报告指出，9.8%的增速与日本、韩国经济起飞阶段年均增速不相上下，按照世界银行标准，我国已由低收入国家跃升至世界中等偏下收入国家行列。

如图1-1所示，1978年改革开放之初，中国GDP总量为3624亿元人民币。经过8年努力，到1986年，上升到10 000亿元的水平。又经过5年努力，到1991年，上升到20 000亿元的水平。之后每年平均增加1万多亿元，到2007年，上升到24.9万亿元。扣除价格因素，按不变价，2007年GDP总量为54 331亿元，比1978年增长14倍，年均增长9.8%。根据国际货币基金组织的数据，中国GDP总量在世界上的排位，1990年为第十位，2000年上升到第六位，2005年上升到第五位，2006年上升到第四位。2008年我国国内生产总值超过30万亿元，达到300 670亿元，比上年增长9.0%。这个速度不仅大大高于世界经济的平均增速，也明显超过世界主要国家和地区的

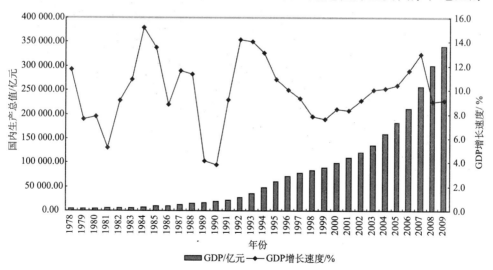

图 1-1　国内生产总值增长示意图

数据来源：国家统计局

增长速度。2008 年中国经济对世界经济增长的贡献率超过 20％，仅次于美国和日本，成为世界第三大经济体，到 2010 年 7 月，中国已经超过日本成为世界第二大经济体。

经过近 30 年持续高速增长，中国企业也得到空前发展，成为所谓"世界工厂"。中国工业的增长速度远远高于世界平均水平，处于世界增长最快的国家之列。根据世界银行的统计，1980～1990 年，中国工业的年均增长速度为 11.1％，仅略低于韩国，高于世界平均水平及世界主要发达国家和巴西、印度等发展中国家；1990～2000 年和 2000～2004 年，中国工业的年均增长速度分别达到 13.7％和 10.6％，增长速度远远超过 2.4％和 1.4％的世界平均水平，也超过主要发达国家、韩国等新兴工业化国家，以及印度等发展中大国，并且是主要经济体中增长速度最快的国家（国家统计局，2006）。20 世纪 80 年代，外国人对中国企业的评价是：中国没有企业，只有车间。2010 年 7 月 8 日，美国《财富》杂志发布了 2010 年世界企业 500 强排行榜，中国内地、港台地区共有 54 家企业上榜，中国石化、国家电网和中国石油三家央企跻身十强之列，作为建筑业企业的中国铁建表现更为抢眼，继 2007年、2008 年度连续跃升 103 位和 104 位的强劲发展势头，2009 年度又创造了入围世界 500 强企业年度排位跃升 119 位的新速度，位居 133 位，一举超越了全球上年度排名最大承包商法国万喜，成为全球建筑企业的翘楚。

30 年间，中国基础设施和各类建筑的总投资量突飞猛进，位居世界前茅，众多的建筑频频打破国内、亚洲乃至世界纪录，更引起全球的关注。有人做过调查，世界上大部分知名的设计师借道来到中国实现了他们多年未了的理想，世界上大多数建材商、设备商把他们的产品送进了中国市场，中国是"世界的大工地"这句话并不过分。大楼的高度、体量不断被刷新，直逼世界第一的纪录；大桥的跨度、类型和难度系数一再被改写，稳坐领衔世界的座次；承办重大活动的建筑群、基础设施，如亚运工程、奥运工程、世博工程等为中外建筑史留下了精彩的一笔；还有举世闻名的南水北调工程、三峡工程、青藏铁路令世界震惊。

受益于经济增长，行业规模大幅度上升。我国正处于经济建设快速发展时期，近年来投资建设了一大批举世瞩目的特大型建设项目，如长江三峡工程、航天器试验装配及发射系统、上海磁悬浮轨道交通工程、西电东送、南水北调、青藏铁路、奥运场馆、高速铁路等项目的开发建设，再加上其他的一些项目，包括城市基础设施、环境改造、城市商业中心、住宅建设、卫星城开发、小城镇建设等，使中国的建筑市场发展迅速，进入快速发展的阶段。

建筑业与全社会固定资产投资高度相关，可以说建筑业是固定资产投资的转化器。正是由于全社会固定资产投资与建筑业的高度正相关关系，2000～2009年全社会固定投资增长了6.8倍，建筑业总产值也增长了6.1倍，二者在增速上看也基本呈现同样的规律，尽管不同区间可能会有小幅的波动。全社会固定资产投资的规模基本决定了建筑业产业的规模，如图1-2所示。

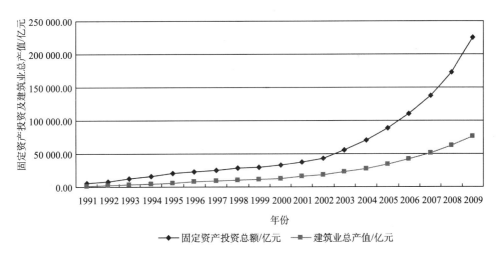

图1-2 国内固定资产投资及建筑业总产值增长图

数据来源：国家统计局

从全社会固定资产投资构成比例看，建筑安装工程费用的比例近年来一直稳定在62％左右，实际上，建筑业主要转化了全社会固定资产投资的建筑安装工程投资额。2005～2009年，建筑安装工程投资额由5.3万亿元增长到了 13.9 万亿元，增长了 1.6 倍，年平均增长速度超过 30%，这也是我国建筑业近 30 年来高速增长的根本原因。无论从短期还是长期看，我国的全社会固定资产投资仍将保持一个较快的增长速度。2000 年以来，我国建筑业总产值保持快速增长态势，年平均增速在 20% 以上。2001 年以来，我国宏观经济步入新一轮景气周期，与建筑业密切相关的全社会固定资产投资总额年增速持续在 15% 以上的高位运行，近年来全社会固定资产投资的平均增速更是达到了 30% 左右，2009 年显示，全社会固定资产投资 224 846 亿元，比上年增长了 30.1%。

2008 年，全国建筑业企业（指具有资质等级的总承包和专业承包建筑业企业，不含劳务分包建筑业企业，下同）共签订合同额 101 142 亿元，比上年增加 17 730 亿元，增长 21.3%；完成建筑业总产值 61 144 亿元，比上年增加 10 101 亿元，增长 19.8%；完成竣工产值 35 917 亿元，比上年增加 2313 亿元，增长 6.9%；按建筑业总产值计算的劳动生产率为 166 538 元/人，比上年增长 12.4%，增幅与上年持平；实现利润总额 1756 亿元，比上年增加 195 亿元，增长 12.5%，如图 1-3 所示。

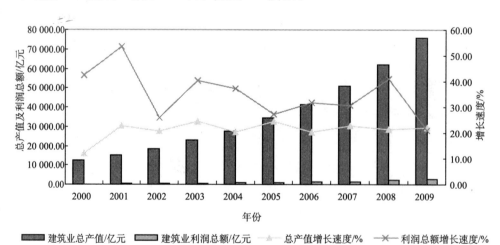

图 1-3　我国建筑业产值利润增长图

如图1-4所示，2009年，我国GDP产值达到7.6万亿元，建筑业增加值也同样快速增长，年均增速22%左右，2009年突破达到2.2万亿元；建筑业在国民经济中比重稳步提高，2007年建筑业增加值占GDP的比重为5.7%，2009年增长至6.5%；建筑业对整个国民经济的贡献显著提高，由2000年的3.7%提高至2009年的11.2%。受固定资产投资高位运行的影响，未来我国建筑业仍将快速增长。

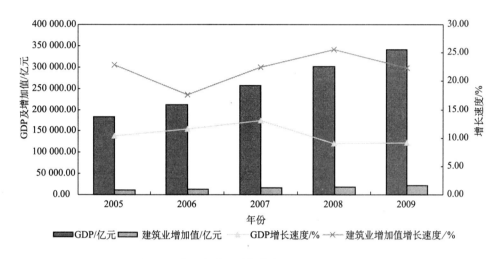

图1-4　我国建筑业增加值与GDP增长对比图

中国强劲的经济发展与贸易增长带动了国内基础设施，尤其是交通运输基础设施的需求持续增长。作为固定资产投资领域的重要组成部分，我国交通基础设施建设领域的投资近年来亦保持持续增长。大多数发达国家都是用20～30年才完成其大规模的交通基础设施建设，我国大规模基础设施建设的大致开始时间是20世纪90年代中后期，目前正处在建设中期。世界银行的数据显示，无论是公路还是铁路，中国距离经济合作与发展组织（OECD）国家的平均水平尚有较大距离，与其他亚洲发展中国家相比也有差距，具有较大发展空间。

铁路市场：根据中长期铁路网规划，至2020年，全国铁路网总里程将达到10万千米。此外，至2020年，能够运载时速超过200千米/时高速客运列车的铁路营业总里程预计将达到 1.6 万千米,可连接全国 70% 的人口在 50 万以上的城市。

公路市场:"十一五"规划提出,对中国公路运输系统进行升级及延长,在 2010 年年底以前使总里程达到约 230 万千米,其中包括约 6.5 万千米的高速公路;作为"7-9-18"高速公路网络工程的一部分,建成连接全部省级公路的全国性高速公路网络,该骨干网络由 5 条南北公路及 7 条东西公路组成。该工程通过高等级公路,将人口在 100 万以上的城市以及 83% 的人口在 50 万以上的城市,与上述骨干网络连接,并建成连接西部省份的 8 条省级公路。

城市轨道交通建设:全球最大的地铁建设市场。建设轨道交通的参照标准是两个城市相距 100~300 千米、各自人口规模达到 200 万以上,就应考虑修建城际轨道;如果城市市区人口规模超过 200 万人,线路单向客运能力超过 3 万人次/小时,宜建设地铁;如果城市市区人口规模超过 100 万人,线路单向客运能力超过 1 万~3 万人次/时,宜建设轻轨。截至 2006 年年底,我国有 10 个城市拥有城市轨道交通系统,总长约为 440 千米。全国 10 个拥有城市轨道交通系统的城市中有 6 个城市,包括北京、上海及天津等,正在或计划扩建现有的地铁网络。此外,全国有 25 个城市已经制定了具体的城市发展方案,计划发展城市轨道交通。截至 2007 年 7 月,其中 14 个城市已经向国家发展和改革委员会递交了地铁建设申请方案并通过了审批。据估计,至 2015 年,这 14 个城市将建设约 55 条新地铁线路,总投资金额约为人民币 5000 亿元。建成后,预计中国地铁网络总营运里程将达到 1500 千米。

根据中国社会科学院发布的《宏观经济蓝皮书》,中国 2008 年的城市化率为 45.68%,正处于加速阶段,按照现行规划,中国的城市化率将在 2020 年达到 55%,这就意味着届时中国城市人口将达到 8 亿以上。虽然与发达国家 70%~80% 的城市化率相比仍然较低,但毫无疑问这一进程将创造人类历史上最伟大的城市化运动。中国将用半个世纪的时间完成西方国家历时 200 多年才完成的城市化之路。未来 50 年,中国城市化率将提高到 76% 以上,城市对整个国民经济的贡献率将达到 95% 以上。都市圈、城市群、城市带和中心城市的发展预示了中国城市化进程的高速起飞，也预示了建筑业更广阔的市场即将到来。

同时，我国建筑企业海外市场占有率也在快速提高，2002 年以来每年新签合同保持 15% 以上的增长，特别是 2006 年大幅度增长，新签合同同比增长 123%。对外工程承包表现出新的特点：一是对外承包业务遍及 180 多个国家和地区，合作领域已从过去的以土木工程等劳动密集型项目为主，拓展到冶金、石化、电力、轨道交通等资金技术密集领域。二是中国对外承包工程的规模和技术含量都在不断提高。2000 年，中国对外承包工程单个项目金额达到或超过 1 亿美元的不到 20 个，但在 2006 年达到 96 个，其中 10 亿美元以上的项目数量达到 5 个。根据商务部的统计，截至 2009 年年底，我国对外承包工程累计完成营业额为 3407 亿美元，签订合同额 5603 亿美元。其中 2009 年我国对外承包工程业务完成营业额 777 亿美元，同比增长 37.3%；新签合同额 1262 亿美元，同比增长 20.7%。2010 年 1~5 月，我国对外承包工程业务完成营业额 289.2 亿美元，同比增长 16.7%；新签合同额 454.5 亿美元，同比下降 15%。

从建筑企业景气指数和企业家信心指数来看，两项指标一直在高位运行，预计在固定资产投资增速不会大幅度下滑的情况下，建筑行业整体能够平稳增长。建筑业在国民经济中的比重稳步提高，2007 年建筑业增加值占 GDP 的比重为 5.7%，2009 年增长至 6.5%；由 2000 年 3.7% 提高至 2009 年 11.2%，建筑业对整个国民经济的贡献显著提高。在一般意义上，支柱产业是指该产业所创造的增加值占整个国民经济 GDP 的量不低于 5%。随着我国经济的快速发展，受益于我国城市化进程的加快以及新农村政策的实施、国家采取积极的财政政策加大对固定资产的投资，2009 年建筑业增加值占 GDP 的比重约为 6.5%，在国民经济各产业部门中居第四位，已成为国民经济的重要支柱产业。

三、政府主导型的中国建筑业发展行业特征

在 2002 年完成资质就位后，我国建筑业企业共 50 000 家（图 1-5）。其中，施工总承包类企业占 51.3%；专业承包类企业占 47.2%。在施工总承包类和专业承包类企业中，特级企业占全部企业的 0.16%；一级企业占 6.05%；二级企业占 25.8%；三级企业占 64.83%。

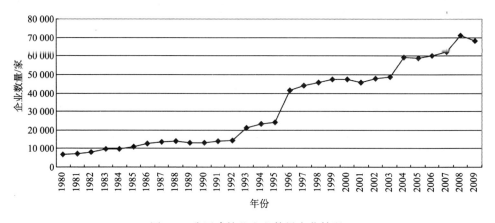

图 1-5　我国建筑业企业数量变化情况

大型企业如何脱颖而出，形成行业内少数寡头独居的竞争格局，提高行业市场集中度，提高国际竞争力，成为中国建筑业发展的一个突出问题。国务院国有资产监督管理委员会（以下简称"国资委"）前主任李荣融曾公开表示，国资委成立的目的之一就是要培育和发展具有国际竞争力的大企业和企业集团，具体数字为 30 到 50 家。李荣融曾经指出，国资委当前和今后一个时期的主要任务之一，是推动企业间的兼并、联合、重组，促进国有资产合理流动，提高国有资本的控制力、影响力和带动力，培育和发展一批具有国际竞争力的大公司和企业集团。国有资产要实现两大集中：第一就是要向重要行业和关键领域集中；第二是向优势企业集中，向大集团和大企业集中，实现资源的最优配置。作为国资委打造中国具有国际竞争力的 30 到 50 家大企业集团的思路具体体现，建筑业只有前三名才能留下来不被别人重组

掉，途径只有一个：就是自我发展，快速长大，把规模做到能吃掉别人，而不被别人吃掉。在这种政策引导下，各大型企业发起了锦标赛似的赛跑，企业规模迅速扩张。

在建筑业，有了资质证书就可以承揽工程，扩大施工规模，而获得资质证书的前提是实体公司的存在。于是，中央企业一方面运用裂变效应，扩张增设二、三级子公司，另一方面通过国资委重组或合并的聚变效应，加入平行公司，迅速实现了企业扩张的"航母计划"。例如，中国铁建中国中铁等都新组建了多个工程局，而各工程局在九十年代一般有 5-6 个工程处，现在一般增至 10 个左右。这些措施使公司通过政府主导的机构调整而不是市场主导的优胜劣汰实现了快速扩张，各建筑业航母都是以同一路径打造的。

根据美国《财富》杂志公布的 2010 年全球 500 强排行榜上的数据显示，去年的行业"头牌"法国万喜公司以 443.78 亿美元位居世界 500 强 162 位，紧随其后的是法国布伊格集团，以 435.79 亿美元位居世界 500 强 168 位。与中国国内五大承包商巨头排名名次大幅攀升相反，经过一年的发展，这两家国际承包商巨头的营业收入不升反降，同比去年排名，收入均下跌大约 10%。所以，中国铁建股份有限公司以 520.44 亿美元，中国中铁股份有限公司以 507.04 亿美元的排名收入，在 ENR 全球最大承包商 225 强排名中位居第一名、第二名。世界 500 强榜单中营业收入减少的国际承包商还有德国豪赫蒂夫公司、西班牙 ACS 集团，他们分别以 255.63 亿美元、242.45 亿美元的营业收入，排在中国建筑集团总公司、中国交通建设集团有限公司、中国冶金科工集团有限公司三家中国承包商之后。这标志着代表我国建筑业的行业最高水准的龙头企业整体实力大大增强，中国建筑企业在政府主导下的超常规发展取得显著成效。

四、中国建筑业目前存在的主要问题

1. 创造了辉煌的数据

随着我国经济的迅速发展，建筑产业总产值、建筑从业人数、建筑企业房屋建筑施工面积、竣工面积大幅度增长。

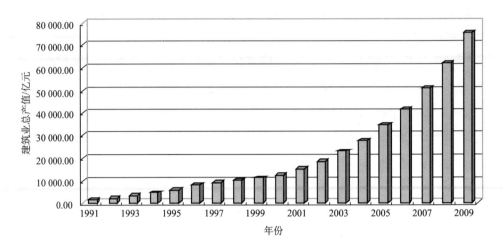

图 1-6　建筑业总产值增长图

1949 年全国有组织的建筑职工不到 20 万人，从事工程勘察设计的人数不足千人，到 1957 年，"一五"计划期间突飞猛进完成建筑业总产值达到 45 亿元。到了 2009 年，全国一年共完成建筑业总产值就达 75864 亿元。根据 2010 年《美国工程新闻记录》（ENR）正式发布"ENR 全球承包商 225 强"榜单，中国铁建和中国中铁分别以 539.9 亿美元和 528.697 亿美元的总营业额，分别位列第一和第二名，共有 37 家中国企业入围；同时发布的"ENR 国际承包商 225 强"，54 家中国企业入围。数据显示，全球没有哪一地区的承包商群体像中国承包商一样获得如此大幅度规模增长，国际建筑市场迎来了一个新的格局。新中国成立 60 年来，建筑业作为我国国民经济的支柱产业，从产业形成到全面、快速发展，取得了举世瞩目的辉煌成就。

2. 坐失了企业升级与转型的良机

在中国建筑企业规模快速成长的同时，这些数字后面隐藏着中国建筑业的一个巨大危机是：中国的建筑企业 30 年以后，只是一个比 30 年前有了更大的规模、更现代的装备、更时尚的管理方法，企业的商业模式、生产组织方式和市场基本没有改变，还在做着 30 年来一样的事情，企业发展了很多，但"内核"并没有改变。企业已经做得很大，有庞大的数据支撑，进入了世界 500 强，但是在高端市场只能做低级活儿，在基础作业层次中各种基本工种的技能、质量、效率一直停滞不前，依靠放下锄手，拿起瓦刀的农民在操作，长期在低水平徘徊。住房和城乡建设部、中国建筑业协会发布的《2009年中国建筑业发展统计分析》显示，中国建筑业企业在 2009 年完成建筑业总产值 75 864 亿元，实现 22.3％的增长。入围世界 500 强的中国建筑承包商得益于国内市场的支撑和推动，在总营业收入的增加上无疑占据了优势。尽管中国企业的总营业收入增长较快，利润率却普遍不高。据 500 强数据统计，中国铁建、中国中铁、中国建筑、中国中交、中冶科工的利润值分别为 9.6 亿美元、10.08 亿美元、8.39 亿美元、7.04 亿美元和 4.12 亿美元。虽然西班牙 ACS 集团的总营业收入不是最多，不抵中国铁建和中国中铁任何一家企业总营业收入的一半，但它却以 27.12 亿美元的利润远远超过中国同行。

与国际承包商同行进行比较，行业内一直在寻找差距。中国企业在"走出去"时，多依靠劳动力成本优势，与领先企业在技术、管理、研发上则相去甚远。尽管按照 ENR 排名，中国的国际工程承包企业进入全球 225 强的数量逐年上升，但大多数企业还是着力于短期的营销和业务拓展，缺少长期战略意识。

这是中国转轨经济发展的一个特殊现象，其积极意义在于：一方面，企业这种成长方式满足了国民经济建设的需要；另一方面，企业依托市场不断做大，在一定意义上说也抓住了增长的机遇。但是，一个只有交易增加而没有能力提升的企业，并不是本质意义上的企业成长，只有具备持续且上乘的赢利能力，通过竞争取得行业领先地位、获得核心竞争优势、提高国际化水平等方面的因素，才能让一个行业更加健康的成长。由于中国建筑企业缺乏企业发展与增长的研究，造成大多数中国建筑企业缺乏长期目标以及与之相适应的企业战略。一个"内核"没有改变的企业，一旦宏观经济的增长放缓了脚步，基本建设规模出现饱和，建筑业失去了放量增长的空间，企业的各方面状况岂不是又要退回之前的某个时点状态？从这个意义来说，中国建筑企业目前的成长模式是不可持续的、是短视的。错误的战略和方向引导，使中国建筑企业长期处于一个低技术水平、低人力资本、高用工数量、高产值增长和生产率水平停滞不前的低水平动态均衡状态，坐失了企业提升与转型的重大发展机遇。

理论的缺失是造成这一结果的重要因素。国内对企业的研究，20 世纪八九十年代由于受"全盘西化"思潮的影响，注重于产权研究；2000 年以后，由于建立现代企业制度的导向，开始注重企业治理的研究；加入世界贸易组织（World Trade Organization，WTO）后，由于对市场转轨的关注，注重竞争优势、核心竞争力的研究。这些研究的轨迹顺序，并不是企业发展的轨迹，也不是企业环境变化的轨迹，更不是理论逻辑的轨迹，而只是理论热点变迁的轨迹，这些研究焦点往往是孤立片面的，对现实现象的解释缺乏说服力。现实的问题依旧在困惑之中，理论却已经研究过去了，去追寻新的热点。对现实的解释往往是从某一视角出发，区别只在于视角的不同，缺乏系统性。最后，研究已经被局限于公式化的框架内：国企做好了是垄断力量的作用，国企做不好都是产权的问题；民企做好是必然，民企做不好都是市场经济不规范的问题。一旦企业做成功了，企业家像明星一样迅速闪亮登场，自创一套理论说法，让人眼花缭乱。在这个过程中，理论的研究没有力量指导实践，甚至连方向都无法指明。我国的建筑企业究竟存在哪些问题要解决，有哪些优势？要朝什么方向发展？做成什么样的企业？这些问题并没有理论上的支持和解释。

英国、美国在兴起的过程中，曾经出现了福特发明的流水线生产方式；日本在兴起的过程中，涌现了丰田生产模式；中国在计划经济赶超时代，出现了"鞍钢宪法"。但是，在当前号称"世界工厂"的中国，中国独特的运营优势在哪里呢？30 年来，虽然处处都是大工地，却没有建立起强大的企业，如果没有独特的运营优势做支撑，以低成本劳动力为基本内核的"世界工厂"将是脆弱的，中国企业的发展前景令研究者担忧。

第二节　当前建筑业存在的几个核心问题

中国建筑企业的高速成长是改革开放后企业繁荣强盛的象征，本书通过对中国建筑企业价值构成及其内在机制实现的基本逻辑建立，根据对建筑企业的竞争能力、组织能力及生产方式方面的动态进化研究，探索中国建筑企业竞争优势的源泉，推导出 21 世纪中国建筑企业的成长方式和价值创造与提升路径。中国建筑业急需明确的几个核心问题是：

（1）中国建筑市场的主要产业特征。产业特征决定了产业发展战略和产业政策，只有充分认识产业市场特征，才能够沿着"结构—行为—绩效"的分析框架研究建筑企业的市场行为问题。

（2）建筑企业的成长规律和发展方向。建筑企业与工业企业相比具有显著不同，建筑企业成长在规模经济、范围经济及成长经济方面有哪些特殊的规律？为什么中国的建筑企业在低效益的情况下仍在持续扩张？其内在的动力是什么？扩张的边界在哪里？

（3）提升企业价值的路径。构建中国建筑企业价值创造研究框架，研究得出中国建筑企业价值创造的驱动因素以及价值提升的三条路径。

第三节　建筑产品的经济学特性

一、建筑业的概念及内涵

在各种不同的产业分类体系和标准中，有"狭义建筑业"和"广义建筑业"两种不同的分类方法。按照传统的统计分类，狭义的建筑业主要包括建筑产品的生产，即施工活动；广义的建筑业则涵盖建筑产品的生产以及与建筑生产有关的所有的服务内容，包括规划、勘察、设计、建筑材料与成品及半成品的生产、施工及安装，建成坏境的运营、维护及管理，以及相关的咨询和中介服务等。

1. 建筑业的一般概念

1999 年版《辞海》对建筑业的定义是："国民经济的一个物质生产部门，包括从事矿山、铁路、公路等的土木工程建筑业；从事各种线路、管道和各类机械设备、装置安装活动的线路、管道和设备安装业；从事建筑物和车、船等维修和装饰的装修装饰业三大类。"这个定义只包括了建筑生产活动，因而属于狭义建筑业的范畴。

根据《中国大百科全书·土木工程》卷的《建筑经济》分册，建筑业的范畴包括从事建筑产品生产（包括勘察、设计、建筑材料、半成品和成品的生产、施工及安装）、维修和管理的机构以及有关的教学、咨询、科研、行业组织等机构。这个定义属于广义建筑业的范畴。

国家统计局于 2003 年 5 月颁布了新制定的《三次产业划分规定》，并从当年的统计年报开始按新的划分方法进行有关统计。此次划分规定是在《国民经济行业分类》（GB/T4754—2002）国家标准的基础上制定的，共有行业门类 20 个，行业大类 98 个。该标准把建筑业划为第二产业，把工程管理服务、工程勘察设计、规划管理等相关服务列在第三产业"科学研究、技术服务和地质勘察业"门类下的"专门技术服务业"大类中。

2. 国民经济核算体系

在联合国 1984 年颁布的物质产品平衡表体系（MPS）中，物质生产领域包括 8 个国民经济部门：①工业，②建筑业，③农业，④林业，⑤运输业，⑥邮电业，⑦商业、物资供应和采购，⑧其他物质生产部门，建筑业是其中的第二个部门。

3. 国际标准产业分类

联合国 1989 年颁布的《全部经济活动的国际标准产业分类》（ISIC，

Rev. 3）把全部经济活动分为 17 大类，建筑业是其中的第 6 大类，包括施工场地的准备房屋、土木工程、带有操作人员的施工或拆除设备的租赁 4 项内容，这里的"建筑"所涉及的只是建筑施工的内容，因而是"狭义"的。

工程管理服务、工程勘察设计、规划管理以及其他专业技术服务则被列在"科学研究、技术服务和地质勘查业"大类中。

4. 中心产品分类法

联合国 1997 年颁布的《中心产品分类》（CPC，Version 1.0）把产品分为 10 大类，建筑与建筑服务被列在第 5 大类。咨询与管理服务建筑学、城市规划与景观设计服务、工程服务被列在第 8 大类的"商业和生产服务"中。

5. 世界贸易组织关于建筑服务贸易的分类

在世界贸易组织的《服务贸易总协定》（*General Agreement on Trade in Services*，GATS）对服务贸易的分类目录，将服务贸易分为 12 个类别。每个部门又分为若干个分部门，共计 155 个分部门，"建筑及相关工程服务"为第 3 个类别，分为房屋的一般施工服务、土木工程的一般施工、服务安装与装配服务、建筑装修服务、其他 5 个分部门。

建筑设计服务、工程设计服务、综合工程服城市规划与景观设计服务被列在"商业服务"类别中。

6. 本书中建筑业的研究范畴

从以上划分来比较，可以归纳出：广义的建筑业由生产活动和商业服务活动构成，狭义的建筑业指生产活动，设计、咨询等属于商业服务活动。

本书的研究对象不仅包括作为狭义建筑业的施工生产活动，也包括勘察、设计、专业技术服务等内容，因此，属于广义建筑业的范畴。

二、建筑产品的经济学特性

1. 建筑产品的概念

产品（product）是能够提供给市场以满足需要和欲望的任何东西。产品在市场上包括实体商品（physical goods）、服务（service）、经验（experiences）、事件（events）、人（persons）、地点（places）、财产（properties）、组织（organizations）、信息（information）和创意（ideas）。

产品、市场结构、企业是产业组织理论的基本研究对象，由于产业组织理论研究的是制造业的规律，建筑业与制造业的运行规律有许多内在的不同，直接套用产业组织理论分析建筑业，难以解释现象，甚至会得出错误的结论。

"建筑产品"这个概念还没有被明确定义过，本书给出一个一般定义：建筑产品是承包商按照业主定制要求提供的产成品和服务的组合。

能够体现产品本质和内涵特点的产品的一个定义是藤本隆宏的阐释，即

$$产品 = 信息 + 介质$$

把这个定义具体到建筑业，建筑产品就是设计信息融入钢材、水泥等介质以后的产物。

建筑产品按照需求大致可分为以下类型：①工业项目，主要指化工、冶金、火电、核电等项目；②土木项目，主要指水利枢纽、港口工程、水电工程、高速公路、铁路和城市基础设施项目；③公共建筑工程项目，主要指写字楼、商场、航站楼和大型文化、教育、体育场所等；④住宅项目。

按图施工是我国目前建筑产品的主要生产方式。作为生产者的承包商，只完成了产品的加工环节，前期产品的设计和后期土建、设备等模块的集成绝大多数情况下不是由主体施工单位承担的，也就是说，一般情况下承包商生产的不是一个完整的建筑产品。

2. 建筑产品"生产"的本质内涵

生产（production）就是创造产品和提供服务的行为。建筑产品的生产，就是设计信息的开发以及将其转化为实体产品的过程：①企业通过产品的开发创造产品的设计信息，设计是画的图纸或计算机的文件，是一种记号或式样，是一种信息；②通过采购活动获得原材料，即钢材、水泥、砂石料等；③通过生产活动将这种设计信息转化到作为介质的原材料或半成品上去。

3. 产品的经济学特性分析

与一般商品相比，建筑产品具有不同于制造业产品的经济学特性，本书将其概括为"三特"：特定的顾客、特定的设计、特定的产品。

（1）产品是期货，没有现货。一般商品是先作为产品被生产出来，再作为商品来销售；而建筑产品是先完成商业定制，再来生产。铁路、公路、城市立交桥不能先建好摆在那里营销销售。

（2）产品供给无差异。建筑产品是先设计，后生产，因此，不论谁来生产，作为合格的产品，产成品都一样。市场竞争表现为企业的竞争，而不是产品的竞争，产品差异化战略不适用于建筑业。

（3）产品的单件定制性。建筑产品都是单件定制，对于具体的承买人而言，没有替代品。

（4）产品具有不可复制性。每个建筑产品都是根据投资者（业主）和特定要求和坐落的特定地点建造的，因而它受到建筑产品的经济用途、功能要求、地形、地质、水文、气候等自然条件，原材料、交通运输等经济条件，以及民族、文化等社会条件的影响，每件建筑产品都有其独立的特点。每项工程的设计规模、建设内容、结构特点等各不相同，即使按照同一类型的工程或者标准设计，建设费用也不一样，这些都使得建设工程的实物形态千差万别，不可能按同一模式重复生产。产品总是与具体所在的地理环境密切相关，即使用同一张图纸盖了两座一样的房子，对承包商而言，因为地理位置的不同，地质、水文、工程量、施工方法、工程造价都是不同的；对业主而言，因为交通、气候、景观、环境的不同，效用是不同的。

（5）产品生产周期长，不确定因素多。房子的生产周期一般要一年以上，公路、铁路、水利等要三年以上，与一般产品相比，建筑产品的周期要长得多，受材料价格浮动、经济周期、利率、汇率等影响较大。因为建筑产品都是与土地结合在一起的，而地下的状况是不能事先精确预见的，不确定因素远大于一般产品。

（6）产品价值高、规模大。普通的小型建筑产品，价值即达几十万元、几千万元，大型建筑产品的价值则可达几亿元，甚至几百亿元。同时，大多数建筑产品具有庞大的体量、生产周期长。这些都意味着建筑产品要占用和消耗巨大的社会资源，不仅要消耗大量的材料，而且要占用大量的资金和人力资源，难以像制造业产品那样实现完全的工业化生产，契约成本高。

（7）产品不具流动性。由于建筑产品固定在土地上，与土地相连，因此产品不能流动，是承包商的生产线在流动，建筑产品的生产没有制造业的流水线系统。

（8）质量后验品，不能先检验，满意后购买。

（9）产品没有商标，品牌具体体现于生产企业，而不是商品。对于完整建筑产品的提供，则会具有产品品牌效应。

（10）建筑产品不具有规模经济性，因建筑产品单件性的特点，不具有生产能力不变情况下的生产规模经济性；由于产品单件性的特点，每个产品的生产，都要编制一套专门的施工技术方案，不能直接用于不同的产品生产，因此，不具有生产能力变化时的生产规模经济性。

（11）建筑产品具有显著的范围经济特征。建筑企业，由于不具规模经济性，企业试图通过扩大生产规模获得的收益低于通过扩大生产产品种类获得的效益，所以，企业会倾向于扩大范围经济。技术密集型企业（管理技术、生产技术）可以利用厂商拥有的技术、投入的要素或生产设备，能够基本满足两种或更多种产品的生产要求。

4. 建筑业的经济学特性

建筑产品的以上特性导致建筑业的以下经济学特性：

（1）供给与需求受宏观经济波动影响较大。经济增长阶段，投资增加，推动建筑业增长；经济发展放缓，投资收缩，建筑业萧条，建筑业的发展成为经济发展的晴雨表。

（2）供应链特征显著。材料供应商、劳务协作商、设备供应商、地材供应商等多方的有效协作，才能顺利完成产品的生产，生产的效率与效果取决于供应链的资源整合。每一个项目管理就是一条供应链的建立与运行。

（3）承包合同为不完全契约，设计与投资估算无法得到完全信息，即业主无法估算准确投资，承包商无法估算准确成本。由于规模庞大、周期长、不完全信息等造成不确定因素影响大，对合同双方来讲，承包合同都是不完全契约。

第二章

建筑业相关理论研究

20世纪80年代以来，很多学者从不同的角度和层次对竞争行业国有企业、市场结构、企业治理与政府规制等问题进行了深入而广泛的研究，取得了许多很有价值的研究成果；对产业组织理论、资本结构理论、企业成长理论、契约经济学、新制度经济学领域的相关理论进行必要的简述，对其中的重要研究结论进行简要总结。这些对于本书分析的深入进行是极其必要的，因为本书正是以这些研究成果为基础形成研究思路和分析逻辑的。

■ 第一节　国内外建筑业发展与改革研究

一、国外建筑业组织研究现状

国外学者直接将建筑业组织作为对象的研究很少，但与建筑业结构、市场行为、市场绩效以及产业组织政策等方面有一定程度关联的研究还是比较丰富的，其中有些研究方法和结论对于研究我国建筑业组织有一定的借鉴作用。

1. 建筑业结构方面的研究

Ofori（1996）通过测算绝对集中度的变化，分析了国外建筑承包商的进入对新加坡建筑业市场结构的影响，他认为从长远来看，国外承包商的进入可以增强新加坡本国承包商的竞争实力。Shirazi 等（1996）研究了建筑业的组织结构。

英国伦敦大学的 Stumpf（1995）对英国建筑业不同类型建筑企业的标准进行了界定。在建筑业中，组织处在动态经营、竞争和不定的环境中。因此，为了在各种各样的内外环境下取得成功，组织应当得到很好的构建、指挥和控制。Morcos 和 Singh（1995）指出，可以通过决策支持系统对建筑业组织结构的可靠性进行评估和管理，该决策支持系统采用组分参量分析和故障树分析，运用定性与定量相结合的方法。

Chianq 等（2001）研究了香港建筑业市场结构，分别测算香港土木工程承包市场、公共房屋市场和私人房屋承包市场的赫芬达尔指数，并从指数大小判断出集中程度最高的是土木工程承包市场，公共房屋市场次之，最低的是私人房屋承包市场，并指出技术、资金壁垒的高低是影响市场集中度的主要因素。他们认为，政府将成为建筑和管理工作的主要客户，香港政府在促进承包商的整体竞争中能扮演一个更加活跃的角色。

2. 建筑业企业行为方面的研究

美国学者 Chinowsky 和 Meredith（2000）就企业战略问题对美国《工程新闻记录》（*Engineering News-Record*，ENR）评选出世界最大的前 400 家大型承包商，相对中小型承包商而言，大型承包商具有很强的技术领先战略意识，并认为这是大型承包商保持较高的绩效水平的关键。

Eccles（1981）利用房屋建造商与专业承包商之间的交易次数、关系稳定性以及使用劳务分包的次数等调查数据，证明了总分包商维持长期业务关系的重要性。

Hsieh（1998）对我国台湾地区 1000 家总承包商的问卷调查的统计分析表明，分包商存在的短期投机行为及其与总承包商之间的沟通问题是影响项目生产效率提高最关键的两因素。

3. 建筑业产业绩效方面的研究

国外学者对建筑业绩效方面的研究都集中在项目现场层次的劳动生产率研究上，其中比较著名的研究包括 Brien（1990）、Osman（1990）以及 Radosavkhevuc（2002）等对现场的劳动生产率扰动及其影响因素的分析。

二、国内建筑业组织研究现状

西宝（1998）主要就建筑业宏观问题进行了国际比较研究，对建筑业的生产方式、建筑业的市场供给和需求、建筑业增长波动、产业结构发展和建筑业与国民经济协调发展等问题进行了深入研究。对产业结构发展的研究主要是针对建筑业在第二产业中的地位演变、建筑业与第二产业各行业效益比较指标的选取以及建筑业与国民经济投入产出关系等问题进行了分析。

周强和卢有杰（1999）对建筑业的壁垒进行探讨，主要对建筑业进入壁垒进行了研究，并就进入壁垒对建筑业的影响进行了分析，但没有对移动壁垒和退出壁垒进行探讨。

金维兴和杨占社（1999）在分析中国建筑业产业的组织现状后认为，提高我国建筑产业竞争力应该从以下几方面入手：首先，将国有大中型企业管理层与劳务层分离；其次，重组弹性生产力和有弹性的集团化经营模式；最后，重组刚性的建筑产业结构。

刘志君等（2000）根据吉林省建筑业的统计资料，对建筑业的行业发展趋势、市场结构等方面进行了分析，并对建筑企业的发展方向、发展策略等问题提出了对策建议。

叶敏（2001）提出了建筑企业规模结构合理化的三项标准，即市场选择标准、与其他行业生产相适应的标准，以及带动建筑行业发展的标准。

刘瑞国等（2001）指出，我国建筑业的经济发展仍处于粗放式的增长模式，并提出优化产业组织结构是提高建筑产业整体效益的关键所在，明确建筑企业尤其是大企业是推进技术进步和管理创新，最终实现建筑业集约增长的主体；走产业化和现代化的道路是建筑业效益提高的根本出路等建议。

许天戟等（2001）从世界贸易组织关于"全球贸易自由化"的宗旨出发，分析中国建筑市场开放的必然趋势。通过有关数据的分析对比说明，中国建筑业与发达国家建筑业在体制、法制、机制、产业结构、技术水平及市场竞争力等方面存在着较大差距，而缩短这些差距的重要途径就是与国际惯例接轨，并且从八个方面论述了接轨的具体对策。特别强调，只有维护公正的市场竞争机制和进行企业创新才能提高中国建筑业的整体水平。

樊益棠（2004）从产业组织结构角度，对江苏省建筑企业的经营模式进行分析，并指出浙江省建筑业企业的两种经营模式是各种不同类型的建筑业企业在市场机制引导下，根据行业特点和企业自身特点，扬长避短、深化改革，立足于产业结构的调整和优化而发展出来的值得鼓励发展壮大的经营方法和发展方向。

王放伟（2005）、王丽（2005）将自组织理论与我国建筑企业的市场行为相结合，将建筑业的产业组织过程看做企业的自组织过程，提出建筑企业的两种自组织行为，即自创生型自组织行为和自会聚型自组织行为，并分别阐述了各自的形式内容和特点，分析建筑企业自组织的形成条件和动力机制，并以此作为建筑业产业组织优化的基础。同时指出应在政府的引导下，充分发挥建筑企业的自组织行为，尽快实现建筑企业组织结构的优化。

董悦等（2006）从市场结构、企业行为、制度因素、产业绩效等方面对我国建筑业进行了初步分析，提出体制创新与组织创新等若干对策建议。

周建国等（2006）应用有效竞争理论，分析了建筑企业集团组织的重构动因，提出了建筑企业集团组织重构的模式，论述了建筑企业集团组织重构的意义。

胡勤（2007）指出，建筑业组织优化是整合建筑业，优化技术、资金以及劳动力等资源在不同企业之间的配置过程，对提高建筑业的资源配置效率具有重要意义。他进而对中国建筑产业的组织现状进行了分析，提出建立有效竞争机制的组织优化调整方向，并给出了我国建筑产业组织优化的思路和基本观点。

王飞等（2008）利用产业组织理论分析了中国建筑装饰业的市场结构、企业行为和市场绩效，结论表明我国建筑装饰行业的市场集中度极低，过低的市场集中度造成建筑装饰企业激烈的市场竞争；建筑装饰行业工程质量问题突出，建筑装饰市场实行最低价中标办法后，由于缺乏相应的政策环境，在执行过程中容易形成恶性竞争等问题；建筑装饰业行业整体利润率水平低，处于微利状态，行业亏损面严重。在此基础上他们提出了相关的一些政策建议。

陈德强等（2009）借鉴产业组织理论，运用 VAR 模型，建立建筑业产业绩效模型。在模型系统内选取江苏省的建筑业作为实证对象，通过 Granger 因果检验和脉冲响应函数，考察建筑业产业组织结构对产业绩效的影响，得出市场集中度、企业效率和产权结构均是产业绩效的单向 Granger 因子的结论。在一定的滞后期内，市场集中度和企业效率对产业绩效具有正的冲击效应；而产权结构对产业绩效具有负的冲击效应。因此可通过提高建筑业产业集中度，加大建筑业技术创新力度，调整建筑业所有制结构来有效地提高建筑业的产业绩效。

郭海兰（2010）运用产业组织理论中的 SCP 范式分析框架，对我国建筑行业的市场结构、市场行为和市场绩效进行分析。结果表明，目前整个建筑行业的 SCP 反向因果关系并不明显，建筑市场结构不完善、企业核心竞争力不高。

三、建筑业产业组织研究存在的问题

纵观国内外有关产业结构和建筑业产业结构调整的研究，虽然取得了较

大的进展，但也存在不少问题。

（1）从产业结构角度进行系统研究的成果较少。现有的建筑业产业结构调整研究成果主要是分析建筑业当前存在的一定问题，针对这些问题提出一些相关措施。这些研究缺乏从产业组织理论角度进行的系统研究，无法把握建筑业产业结构调整的整体状况。

（2）缺乏产业结构方面较为深入的研究。现有的一些研究主要是从建筑业产业结构的概念、应用等表面进行，缺乏深层次的经济学特征分析，无法从根本上认识建筑业产业结构的调整方向。

（3）建筑业产业结构调整策略的系统性和可操作性不够。现有的一些研究在研究建筑业产业结构调整策略、方法、途径、对策方面，仅停留在表面，宏观的内容较多但操作性不强，微观阐述不够。因此，将产业结构理论应用于建筑业产业结构调整，并对当前建筑业产业结构方面的问题进行系统深入的研究是十分必要的。

第二节　企业成长理论

20世纪80年代开始，企业理论从不同的角度对企业成长实质、形成企业竞争优势的根源问题进行探讨，研究者把重点聚焦于企业所拥有的特殊能力和知识，企业能力理论应运而生。企业能力理论由波特的产业结构观转向了企业能力观，即由企业外部转向了企业内部，进而演进到内外结合。企业能力理论的产生与发展，标志着企业理论研究发展到了一个新阶段。

一、竞争优势理论

20世纪80年代，迈克尔·波特（Porter，1997，2005a，2005b）通过其著名的竞争三部曲，建立了竞争优势理论体系。波特在《竞争战略》中提出的竞争优势理论，成为研究企业竞争优势之源的主流。波特的竞争战略理论认为，企业获取竞争优势有三种基本战略：总成本领先战略、标新立异战略、目标集聚战略。波特在《竞争优势》中创立了价值链理论，建立了分析企业竞争优势来源的架构，并探讨了如何提升企业竞争优势。"将企业作为一个整体来看无法认识竞争优势。竞争优势来源于企业在设计、生产、营销、交货等过程及辅助过程中所进行的许多相互分离的活动"。波特认为竞争优势的关键来源是价值链的不同。

该理论是以产业作为研究基础的，其作用力对于行业内所有企业的影响强度基本是一致的，它并未很好地解释同一行业中，具有超额利润率的企业其竞争优势之源是什么？罗曼尔特（Rumelt，1991）的实证分析表明："产业中长期利润率的分散程度比产业间利润率的分散程度要大得多。"统计资料表明，产业内企业之间的利润率分散程度比产业间的分散程度要大 3～5倍。"很明显，最重要的超额利润的源泉是企业具有的特殊性，而非产业间的相互关系。"

在上述背景下，20 世纪 80 年代以来，研究者们将探索竞争优势的着眼点转移到了企业内部，由此产生两个相互独立又相互补充的流派：资源基础论和企业能力学派。这两个流派都建立在企业内在成长论的基础上并为企业内在成长论的深入发展作出突出的贡献。

二、基于资源的企业理论

经济学家张伯伦（Chamberlin，1933）与罗宾逊（Robinson，1934）对企业拥有的特定资源的重要性进行了研究，提出特殊的资源或匹配的能力是保证企业在非完全垄断竞争状态下获取经济回报的关键要素。他们认为这些要素是企业异质性的体现，Chamberlin 还专门列举了几种资源，包括我们所熟知的管理人员协调配合的能力、技术能力等，从中可以比较清晰地看出资源基础理论资源概念的原型。在波特竞争优势理论的局限性表现出来以后，20 世纪 80 年代中后期的一些学者将探索竞争优势的着眼点转移到了企业内部，在彭罗斯（1959）倡导的"企业内在成长理论"的基础上提出了资源基础理论。他们认为，企业竞争优势的来源在于其所拥有的特异性及战略性资源和能力，企业通过采取与之相应的价值创造战略获得竞争优势。资源基础理论学派把资源看成是企业竞争优势的根本源泉。

沃纳菲尔特（Wernerfelt，1984）提出了公司内部资源对公司获取经济利益并维持竞争优势的重要意义。他认为企业内部的组织能力、资源和知识的积累是解释企业获得超额收益、保持竞争优势的关键，与外部环境相比，公司内部资源具有更重要的意义，并对企业创造市场竞争优势具有决定性的作用。

巴尼（Barney，1991）把资源定义为："一个企业所控制的并使其能够制定和执行改进效率和效能的战略的所有资产、能力、组织过程、信息、知识等。"迪瑞克斯和库尔（Diericks and Cool，1989）以"资产存量积累"分析框架强调带来竞争优势的资源的内在性质，企业有效竞争的资产存量只有通过连续性投资才能积累起来，即内生发展起来，而不能通过公开市场交易获得。

资源基础理论认为企业是"异质"的。Dierickx 和 Cool（1989）认为，企业这种异质资源完全是不能流动和不可交易性的，企业内部的组织能力、资源和知识的积累是解释企业获得超额收益、保持竞争优势的关键。

资源基础理论的不断演化引起企业理论分析范式的重要转变，对企业成长的剖析由此开始从企业资源水平、结构构成、结构多样化及结构改变、外部资源结构构成及其变动出发，企业成长不再仅是经济学框架下受市场供求关系变动影响的结果，而是将企业置于市场环境中内外部资源积累的相互作用、相互协调的过程。企业资源理论主要强调从企业自身的资源出发而不是从市场角度来研究企业的成长与竞争力，企业拥有的资源状况决定了它不同于其他企业的成长途径，保持优势的关键是获取并利用好企业难以复制和模仿的独特性资源。

三、基于能力的企业理论

Selinick（1957）最早提出了能力的概念，他认为能力或特殊能力就是能够使一个组织比其他组织做得更好的物质。彭罗斯（Penrose，1959）通过构建企业资源——企业能力——企业成长的分析框架，揭示了企业成长的内在动力，她把企业定义为"被一个行政管理框架协调并限定边界的资源集合体"。20世纪80年代以来，企业理论在企业内在成长论的基础之上，发展出企业资源基础论、企业核心能力论、企业动态能力论、企业知识基础论等理论，使企业能力理论不断提升对现实的解释力。

1. 核心能力理论

普拉哈拉德和哈默（Prahalad and Hamel，1990）在《企业核心能力》一书中有里程碑意义地提出的核心能力理论认为企业核心能力具有价值性、延展性、难模仿性，是企业持续竞争优势之源。

核心能力理论是企业内在成长理论，它将经济学和管理学有机结合起来，不仅打破了传统的"企业黑箱论"，并对数十年居于主导地位的现代企业理论提出挑战。但是，这一理论也有明显的局限性：①核心竞争力理论强调企业的内在成长，忽略了或者说淡化了企业与外部环境的关系以及外部成长机制问题；②核心能力理论在解释企业长期竞争优势的源泉的同时，没有给出可行的用以识别核心能力的方法，也没有对如何对核心能力的积累和使用进行有效管理提出有效的、操作性强的途径；③核心竞争力一旦形成，同时从另一个角度看，就形成了核心刚性，将阻碍企业的变革。于是，在核心竞争力理论之后，提斯等提出了强调对环境适应能力的动态能力理论。

2. 动态能力理论

在对核心能力的研究中，越来越多的学者也注意到，在动态环境中竞争优势难以具有可持续性，这是因为：①竞争优势的来源正以逐步加快的速度被创造和侵蚀。也就是说，在动态环境中企业根本不存在核心能力理论所谓的持续的竞争优势，竞争优势只是一个在某一时点上的相对短暂优势的概念。②竞争优势产生于竞争对手的互动中。这意味着在动态环境中竞争优势不仅取决于企业自己如何做，也同时取决于对手如何反击及反击的程度。企业在与竞争对手的动态博弈中形成竞争优势，竞争优势成为与竞争对手互动效果的概念。正是由于在动态环境下难以存在持续竞争优势，核心能力理论在动态环境中必然显得逊色，同时也由于核心能力本身所存在的刚性缺陷，核心能力理论难以进化为可以指导处于动态环境中的企业建立竞争优势的理论。在此背景下，提斯等受到 Leonard-Barton 著名论断"如果企业自身不能更新核心能力的话，那么核心能力最终变成核心刚性"的影响，于 1994 年提出了改变能力的能力，即动态能力的概念，并于 1997 年提出著名的动态能力框架。于是，追求以迅速进行资源整合获得动态环境下的竞争优势的动态能力理论（dynamic capabilities perspective，DCP）逐渐发展起来，并且成为战略理论研究的一个新的热点。

提斯、皮萨诺和舒恩（1997）对 20 世纪 80 年代以来高科技企业发展的实证分析表明，对外部环境的反应能力是解释企业成功发展的关键。国际市场上的优胜者是那些能够适时反映技术和市场环境变化，通过对企业内部和外部资源进行有效整合，进行快速和灵活的产品创新的企业。并把企业对外部环境变化的反应能力称为企业的动态能力。将动态能力定义为公司的集成、开发和重构内外部能力的能力，以适应快速变化的环境，并建立了动态能力的 3P 分析框架：流程（processes）、位势（positions）和路径（paths）。根据动态能力的 3P 分析框架，企业的竞争优势是通过构建既能适应环境变化又与组织路径和现有资产相契合的流程和惯例来实现的。动态能力理论秉承了熊彼特的创造性毁灭（creative destruction）思想，认为企业只有对核心能力不断地进行创新，才能获取持续性竞争优势。

四、基于知识的企业理论

早在 1997 年，提斯就分析了跨国公司的技术传递问题。1987 年，温特（Winter，1987）提出知识是一种战略性资产的观点。将知识作为一种理论进行全面论述的代表人物是：格兰特（Grant，1996）、斯宾德（Spender，1996）、野中郁次郎（Nonaka and Takeuchi，1995）。

贝克尔（Becker，1964）区分并定义了三种类型的知识：一般知识或通用知识、企业特有知识和产业特有知识，三种不同类型的知识是相互联系的。真正构成企业长期竞争优势的不是正式的系统化知识，而是组织中的超文本化的默认知识；企业竞争优势源泉是建立在知识资源基础上的特异性知识创新能力。在目前的经济环境中，不确定性是一种常态的情况下，知识无疑是企业获得持续竞争优势和发展的源泉："当原有的市场开始衰落、新技术突飞猛进、竞争对手成倍增长、产品淘汰飞快的时候，只有那些持续创造新知识、将新知识传遍整个组织并迅速开发出新技术和新产品的企业才能成功。而这种企业就是知识创新型企业，其核心任务是持续创新。"企业知识理论认为，企业成长的过程是一个动态的生产性知识积累和创新的过程。专业化的生产分工导致企业专业化的知识积累和创新的同时，也会有外部知识的吸收和学习。而外部知识的学习导致企业生产性知识的多元化，生产性知识的多元化进而导致企业生产活动的多元化。同样，国际化成长的过程也是一个动态学习的演进过程，企业在国内多元化之后，随着企业活动的扩张，逐渐接触到国外的生产性知识和经验，经过学习和积累，企业逐步实现国际化成长。

基于知识的企业理论使企业理论的研究从对物的视角转向对人的视角，但相对应地留下了有待解决的问题：知识和知识员工的界定、知识的度量、知识对剩余所有权的索取问题。

■第三节　企业规模与边界理论

科斯对企业本质的论断源于其对美国汽车产业纵向和横向一体化问题的考察，然而，直到20世纪70年代科斯有关"企业存在"和"企业边界"的论题才引起理论界的广泛关注。对企业本质问题的不同解答，导致在研究企业边界时存在不同的理论认识。概括而言，可以将现有企业边界理论的分歧归结为对企业"生产"属性和"交易"属性的不同认识。

一、企业"交易属性"与企业边界

科斯的企业边界理论：科斯尝试利用其界定的企业概念分析企业边界（规模）问题，认为在资源数量既定的前提下，是采用价格机制配置资源还是采用企业配置资源取决于二者相对成本的高低。根据"等边际成本"原则，资源最优配置的条件要满足利用市场价格机制配置的最后一单位资源的边际成本（交易费用）等于利用企业配置的最后一单位资源的边际成本（组织成本），市场交易费用和企业组织成本的相对大小决定了企业可配置资源数量的多少，从而决定企业规模的大小（企业的边界）。

威廉姆森交易费用经济学企业边界理论：威廉姆森在对纵向一体化进行分析的过程中，综合考察了资产专用性和生产成本对企业边界的影响，并从激励强度、管理控制、法律等维度进一步考察企业的边界。在假定产出水平不变的前提下，威廉姆森建立了一个"启发式模型"（heuristic model）分析交易费用和生产成本对企业边界的影响，认为最优的治理结构应该能够实现交易费用和生产成本之和最小化。

测度成本企业边界理论：巴泽尔应用规模经济、测度成本和公共物品三个变量解释企业的规模和边界。纵向一体化的本质是将企业之间的交易转化为企业内部交易，巴泽尔认为导致这种转化的原因在于测度成本的差异。企业内部交易代替企业之间交易的实质是用对雇员绩效的测度代替对中间产品的测度。当中间产品越复杂，属性测度成本越高时，企业越有可能实施纵向一体化；相反，如果对雇员绩效考核的成本降低，企业也愿意将更多的生产活动纳入企业内部进行，企业纵向一体化程度将随着雇员监管成本的降低而提高。企业所提供的公共物品的生产水平决定企业的横向边界（Barzel，2006），在无法通过市场或其他组织获取这些公共物品时，企业只能自己组织生产，企业自己生产公共物品导致企业的横向扩张。"U"形长期平均成本曲线的最低点确定公共物品的最优产量，进而确定企业的"宽度"（width of the firm)，即企业的横向边界。

契约经济学与企业边界模糊论：与科斯的企业"契约观"不同的是，契约经济学并不认同"企业以权威配置资源"的命题，而是将企业视为契约的"联结物"（nexus of contracts），在契约经济学中，企业完全成了被契约网包围而成的法律上的"虚构物"（fiction），由于将企业和市场都还原为契约的组合，企业的边界便无从划定。

产权与企业边界：格罗斯曼和哈特（Grossman and Hart，1986）、哈特（1995）、哈特和莫尔（Hart and Moore，1990）的著作中，认为企业边界取决于纵向一体化收益和成本的权衡（trade off）。纵向一体化的必要性取决于所有权的配置能否最大限度地减少投资扭曲（distortion），当一体化的收益高于成本时，企业实施一体化扩张其边界，相反，当一体化的收益低于成本时，企业则维持不变的规模和边界。

二、企业"生产属性"与企业边界

无论是从分工和专业化角度研究企业的古典政治经济学，还是在价格理论框架下研究企业的新古典经济学，都几乎只是考察作为一个生产单位的企业的"生产属性"。交易费用经济学的出现，使经济学家一度偏向于企业的"交易属性"。20世纪70年代开始，相继出现的企业能力理论、基于资源的企业理论、基于知识的企业理论、演化经济理论、企业家理论都是以企业为分析单位，侧重从"生产功能"角度对企业的本质和边界进行阐释，关注企业的整体，而不是构成企业的交易、契约或资产。

演化经济学的企业边界理论：理查德森（Richardson，1972）开创了用"能力"概念分析企业边界问题的先河。理查德德森将对企业的分析融入到产业分析和市场分析中，他认为产业是由研发、制造、销售和服务等不同经济活动组成的，对相同生产活动（需要相同或相似能力的活动）和不同生产活动的抉择决定企业的边界。因为受规模经济和范围经济的影响，企业只应将相同生产活动纳入边界以内，而将不同生产活动推向市场（其他企业）。

继理查德德森以后，Foss（1993），Langlois（1988），Langlois 和 Cosgel（1993），Silver（1984）主要从知识角度关注能力对边界的影响。"理解企业边界变迁要求我们通晓企业的专有能力，这些能力是决定什么通过企业完成，什么通过市场完成的非常重要的因素。"钱德勒对企业发展史的考察，雄辩地说明在企业边界分析中引入"能力"维度的重要性。

企业资源理论的企业边界：企业资源论遵循资源—战略—绩效的分析范式，将企业边界决策融合在企业战略分析中。该理论分析的逻辑起点是不同企业在可控性生产资源占有上的异质性，企业资源占有是服从企业战略需要的。按照 SWOT 的企业战略分析方法，企业拥有的资源应该满足如下特征：有利于拓展企业生产机会，当前和潜在的竞争者缺乏、难以模仿、不存在战略意义上的替代品（Mahnke，2002）。为增进企业绩效，企业只应该拥有满足上述特征的资源，而企业边界也内生于企业拥有的资源数量。在 RBV 中，企业边界不再取决于资产专用性等外生设定的交易属性，而是内生于企业战略。

企业家理论与企业边界：企业家理论在研究组织设计、企业流程再造、一体化和外包等有关企业边界变迁问题中，引入了企业家这一分析要素。对企业家与企业边界关系的分析能够更多体现企业边界决定中的"主观因素"。现有企业家理论分别将企业家定义为协调者（Say，1803）、套利者（Kirzner，1973）、创新者（Schumpeter，1934）及不确定性承担者（Knight，1921），企业家要素会影响在企业内组织一项交易的成本，进而影响企业边界。

三、超越交易费用经济学分析范式的企业边界理论

基于交易费用经济学企业边界理论目前占有的主流地位，现阶段还没有建立起一个替代其分析范式的新的企业边界理论。为突破现有交易费用经济学分析范式的缺陷，理论界综合运用交易费用与测度成本、交易费用与治理、动态交易费用等综合理论工具，对企业边界问题进行了理论和经验研

究，形成了一些超越交易费用分析范式的理论路径。立足于"交易"属性对交易费用经济学进行内部整合，引入"生产"属性对交易费用经济学进行外围突破，是超越交易费用经济学企业边界理论的理论路径。

Dosi（1994）指出："企业的边界不仅要按照交易成本来理解，还要按照学习、路径依赖、技术机会、选择和互补性资产来理解。"在动态的、非均衡的情况下，企业的边界可能是变动的和不固定的，路径依赖在决定垂直一体化和企业边界结构方面具有重要作用，必须通过企业演变的历史过程来理解其现在的边界。

第四节　企业价值来源与价值管理理论

企业价值的内涵极其丰富。企业价值可以是一种企业推崇的价值理念，它反映企业在激烈的市场竞争中，为了求得生存和发展，必须使自身价值在市场中得到承认，并不断寻求增加价值的途径，以价值最大化为战略目标从事各种经营活动；企业价值也可以是一个具体指标，如企业总资产价值、股权价值、公司市值等，用于衡量企业在某种经济行为发生时所处市场状态下的价值量大小；企业价值可以指企业的社会价值，表明企业为社会创造财富、提供就业、满足国家宏观调控等的作用；也可以指企业的经济价值，将企业本身作为一种特殊商品，通过一定的途径来货币化表示。

西方关于企业价值管理的相关文献始于20世纪60年代，经历了70、80年代理论方法的探讨，形成百家争鸣的局面。进入20世纪90年代后，人本经济特征明显，从对人文社会的认识研究企业的价值管理，这一阶段可以说处于新经济形态的蓬勃发展阶段，传统理论研究在实践中面临着尴尬局面。在这一过程中，企业的管理经历了企业战略价值、企业价值链管理的转变。进入20世纪90年代，企业价值与企业价值管理概念开始成为新鲜的话题。这时，企业的价值观念逐渐开始突破传统的财富观念，而逐步地向具有人性化行为特征的价值观转变。这种端倪的出现体现出企业管理行为适应多变的人文社会发展的要求。

一、关于企业价值来源的研究

（1）劳动价值理论。威廉·配第在《赋税论》中首次提出劳动是价值的来源这一观点。后来，李嘉图进一步深化了劳动价值论的思想，坚持劳动是价值的唯一来源，即一元的劳动价值论。马克思把劳动价值理论发展到最高阶段，形成了科学的劳动创造价值的思想，认为商品是用来交换的劳动产品，具有使用价值和价值两重属性；价值是凝结在商品中的无差别的人类劳动，是以社会必要劳动时间来衡量的，而企业价值是指凝结在企业这一特定商品上的无差别的人类劳动，其大小是由其社会必要劳动时间决定的。

（2）资本价值理论。资本的内涵被不断拓展，趋于隐性化、多元化，现代企业的价值来源趋于多元化，价值的增长越来越多地依赖于无形资本、人力资本、组织资本、生态资本等所带来的价值。

有形资本创造价值：一是硬资本创造价值。硬资本表现为生产中使用的厂房、机器、技术装备以及原材料、流水线等。二是软资本创造价值。软资本包括先进技术、知识产权、网络平台、业务模式、流程再造、营销渠道以及制度安排等，它对一个企业的价值增长起着越来越重要的作用。

无形资本创造价值：如企业文化、思想、时间等。

人力资本创造价值：知识资本在其复制和使用过程中总量不断增长、更新速度日益加快，不仅自身的价值会增值，还会产生巨大的溢出效应。

组织资本创造价值：不同的组织创造价值的能力大相径庭，企业组织资本的形成需要长时间的积累和较高的资源投入，同样资源的投入，产生不同能力的组织，这是一个永远破解不完的问题。

二、基于资源观点的企业价值创造

分析基于资源的观点，不同企业绩效是企业的资源或能力的异质性所导致的。如果一个企业能够获得稀缺的、有价值而且不可替代、难以被模仿的资源或能力，它就能取得竞争上的优势，从而为企业创造价值。RBV 关注的是经济租金的创造与保持。RBV 将企业看成是一组资源和能力的组合，往往从资源及其租金的属性角度来考察企业所能选择的价值活动。不同类型租金的创造，构成了组织价值创造活动的主要内容和目的。

三、企业价值管理的提出

企业的价值管理思维出现于 20 世纪 80 年代末，于 1986 年由雷帕·波特（Pott，1986）提出，1989 年戈麦兹和塞戈米（Gomez，1989）与韦伯（Webbe，1989）使其发展。企业价值管理主要反映企业在价值潜力、核心能力和整体价值管理与价值增长等观念上的更新。价值的管理原则概念、价值潜力与它在公司倍增的观念于 1992 年由庞姆平（Pamp，1992）提出，指公司在增长缓慢与停滞时期需要利用每一种甚至还没有开发出来的发展潜力，重新优化定位其在产业组织结构中的战略经营单位，使公司不仅仅在发挥潜力方面获得成功，而且增加企业的行为能力，对企业长期发展产生必要的影响。1990 年，美国著名管理专家普拉哈拉德和哈默（Prahalad and Hamel，1990）共同在《哈佛商业评论》上发表了文章《核心竞争能力》（*The Core Competence of the Corporation*），在文中他们首次提出"核心竞争力"的概念，要求企业的整体实力与各个经营单位的行为协调一致，竞争能力应该突出在配合企业的核心能力上；为了开发这种核心能力，每个经营单位的智力资源都要为这一全面整体的价值增长服务。

四、企业价值管理的目标

第一，股东价值最大化。20 世纪 90 年代，西方对企业价值管理的形态有了新的研究成果。杰克·默林（Jack Murrin，1991）认为："股东价值对于就业、社会责任、环境等的重要性历来是人们激烈争论的话题，往往争论的焦点在于股东与利益人（stake holder）的价值哪个更重要？"

企业行为服务的目标不同，企业管理行为的价值取向也是不同的。美国与英国历来的目标就是股东价值的最大化；而荷兰国家法律规定公司的治理重心应该放在企业的生存上，而不是代表股东追求价值，德国与斯堪的维亚国家的公司治理机制也有类似的规定。虽然如此，杰克·默林等（Jack Murrin et al.，1990）探讨了股东价值最大化的最佳方案，他提倡企业的管理行为是为股东服务的，企业的管理应该首先协同于股东的行为，应该与股东的要求保持高度一致。虽然不同国家对企业管理行为的价值取向不同，但是他认为企业价值行为所产生的绩效是衡量一个管理行为整体绩效的最佳标准。企业的价值创造要使企业的每一个经营者真正成为价值的管理者。

第二，利益相关者价值最大化。彼德·戈麦兹（Gomez，1989）提出在股东价值最大化的基础上实现利益相关者的整体利益最大化，客观上给企业管理行为协同的对象提出了新的要求。在其1998年著《整体价值管理》（第一章）中就提到经济成就—环境的可持续性—社会责任与整体价值的观点。这代表了企业管理行为价值取向的新视野，他的价值管理思想结合了传统的价值管理思维，即财务管理与战略管理为一体。他认为，企业的主要目标不是获取竞争优势而是获取公司整体价值提高，这样，就确定了他的以管理行为协同的对象为利益相关者的价值取向。其战略思路是起初增加股东价值，最后增加利害攸关者的价值。

第三，顾客价值理论。美国著名管理大师彼德·德鲁克（Drucker，1990）曾坦言："任何组织都必须做好准备，抛弃其以前所做的每一件事。"企业的环境正发生着令人迷惑、复杂快速的变化。企业的权利正在由内部转向外部，正在由管理层向自由市场转移，趋向于在其利益相关者之间分配，而这种权利转移的结果将成为决定企业最终竞争力的核心因素。自20世纪90年代以来，顾客价值（customer value，CV）成为西方营销学者和企业家共同关注的焦点领域，被视为竞争优势的新来源。大前研一（Ohmae Knecihi，1998）在其《战略回归》一书中强调，战略的本质在于为顾客创造价值，而非在产品市场上战胜对手。

Porte把顾客价值定义为买方感知性能与购买成本的一种权衡。

Kotelr 把顾客价值定义为总顾客价值与总顾客成本之差。其中总顾客价值指顾客期望从某一特定产品和服务中获得的一组利益，包括人员价值、形象价值、服务价值和产品价值；总顾客成本则指在评估、获得和使用该产品或服务时而引起的顾客的预计费用，包括产品的货币价格、时间成本、精力成本和体力成本等。

Zaithna 总结出感知价值的四种含义：价值就是低廉的价格；价值就是在产品或服务中所需要的东西；价值就是付出所能获得的质量；价值就是由于付出所能获得的全部。

虽然顾客价值的定义繁多，但这些顾客价值的定义有以下几个突出的共同的特点：首先，顾客价值是紧密联系于产品或服务的使用，但非内在于产品和服务；其次，顾客价值是顾客感知的价值，它由顾客决定，而非企业决定；再次，这些感知价值是顾客权衡的结果，即顾客所得与所失的一种比较；最后，顾客价值由企业所提供。

五、多学科角度的企业价值管理行为研究

20 世纪 90 年代以后，对企业价值管理行为的争鸣走向白热化，很多学者从多学科角度研究企业价值管理行为如何适应复杂的人文社会的需要。

第一，从生态学角度研究企业的价值行为。美国环境与资源价值评估领域的国际权威、美国著名环境经济学家迈里克·弗里曼（Freeman，1993）就经济环境学界的热点，用古典经济学的理论系统地研究了环境资源的价值。其1993 年出版的权威著作《环境与资源价值评估——理论与方法》一书介绍了环境价值的经济学分析与计量方法，从企业适应环境行为角度探讨了人文社会与环境协调发展的价值观。美国学者莱斯特·R. 布朗（Brown，1985）所著《生态经济学》一书在中国古老文明所蕴涵的生态平衡价值观与当代中国的伟大实践中所获得的启示下，提示人类与自然生态平衡对立的经济活动必然带来自然对人类的惩罚，从而提出企业价值管理行为中的价值伦理问题。

第二，从社会文化角度研究企业管理行为。美国哈佛商学院著名教授，

世界知名的管理行为学和领导科学权威，两次获得麦肯西基金会"哈佛商学院最佳文章奖"的约翰·科特和詹姆斯·赫斯克特（Kotter and Heskett，1992）著《企业文化与经营业绩》（*Corperate Culture and Performance*）一书研究了企业管理行为的文化价值观导向如何影响企业的适应社会文化价值观的需要，使组织创造更大的价值。1998年2月，美国学者史蒂文·霍华德（史蒂文·霍华德，2000）著《公司形象管理——21世纪的营销售制胜之路》（*Corporation Imagement—A Marketing Discipline for the 21st Century*）研究了组织的文化与变革的环境的关系、组织形象如何作用于消费者心理，符合消费者的文化需要，从而体现价值等内容。

六、企业价值评价研究

19世纪末20世纪初，科学管理之父泰罗通过工作效率研究为每一产品建立了原材料、人工消耗的定额标准。此后，工程师与会计师又将数量标准扩展成为每小时人工成本、单位产品原材料成本等价格标准，进而建立了产品的消耗定额。到19世纪中叶，由于企业生产规模不断扩大，外部融资数额日益扩大，企业信用评价也随之产生。此后，经过不断完善，发展为财务模式、价值模式和平衡模式。

第一，财务模式。财务模式是以利润最大化为导向的。财务模式产生于20世纪初的生产管理阶段，20世纪初，杜邦公司的财务主管唐纳森·布朗（Donaldson Brown）建立了杜邦公式，即投资报酬率＝资产周转率×销售利润率，用"投资报酬率"法来评价公司业绩，并发明了至今仍广泛应用的"杜邦系统图"。财务模式中所使用的业绩指标主要是从会计报表中直接获取的数据或根据其中的数据计算的有关财务比率，应用最为广泛的评价指标有投资报酬率、权益报酬率和利润等财务指标。

第二，价值模式。价值模式以股东财富最大化为导向。1986年，阿尔弗雷德·拉帕波特（Alfred Rappaport）在《创造股东价值》一书中，提出了一个从股东价值角度评价企业业绩的方法，即股东价值＝公司价值－债务。

价值模式所使用的评价指标主要是经过调整的财务指标或根据未来现金流量得到的贴现类指标。价值模式中最有代表性的指标是经济增加值，用市场价值增加值（market value added，MVA）来表示，即 MVA＝市值－总资本。

MVA 仅限于从外部对上市公司进行整体评价，在评价公司内部各个局部的业绩方面，MVA 则是无能为力的。

1991 年，斯特恩·斯图尔特（Stern Stewart）公司提出了经济增加值（economic value added，EVA）指标，即 EVA＝NOPAT－WACC×NA。

EVA 是公司经过调整的营业净利润（NOPAT）减去该公司现有资产经济价值，WACC 是企业的加权平均资本成本，NA 是公司资产期初的经济价值，NOPAT 是根据报告期损益表中的净利润经过一系列调整得到的。企业 EVA 持续地增长意味着公司市场价值的不断增加和股东财富的增长，从而实现股东财富最大化的财务目标。1997 年，杰弗里（Jeffery）等提出修正的经济增加值（refined economic value added，REVA）指标，进一步发展了经济增加值指标。

价值模式站在股东的角度来评价企业的业绩，它的评价指标主要还是通过对财务数据的调整计算出来的货币量指标，由于对非财务指标的考虑不足，价值模式无法控制企业的日常业务流程；同时，价值模式也没有充分考虑企业的其他利益相关者。

第三，平衡模式。1992 年，卡普兰和诺顿在平衡计分卡中给出了财务、顾客、内部业务流程、学习与创新四个方面的评价指标，引入了非财务指标，构建了财务指标与非财务指标相结合的评价指标体系。财务指标说明企业已采取的行动所产生的结果。而顾客满意度、内部业务流程及学习和创新活动等非财务指标作为未来财务业绩的推进器，对财务指标进行补充。从深层来看，平衡模式以战略目标为导向，通过指标间的各种平衡关系以及战略指标或关键指标的选取来体现企业不同利益相关者的期望，从而实现企业价值最大化的目标。

在企业管理目标经历着从利润最大化被股东财富最大化取代，再从股东财富最大化向企业价值最大化转变的过程中，过去的一个多世纪以来，西方管理会计实务也发生了革命性的巨变，强调股东价值创造的多元化动因的确认、计量以及管理的战略性方法体系成为了管理会计关注的重点（IFAC[①]，1998；IMA[②]，1999）。国际会计师联合会（IFAC）在1999年修订的《管理会计概念》公告中，将管理会计的概念界定为关注组织资源运用的管理过程，通过不断的检查，判断组织资源是否被有效利用来为股东、顾客和其他利益相关者创造和增加价值。这一重新界定后的概念所反映的价值创造导向是非常清晰的。Ittner和Larcker（2001）指出，到20世纪90年代中期，管理会计进入第四个阶段，即基于价值管理（value based management）[③]的研究阶段，重点由计划与控制以及减少浪费扩展为对股东价值、客户价值、组织创新，以及业绩创造动因的确认、计量和管理，并更多地强调战略性的企业价值创造。

王化成和佟岩（2001）在回顾我国20世纪后20年中国财务理论研究状况的基础上，指出我国财务管理目标的提法经历了一个不断反复、变化的过程，从利润最大化到财富最大化再到企业价值最大化是其主线发展过程。而诸如平衡计分卡、作业管理等新的管理会计工具则改变了传统以财务控制为导向的管理会计方法，将管理会计功能从原来单纯的"控制型导向"视野拓

①　IFAC是International Federation of Accountants的简写，指国际会计师联合会。该联合会是一个由不同国家职业会计师组织组成的非营利性、非政府性和非政治性的机构，总部设在美国纽约。它代表着受雇从事公共业务（public practice）和在工商业、公共部门和教育部门任职的会计师。IFAC的目标是努力发展会计师行业，促进其准则在全球范围内的协调统一，使会计师能够站在公众利益的角度提供持续高质量的服务。

②　IMA是Institute of Management Accountants的简写，指美国管理会计学会。该学会成立于1919年，是一个一直以追求成为管理会计、财务及信息管理相关领域的领导者为发展目标的专业组织，其所建立的专业认证制度，是目前全球针对管理会计及财务管理领域的权威认证，目前全球共有70 000多名会员及265个美国及全球分会。

③　价值管理框架以管理会计的实务为基础，明确提出以为股东创造出色的长期价值为管理目标，意在为业务计量和管理提供一个整体框架。这项整合着眼于：a. 界定和实施能为股东创造最大价值的各项战略；b. 实施聚焦于横跨企业业务单元、产品和客户群的价值创造活动和潜在价值动因的信息系统；c. 契合管理流程，如企业计划、资源配置和价值创造；d. 设计反映价值创造的业绩计量系统和员工激励计划。

宽到"价值创造型导向"的管理模式，大大促进了管理会计的发展（王斌和高晨，2004）。

郭敏和张凤莲（2004，2005）直接指出财务管理和管理会计的研究对象均为价值运动，研究目的也都是为了通过价值创造来实现企业价值增量的最大化，因为价值创造不仅是实现企业价值最大化的根本，亦能克服企业价值难以计量的缺陷。

以上研究从价值来源、企业价值目标、价值评价等方面丰富了企业价值理论，拓宽了企业价值研究方向。但是，这些研究多处于理念的层面，缺少可操作性。例如，在价值创造方面，缺少对驱动因素的研究，不能解决如何更多地创造企业价值的问题；在企业价值目标方面，从不同角度进行了多元目标研究，而对于究竟把什么作为目标，没有一个明确结论；价值评价方面，由于价值创造驱动因素、价值提升路径没有研究成果，对非财务指标的取舍与权重难以确定，评价结果无法准确反映企业价值。

第五节 平衡计分卡和 EVA 的理论研究

一、平衡记分卡概论

20 世纪 90 年代，在长期不断演变的基础上，西方企业业绩评价系统发生了巨大的变化，突破了单纯运用财务指标评价业绩的传统做法，并且将企业业绩评价与公司战略理论结合，形成了平衡计分卡。平衡计分卡（balanced score card，BSC）是由罗伯特·S. 卡普兰（Robert S. Kaplan）和大卫·P. 诺顿（David Norton）于 1992 年提出的。它是一种以信息为基础、系统考虑企业业绩驱动因素、多维度平衡评价的一种业绩评价系统；同时，它又是一种将企业战略目标与企业业绩驱动因素相结合、动态实施企业战略的战略管理系统。平衡计分卡强调根据多维的"价值动因"——包括财务业绩、客户关系、内部经营过程以及学习和创新——来计量业绩

（Kaplan and Norton，1996，2001，2004）。在随后的研究中，Banker 等（2004）、Behn 和 Riley（1999）、Ittner 和 Larcker（1998a）的研究发现，客户满意度指标与未来会计业绩和（或）现时市场价值有正相关关系，Ittner 和 Larcker（1998b）也发现，前者具有领先指标的作用。然而，客户满意度与未来业绩之间并非线性关系，在其较高水平上客户满意度的业绩效应并不明显。另外，少量研究为平衡计分卡所称"效益"提供了有限的支持。

平衡计分卡的两位创始人罗伯特·卡普兰和戴维·诺顿，在对实行平衡计分卡的企业进行长期指导和研究的过程中发现，企业由于无法全面地描述战略，管理者之间及管理者与员工之间往往无法沟通，对战略无法达成共识。平衡计分卡只建立了一个战略框架，而缺乏对战略进行具体而系统、全面的描述。于是，他们在合著的第三部著作《战略地图——化无形资产为有形成果》中提出了绘制战略地图的方法。战略地图是建立在平衡计分卡基础上的，描述战略的一般框架，它运用图表的形式将企业战略要素之间的因果关系清晰地描述出来，使所有管理者和员工能够更好地理解战略，并指明他们如何通过与战略协调一致从而为战略实施作出贡献。

二、EVA 与关键绩效指标（KPI）的整合与创新

价值管理将研究的重点由计划与控制以及减少浪费扩展成为通过对股东价值、客户价值、组织创新，以及业绩创造动因的确认、计量和管理，并更多地强调战略性的企业价值创造（Ittner and Larcker，2001）。国内学者刘力、宋志毅（1999）、陈良华（2002）、孙铮和吴茜（2003）等通过对价值与价值创造的分析与评述，阐明了经济增加值（EVA）和企业价值的内在联系及其在价值计量和评价上的作用，并阐明 EVA 对传统会计准则的修正及其使用中可能出现的问题和相应的解决方案。

EVA 源于诺贝尔奖获得者经济学家默顿·米勒（Merton Miller）和弗兰科·莫迪利亚尼（Franco Modigliani）关于公司价值的模型，它是指在扣除资本成本之后剩余的利润，也就是"剩余收入"（residual income）或者"经济利

润"（economic profit）的概念。20 世纪 90 年代初，由美国斯特恩·斯图尔特（Stern Steward）财务管理咨询公司在剩余收益的理论基础上提出了一种以股东价值为中心的企业经营业绩评价的新方法——经济增加值（EVA）（斯特恩·斯图尔特等，1994），发展成为一种崭新的管理评价体系。可口可乐、美国电报电话、宝利来、通用汽车、惠普、高盛公司和第一波士顿银行等 300 多家公司都实施了 EVA 管理评价体系，且考虑采用 EVA 的公司正在增加。管理学大师彼得·F. 德鲁克在《哈佛商业评论》上撰文指出："作为一种度量全要素生产率的关键指标，EVA 反映了价值管理的所有方面。"华尔街的证券分析师们甚至发现，股价追随 EVA 变化的趋势远远比追随其他因素，如每股收益、营业利润率、净资产收益率的变化更加紧密，这种相关性产生的根本原因在于 EVA 是投资者所真正关心的。提米歇尔·T. 纳姆巴（2003）比较了 MVA 和 EVA，在对 EVA 进行详细的介绍和步骤分析后，表明 EVA 是一种优越的银行绩效衡量工具，EVA 可有效地加快银行每年的计划步骤，并将银行的财务业绩与股东价值创造联系起来。富兰克·法德利希（2004）等肯定了 EVA 作为衡量股东价值指标的优越性，并根据欧洲银行业的实际情况，对 EVA 数学模型进行详细具体的分析与调整，选取了 71 家样本银行的数据作实证测算，得出 EVA 对银行股东价值有很好的解释作用的结论。雷·拉斯（2001）提出，应当看到 EVA 与财务绩效的重要关联是生产率，当 EVA 指标运用得当时，能够帮助企业确定哪些业务是创造价值的，从而促使企业在资源配置上合理倾向，通过降低资本成本和提高生产率，达到边际增加值的提高。图利（1993）在他的早期研究中认为，可以通过三种途径来驱动 EVA 的增长：第一是在不增加资本的情况下获得更多的利润；第二是使用较少的资本；第三是将资本投资于较高回报的项目。

Milunovic 和 Tseui（1996）、O'Byrne（1996）及 Chen 和 Dodd（1997）的研究显示，经济附加价值模式在衡量公司经营绩效及市场价值间有显著相关性。Makhija（1997）对市场指标与 EVA 相关关系研究的简单单变量检验发现，相对于会计回报、自由现金流量等传统指标，EVA 指标与市场价值增量更相关。Young 和 O'Byrne（2001）认为，平衡计分卡和经济附加价值两者有高度的互补作用。Fletcher 和 Smith（2004）提到 EVA 在于强调企业价值创造的基本使命，BSC 则在于强调有关价值创造的驱动因素，BSC 和 EVA 必须被视为一个整合系统，从领先指针（leading indicator）到较落后指标（lagging indicator）是一种连续进行的模式。例如，员工满意是内部程序面的领先指针，而内部程序面是员工满意的落后指标，依领先和落后的顺序分别是员工满意、处理程序、顾客满意、EVA；作者以个案研究方式透过层级分析（AHP）的观念，将 BSC 四个主要构面以因果关系的管理推导至位于较高层级的 EVA，并指出将此二制度整合之主要目的是量化企业的领先和迟缓指标的相关重要性，并将二者融合成一个更广泛的绩效指标。汤谷良和杜菲（2004）提出了"基于公司战略的预算目标体系模型"。邓琼姿（2002）的《以随机资料包络分析法对半导体产业经济附加价值之绩效评估》以台湾半导体产业为研究对象，以 1997～2001 年 10 月为研究期间，变量选取 3 个投入项（研发费用、固定资产、销货成本）及一个产出项（EVA），进行企业 EVA 的绩效衡量；实证结果显示：企业 EVA 极大化可以透过资金成本的有效运用来达成。陈梦茹（2002）的《由经济附加价值（EVA）检视产业间价值驱动因子之差异性》以价值衡量观点出发，以经济附加价值（EVA）为公司价值之衡量指针，探讨了传统产业和高科技产业的价值驱动因子差异性；实证结果发现：不论传统或高科技产业，财务性价值动因皆为企业达成价值创造的主要因素。传统产业若能提高销货成长率、增进营运资金使用效率、降低资金成本，皆有助于创造企业价值。高科技产业如能妥善运用营运资金，亦能创造价值。资本支出在两种产业中皆为价值创造之决定因素，却与预测方向不符。陈燕慧（2004）硕士论文《绩效指针与企业价值创造之关联性研究——以台湾地区 LED 产业为例》以 1998～2002 年为研究期间，以台湾地区股市 LED 产业的 12 家上市公司为样本，探讨绩效指针与企业价值创造之关联性，主要研究议题为：哪些营运绩效指针与企业价值相关？这些相关绩效指针对企业价值之关联为何？结合营运指标和财务指标的平衡计分卡观点，是否较之以财务绩效衡量方式，更能驱动企业价值之创造？本研究以产业类别为研究对象，以产业分析为出发点，加以探讨影响企业价值创造之关键指针，力求兼顾理论与实务面。企业价值之代理变量为经济附加价值，而绩效指针则由平衡计分卡的四个构面选取出 10 个指标，将其与应变量之经济附加价值进行多元回归分析。综合研究发现：①销货毛利率、市场占有率、存货周转天数、员工生产力指针与经济附加价值成显著正相关；②以股东权益报酬率、销货毛利率、现金流量允当率、销售额成长率、市场占有率、顾客退货率、研发效益指标、存货周转天数、员工平均留任期、员工生产力 10 个指针作为 LED 产业绩效衡量变量，财务、客户、内部流程、学习构面均与企业价值代理变量"经济附加价值"成正相关。许馨云（2005）的《以平衡计分卡观点探讨信息电子业智能资本指针与企业经济附加价值之关联性》，以台湾地区 1999～2003 年之上市信息电子业为研究样本，经济附加价值为企业价值变量，采用平衡计分卡观点选取智慧资本衡量指标，主要有两个目的：①研究智能资本指针与企业价值间之关联性为何；②探讨有效衡量并管理智慧资本指标以作为策略之执行，是否更能创造企业价值。实证结果汇总表明：信息电子业之人力资源资本指针、信息科技应用资本指针、决策与策略资本指针、生产力与质量资本指针、创新与创造力资本指针、研究发展能力资本等指针与经济附加价值有显著关联。吴翠治（2006）的《绩效评估整合架构之建立：平衡计分卡与经济附加价值之结合》探讨了台湾地区信息电子业上市公司利用平衡计分卡和以每股经济附加价值表示的企业价值之间的关系，验证平衡计分卡四个构面的结构性关系，并证明平衡计分卡和 EVA 是可整合的系统，并运用线性结构关系模式（linear structural realtions model，LISREL）进行因果关系的分析，研究结果显示：所有的指针都可以达到适配度判定指标的期望数值，且分析中结构模式和衡量模式的参数估计值皆可以达到 0.001 的显著水平。

第三章

基于产业组织理论的建筑产业
及中国建筑企业基本分析

■ 第一节　国际建筑业基本状况

一、国际建筑业的基本状况

1. 国际建筑市场现状与前景

1996 年，世界 150 个国家和地区的建筑业总支出约为 32 375.5 亿美元，1997 年受亚洲金融危机影响有所回落，约为 30 760.8 亿美元，但 1998 年又回升至 32 244.5 亿美元。此后，国际建筑市场总体规模基本保持在 3 万亿美元左右的水平，2007 年，全球最大 225 家国际承包商海外营业额总和为 3102.5 亿美元，较上年度的 2244 亿美元增长了 38.3%，增幅比上年提升了 19.8%。巨额基础设施投资、大型石化项目纷纷上马，以及城市标志性建筑的不断涌现，为国际工程承包市场带来了持续的繁荣。2010年，美国、欧洲、中东市场受经济危机影响严重。据有关预测，随着经济衰退的终结以及对基础设施投入的增加，2011年起，市场将涌现新的商机。

2. 国际建筑市场的地区结构

从市场总量来看，欧洲地区、中东地区、亚太地区和美国仍然是当前国际工程承包的主要市场。从市场分布来看，亚洲地区一直是全球最大的国际建筑工程承包市场。据统计，亚洲地区国际工程在全球所占份额一直保持在30%以上；欧洲紧随其后，所占份额保持在20%左右。从增长情况看，亚洲和欧洲市场上工程合同额（营业额）基本保持正增长。与此相对应，中东、非洲和拉美市场所占份额则不断下降。

亚洲的国际承包市场大致保持在每年600亿美元左右，未来15年，亚洲仍将是世界上经济发展最活跃的地区，并将保持较高的经济增长速度。

3. 国际建筑市场的行业结构及发展趋势

从国际建筑工程各专业领域的分布来看，2007年以来，在国际能源需求旺盛的形势下，石化工程的增幅和市场需求量都继续居于第一位，分别是77.6%和25.8%。增幅紧随石化工程之后的是污水处理与环保工程和供排水，分别比去年同期增长69%和49%。交通（34.7%）、工业（30.1%）、房建（24.4%）、电力（19%）和电信（14%）分别在增幅上位列4～8位。从市场需求总量来看，交通、石化和房建依然是主要的市场。

4. 国际建筑市场的竞争结构及发展趋势

从总承包商结构总的格局来看，近年来，国际建筑市场呈现明显的金字塔形状。发达国家的知名跨国建筑承包商始终居于金字塔的顶端部位，虽然数量不多，却掌握着远超过其数目比例的国际建筑市场份额和大部分的收益。发展中国家的建筑企业虽然越来越多地进入了前225家的行列，但总体上仍处于金字塔的下端，数目众多，市场占有份额和收益的比例却都比较低。

　　2010 年 7 月 8 日，美国《财富》杂志公布了 2010 年世界 500 强企业名单，中国铁建股份有限公司、中国中铁股份有限公司、中国建筑股份有限公司、中国交通建设集团有限公司、中国冶金科工集团公司 5 家中国建筑企业再次上榜。中国铁建以 520.44 亿美元的年销售额在排行榜上居第 133 位，成为全球建筑企业的领跑者。在 2010 年世界 500 强企业排行榜上，5 家中国建筑企业的排名普遍比 2009 年靠前了，2009 年，这 5 家企业分别排在第 242位、252 位、292 位、341 位、380 位；而在 2010 年的榜单上，这 5 家企业分别排在第 133 位、137 位、187 位、224 位、315 位，分别前移了 109 位、115位、105 位、117 位、65 位。这反映了中国建筑企业的整体实力在增强，地位在提升。2010 年的世界 500 强企业排行榜是在全球金融危机的大背景下诞生的，由于排名的依据是企业年销售额，欧洲建筑市场的萎缩和亚太地区建筑市场的繁荣导致欧洲建筑企业排名集体退后，中国建筑企业排名整体前移。另外，在 4 万亿元经济刺激政策的影响下，中国铁道建筑总公司和中国中铁股份有限公司受益于大规模的高速铁路建设，成为最大的赢家。

　　值得关注的是，从企业利润上来看，西班牙 ACS 集团、法国万喜集团、布依格集团分别以 27.12 亿美元、22.18 亿美元和 18.33 亿美元，依旧保持去年的行业利润榜前三强的顺序，并且利润额没有大的变化。中国内地 5 家建筑巨头中，中国中铁利润额最高，但也只有 10.08 亿美元，中国中铁完成营业额 507.04 亿元，ACS 集团完成营业额 242.42 亿美元。中国建筑企业在做大与做强之间仍未找到平衡点，与世界一流建筑企业相比仍有较大差距。世界 500 强排名在一定程度上能够反映企业的竞争力，但不能充分证明中国企业已达到世界领先水平。企业竞争力包括知名度、技术研发能力、品牌认可度等，销售额只是一个方面，这正是中国建筑企业难以在欧美建筑市场上立足的原因之一。

5. 发达国家建筑业发展状况

（1）美国建筑业。建筑业是美国经济发展至关重要的发动引擎，具有重要的经济地位。2005年，建筑业的产值占美国国民生产总值的8%～9%，从业人员有600万，企业平均规模为9人。从业人数为100人以上的企业不到6000个，占全国企业1%；20～99人的有4.7万个，约占8%；20人以下的企业有52.6万个，约占91%，美国前100家大建筑商的产品占新建房屋的21.5%，其中最大建筑商为PUITECOYP公司，建屋20 359户，年营业额为3.05亿美元，平均每户为150 000美元。整个建筑业的组织呈现出大、中型企业数量很少，小型企业很多的金字塔结构，在四个市场中仅有一个公司的市场占有率超过10%。这种现象反映了两个方面的问题：一是反映了美国建筑市场竞争的激烈程度，二是反映了美国没有市场垄断、行业垄断。2009年，美国建筑业的衰退无论从广泛性、速度还是剧烈程度相比，都超过了许多经济学家的预测。私人非住宅建筑市场受限于信贷紧缩、公共建筑市场挤压等刺激，资金短缺的现象远比想象中严重。

（2）日本建筑业。建筑业是日本国民经济的支柱产业之一，根据日本总务省2001年统计，日本建筑业的从业人员共为494.1万人，截至2003年3月，日本注册建筑企业共计55.2万家，企业平均规模为11人，日本建筑业前50家大企业的施工规模占全行业的1/4。建筑企业划分为大型、大中型、中型、小型四个层次，企业资质管理类别共有28类。特大型企业只占行业总数的1‰，大型企业占0.7%左右，中型企业占1.3%，小型企业占90%。20世纪90年代中期，由于WTO政府采购协定的生效，外资企业获得许可后可进入日本建设市场，但是外资企业实际上并不能独自承包工程和大量进口使用本国建材，因此其业务范围局限于建筑设计等相关产业。

（3）德国建筑业。德国由于大规模建设的时期已经过去，当前国内工程承包市场容量有限，2003年1月底，其建筑行业从业人数77.8万人，行业总营业额不到40亿欧元。但是，欧洲承包商在专有技术、融资和项目管理等方面具有很强的优势，拥有大量专有技术，显示出了突出的核心竞争力。

二、国际建筑企业的发展特征

（一）重点国际建筑企业的发展态势

1. 万喜集团

万喜集团（VINCI）创办于 1899 年，是一家拥有 100 年以上历史的建筑服务企业，下属子公司有 2500 家，拥有员工 127 000 名，股票市值 66 亿欧元，在全球 80 个国家开展业务，每年开工大小项目达 25 万个。

集团业务分属四大主项：①万喜承包及服务公司（VINCI Concessions），2003 年营业额为 18.95 亿欧元，经营利润 6 亿欧元，纯利 1.64 亿欧元，所属员工 21 900 人。提供的服务主要包括建筑设计、成套工程、工程融资、项目管理等。公司在道路基础设施高速公路建设、智能停车场建设、空港管理及服务方面有很强业务能力。②万喜能源公司（VINCI Energies），所属员工 25 900 人，2003 年营业额为 31 亿欧元，经营利润 1.29 亿欧元，纯利 5300 万欧元，是法国第一大、也是欧洲第一大能源工程及信息化公司，其业务有四大领域——能源基础设施（包括能源运输、电力输送与变电、城市照明）、工业能源（电力输送、电力销售与计量、气体处理、火灾防护等）、服务（能源网络、空调工程、火灾防护、大厦技术服务、保安服务）、电讯（电信基础设施及企业视—数—声—体化传输网络）。③万喜路桥公司（VINCI Eurovia），所属员工 35 100 人，2003 年营业额为 53.38 亿欧元（其中 23.49 亿在国际市场实现），经营利润为 2 亿欧元，纯利 1.26 亿欧元，是法国最大的道路建材生产商，也是世界前列的道路建设与废料回收企业。主要参与道路和桥梁建设，其中包括普通道路和高速公司的设计、施工、改扩建和道路维护等，另外，它还开展市政、工业和商业设施的规划，以及工程物料生产和回收利用等项业务。④万喜建筑工程公司（VINCI Construction），所属员工 44 200 人，2003 年营业额为 77.16 亿欧元（其中 34.72 亿在国际市场实现），经营利润 2.22 亿欧元，纯利 1.78 亿欧元，是法国建筑行业骨干企业，在法国、欧洲、非洲及全球开展民用工程、水利工程、多种技术维护、工程服务等多种业务。

2. 布依格集团

法国布依格集团（Bouygues Group）于 1952 年成立，是一个家族企业，其核心业务是工程建设。目前，它在世界上 80 多个国家和地区开展业务，主要市场包括东欧、西欧、亚洲、非洲以及加勒比地区。Bouygues 集团 2000 年的营业额达 190 亿欧元，其中 70 亿欧元为世界市场销售额。它在全球拥有 119 000 名雇员，其中 45% 是法国境外雇员。布依格 89% 的国际业务来自房屋建筑和交通基础设施建设领域，其中交通基础设施建设业务比重达到 64%，2008 年，布依格在该领域的营业额名列世界第二位，仅次于万喜公司。

3. ACS 集团

西班牙 ACS 建筑公司（Actividades de Construccionesy Servicios）是西班牙最大的建筑集团，公司有 10 万名员工，在全世界 70 个国家都有分公司，其年营业额达 45 亿欧元。

4. 霍克蒂夫公司

霍克蒂夫公司（HOCHTIEF）成立于 1875 年，有着 130 多年的历史，总部位于德国埃森，是德国最大的承包商，也是世界上国际化程度最高的大型工程承包商，公司形成了开发、建筑、服务和特许经营四大业务模块，自 2004 年以来，已经连续 5 次登上 225 强的最高位。霍克蒂夫公司的国际业务集中在房屋建筑和交通基础设施建设领域，2008 年所占比例分别是 42%、23%。业务范围涉及建筑项目的整个生命周期，从前期的规划、投融资、设计，到后期的物流、设备管理、资产管理等。在市场分布方面，霍克蒂夫牢牢占据了美洲和亚洲市场，并连续多年营业额排在该区域市场的第一位。业务市场方面，霍克蒂夫在房屋建筑、通信领域、危险废弃物处理、交通运输、废弃物/污水处理等领域均排在前三位。霍克蒂夫的主要优势在于：通过将产品模块和服务模块有机组合，公司可以涵盖工程项目的整个价值链，优化组合内部各个业务单元的专长和服务来为客户提供"一站式"定制化的服务解决方案，为公司获得更高的利润。

5. 瑞典斯堪斯卡建筑集团公司

瑞典斯堪斯卡建筑集团公司（SKANSKA）成立于 1887 年，总部设在瑞典斯德哥尔摩。瑞典斯堪雅公司是全球最大的建造商之一。目前在全球共有 76 000 多名员工，分布在瑞典、美国、英国、丹麦、芬兰、挪威、波兰、捷克、阿根廷、香港和印度的 15 个运营点。

斯堪斯卡公司是世界上跨越地域最广的工程建设及设施管理公司，在欧洲、美国和拉丁美洲市场上处于领先地位。2008 年，斯堪斯卡实现国际营业额 150.50 亿美元，新签合同额 192.08 亿美元。SKANSKA 的价值创新能力体现在集设计、建造、维护和服务等多种角色为一体的一站式服务，通过价值链的延伸，在项目的全过程中根据客户需求为其创造价值，从而提高利润率。斯堪斯卡公司的业务主要集中在房屋建筑、污水垃圾处理和通信等领域。近年来，斯堪斯卡越来越注重核心业务的发展，通过紧密围绕核心业务、出售全部与建筑无关的其他业务，同时积极进行价值创新来实现可持续增长。

6. 美国福陆公司

美国福陆公司（FLUOR）是世界上最大的提供有关设计、采购、施工和维护服务的综合性工程公司之一，营业范围包括石油和天然气开采、化学和石化工业、商业和专用建筑、运输和基础设施、生命科学、制造业、微电子工业、采矿业、电力工业、信息通信业和运输业。福陆公司在可靠、专业、安全方面所取得的优秀纪录使它在全球工程业领域保持领先地位，福陆公司的主要目标是在满足进度、投资预算和最佳运行标准的前提下，为客户发展、建设并维护投资项目。

（二）国际建筑企业发展趋势

在市场竞争日益激烈的压力下，国际知名的建筑企业为保持和提升竞争实力，在企业的战略、管理和技术等方面进行着不懈的努力，促使国际建筑市场的竞争特点出现新的变化。

（1）产业分工体系优化。欧美等国家的大型跨国建筑企业都有自己的技术和专利，在国际工程承包市场上具有明显优势，资金实力、技术和管理水平远高于发展中国家的企业，在技术和资本密集型项目上形成垄断。分工体系深化的同时，建筑企业也在寻找着各自的定位，发展中国家建筑承包商凭借劳动力成本的比较优势在劳动密集型项目上也获得了发展机会，而且逐渐开始向技术和知识密集型项目渗透。一方面，一些企业为了降低研发成本，寻找合作者共同分担，逐步将技术研发机构从母体脱离出来的同时，引入新的投资者；另一方面，独立的研发机构为提高研发成果的效益，开始向更多的企业提供服务。在一定程度上讲，这是建筑业内部分工进一步深化的必然结果。

（2）交易方式在转变。随着建筑技术的提高和项目管理的日益完善，国际建筑工程的发包方越来越注意承包商提供更为广泛的服务的能力和实力，以往对工程某个环节的单一承包方式被越来越多的综合承包所取代，BOT、BOOT 等新的国际工程承包方式因其资金和收益方面的特征，越来越吸引发包人和承包人的兴趣，成为国际工程承包中新的方式。

（3）投资作用加强。在竞争日益激烈的国际市场，资金实力成为影响企业竞争力的重要因素，同国际工程承包中的其他投资主体，如政府援助和国际组织援助相比，企业投资的定向性最强，与所要承揽的工程紧密相连。在进行国际工程承包招标和投标的过程中，往往规定企业提供一部分自有资金，因而垫付资金的多少成为发包商决策的重要依据。发包商经常将工程包给那些报价较高但垫付资金较多的公司。这种情况下，具备较强资金融通能力的建筑承包商就有了相对的比较优势。

（4）并购活动频繁。为了应对日趋激烈的国际市场竞争，提升国际承包工程企业的本地化运用能力，众多国际工程承包商相继实施业内资产重组，整合资源，不断扩大企业经营规模。随着国际工程项目的大型化和对承包商能力要求的不断提高，国际建设市场的并购重组将变得更加活跃。

（三）国际建筑企业的核心竞争力

许多全球著名大型现代化国际建筑企业在竞争残酷、激烈的市场里能够长久发展、经久不衰，至今依然站在世界领先地位的法宝，就是打造形成了核心竞争力。例如，豪赫蒂夫凭借先进的技术、材料和高超的施工技术与优秀的服务；万喜凭借在主业、规模、融资、专有技术、管理手段、企业文化与品牌等方面的强大实力；布伊格斯凭借高精尖技术、商务优势和独特的企业问题；柏克德公司主要凭借技术发展，可在高难度、高复杂条件下施工和处理复杂的项目，而形成了自己的市场定位。这些企业在不同发展阶段，或于整体，或于某些方面突出自己的独特之处，由此形成了其在市场上的竞争优势，以立于不败之地。这些能力可以归纳分解为以下几种。

1. 核心技术的不断强化能力

国际工程承包商核心技术是在长期实践中，在多因素作用下形成的，而不是靠垄断地位取得的。国际工程承包企业在重视提高企业核心技术研发能力的同时，通过对国际工程承包项目中资源配置、流程复制、标准修订来获得新的竞争优势。大多数国际工程承包企业以核心技术、多年的工程承包经验及专业整合能力涉足相关领域，为公司不断开拓新的业务和整合新的资源，成为大型现代化国际工程承包企业长久可持续发展的第一推动力。

2. 业务板块的高度整合能力

以核心业务为主的业务板块整合能力，是国际工程承包商通过对产业链中有价值的上游或下游产业，以核心业务为主进行有效整合，以实现业务协同效果的能力，属企业战略层面的业务整合能力。

只有从企业经营战略的高度对所在产业链的业务进行整合，形成一体化的运作能力，国际工程承包企业才能从一个工程承包公司发展为核心业务领先、具有多个产业链上业务协同能力、综合实力强大的国际公司。

3. 强大高效的企业融资能力

资本扩张是企业超常发展的助推器，收购兼并是全球著名大型现代化国际工程承包企业资本扩张中运用最多的手段。例如，瑞典 SKANSKA 公司第一位的战略能力就是可重复的收购能力，从 1989 年开始，SKANSKA 公司开展了频繁的收购活动，其中 1998～2001 年成功地进行了十多起收购，包括芬兰 PolarOY、美国 Tidewater 和挪威 Selmer 等公司。1997 年，该企业的营业收入和营业利润分别是 49 577 百万瑞典克朗（MSEK）和 796 百万瑞典克朗（MSEK），2005 年又分别增加到了 124 667 百万瑞典克朗和 5000 百万瑞典克朗，规模急剧放大。SKANSKA 购并活动的特点是围绕公司发展战略"集中于核心业务"，购并的公司都以建筑或项目开发为主业。强大而又稳定的融资能力已经成为国际工程承包商的核心竞争力之一，通过收购兼并实现了资本扩张，扩大了企业规模，提高了企业的经营效益，降低了交易成本，形成了市场优势，实现了多元化经营，提高了管理能力和水平。

4. 大型复杂性国际工程的跨国经营管理能力

国际工程规模大型化和技术复杂化趋势，使得传统的项目管理理论和方法难以有效解决大型复杂性国际工程承包中所面临的诸多问题。全球著名大型现代化国际工程承包企业的发展历史表明，所有的企业都是从国内市场起步，然后以本国市场为基地，逐步走向世界，逐渐培养大型复杂性国际工程的跨国经营管理能力，并发展成为大型跨国公司。跨国经营扩大了市场范围，实现了规模化经营，发展了对外投资，加速了资本的国际化流动，促进了先进科技和管理的国际化转移。

第二节　中国建筑产业基本状况

一、基本情况及特征

1. 市场需求情况

今天的中国各地到处有建筑工地，每个城市的面貌都在快速变换着，整个国家的形象在不断地被重新定义。今天中国的建筑业是世界上最重要、最有影响力、最强大的建筑力量之一，中国建筑企业在最短的时间，以最少的费用在做着最大的工程。

我国建筑业增加值约占国内生产总值的 7％，是国民经济的支柱产业，全社会 50％以上的固定资产投资要通过建筑业才能形成新的生产能力和使用价值。有关专家认为，建筑业具有关联度高、产业链长、带动力强的特点，可带动从建材到家电等 50 多个相关行业的发展。建筑业每增长 1％，可拉动相关产业 1.7％。

改革开放 30 年来，1978～2008 年，国内生产总值由 3645 亿元增长到300 670 亿元，年均实际增长 9％以上。建筑业全行业总产值从 1980 年的 287亿元增加到了 2008 年的 61 144 亿元，增长 174 倍。2008 年，建筑业增加值达到17 071 亿元，同比增长 7.1％，占全国 GDP 的 5.7％，实现利润 1756 亿元，同比增长 12.5％，施工房屋建筑面积 20.27 亿平方米，投产新建铁路1719 千米，公路 99 851 千米（其中高速公路 6433 千米），新增发电机组容量9051 万千瓦，新增万吨级码头泊位吞吐能力约 3.3 亿吨。海外承包业务已发展到 180 多个国家和地区，并有 51 家企业进入全球最大的 225 家国际承包商行列，完成合同金额从 1979 年的 3000 万美元增加到 566 亿美元，同比增长 39.4%。

在当前全球金融危机形势下，政府通过加大投资规模来刺激经济增长，到 2010 年年底投资 4 万亿元用于基础设施、交通、环境建设等。从产业环境看，目前以铁路为主的基础设施建设迎来了新一轮大发展，铁路、城市轨道交通等市场的发展空间加大，建筑业作为国民经济支柱产业的地位将会进一步显现。据了解，2009 年铁路建设计划投资 6000 亿元，较 2008 年翻一番；此外，我国已经成为世界上最大的城市轨道交通建设市场，未来 7 年，中国城市轨道交通建设投资规模约 6000 亿元，总里程达 1700 千米；高速公路的投资将达到 4000 亿～5000 亿元。国家将加快建设保障性安居工程，加强生态环境建设，房建、环保工程建设市场前景广泛，这都为我国建筑业带来了前所未有的发展机遇。

改革开放以及中国加入 WTO，推进了中国建筑企业走出国门、加入全球竞争行列。1979 年，中国公司在海外拿到了第一个通过竞争获标的而不是中国经济援助拿到的项目，这一年，全部中国公司在海外的成交额是 7000 多万美元，营业额是 3333 万美元，最大的一个项目没有超过 1000 万美金。2007 年，中国公司在海外的成交额是 776 亿美元，营业额是 406 亿美元，境外的单项工程合同额在 1 亿美元的单项工程的合同额为 138 个，10 亿美元的单项工程的项目有 6 个。1979 年，全部中国公司的海外业务不超过 10 个国家，2007 年，国别市场和地区市场达到 53 个。目前，中国公司在海外市场布局上仍然是以亚洲、非洲为重点的国际市场，同时，欧美的市场、澳洲的市场、拉丁美洲的市场也得到了进一步的发展，中国的建筑业企业已经进入到大量的工业建筑领域，进入到铁路、桥梁、高速公路、港口、水电、矿山、开发等业务领域，但总的来看，中国公司的海外营业规模还是偏小，与欧美公司存在较大差距，还需要大力发展。

2. 市场供给情况

按照国务院《中小企业标准暂行规定》，建筑业中小型企业以"职工人数 3000 人以下，或销售额 30 000 万元以下，或资产总额 40 000 万元以下"来划定，目前，我国相当部分的一级施工总承包企业、全部二级及以下的施工总承包企业，以及所有的专业承包企业和劳务企业，大都属于中小建筑企业的范围。根据国家 2007 年有关企业登记的统计材料显示，我国国内建筑企业数量有 9 万多家，从业人数达 4500 万人。同期建设部的统计材料显示，有资质的建筑企业 6 万多家，从事建筑业人数近 3900 万人。2008年，住房和城乡建设部综合财务司与中国建筑业协会联合推出《2007 年建筑业发展统计分析》，2007 年年底，全国有资质的建筑业企业为 59 256个，其中特级资质企业 260 多家，一级资质企业 3000 多家，两者之和仅占有资质的建筑企业总数的 5% 多一些。无论按有资质的 6 万家还是按全口径 9 万多家计，我国中小建筑企业都占到全国建筑企业总数的 95% 以上。中小建筑企业在过度竞争、市场无序、招标压价、投标垫资、工程款拖欠等的严峻考验中，探索着不同的发展道路。

中国建筑行业作为一般竞争性领域，较早地进行了民营化战略性改组的改革。各地建筑企业，尤其是众多县、乡镇的国有或集体建筑企业、施工队，通过体制与机制的变革与创新，大胆地进行民营化改造，诞生了一大批如广厦、中天、龙元等知名企业。同时，改制过程中一些民营企业参股、控股、完全收购国有企业，彻底改变了国有企业的原有体制和机制，例如，浙江民营建筑业企业宝业集团整体收购湖北省建筑工程总公司所属的 12 家企事业单位，实现了地方国有企业的民营化。全国经济普查数据显示，2005 年建筑业企业法人单位中，国有及国有独资、集体企业占 19%；民营企业占 52.2%，其他类型企业占 28.6%，从数量看，建筑业的民营化程度已经达到了较高水平。Dewenter 和 Malatesta（2001），Karpoff（2001）通过研究认为：企业效率与所有制相关，私有企业最有效率，混合所有制企业次之，国有企业效率最低。Tian（2000）通过研究中国国有企业，发现国有股份和企业业绩间存在着一个有趣的"U"形曲线关系：起初，企业业绩随着国有股份的增加而下降，而当国有股份增加到40％时，企业业绩则开始随着国有股份的增加而上升，但当国有股份继续增加到80％～90％时，企业业绩又呈现出下降趋势。

中国是一个正在快速发展的经济大国，中央政府、地方政府及私营企业每年建设工程项目总金额达7万亿元以上。主要工程项目为港口扩建、大型水库、高速公路和零星的房地产建设。中国建筑业从业人员有3800万，企业数量约6万家。中国建筑市场行业过度竞争现象已十分普遍，市场份额争夺白热化：一个市场上哪怕仅有几千万元工作量的工程项目，都将会有几十家甚至上百家建筑承包商参与报名。产品价格竞争惨烈化，为了争夺施工经营承包权，企业不惜在产品承包价格上展开恶性竞争，导致行业产值利润率逐年下降，中国建筑业2003年的产值利润利率为2.3％，2004年为2.2％。

3. 市场开放情况

作为中国加入世界贸易组织（WTO）所承诺的一部分，建设部和对外贸易经济合作部（现为商务部）于2002年9月联合颁布了两个新法令，即《外商投资建筑业企业管理规定》（第113号令）和《外商投资建设工程设计企业管理规定》（第114号令）。两个法令于2002年12月1日生效。2003年4月，建设部颁布《建设部关于外商投资建筑业企业管理规定中有关资质管理的实施办法》。这些法令在相当程度上对市场准入设置壁垒，保护行业内的现有企业，阻碍新企业进入。

外商独资企业有权获得以下市场：①全部由外国投资建设的工程；②全部由国际金融机构融资并通过国际投标获得的项目；③外资等于或超过50％的中外合资/合作建设项目；④经当地建设委员会批准，全部由中国公司投资，但中国建筑企业又无法提供所需技术经验的建设项目。

对一家外商独资建筑业企业的申请而言，虽然对注册资本的要求与对国内公司的无异，但所要求的高额注册资本、大量不同职称水平的技术管理人员要求以及科技进步奖项等条件，一定程度上阻碍了外企的进入。

根据法令规定，资质审查最快每三年进行一次，通过审查企业才有机会晋升至更高资质等级。这样的规定使初入该行业者无法以更快的速度实现资质晋级。

二、中国建筑业结构分析

（一）市场结构

以产业内企业规模分布为基准的测度方法，即市场集中度测定方法，是反映市场竞争或垄断的基本指标，市场集中度越高，垄断程度也越高，市场集中度越低，竞争程度越激烈。

1. 绝对集中度比较分析

绝对集中度是以产业中最大的 n 个企业所占市场份额的累计数占整个产业市场的比例来表示的。一般说来，该值越大，说明集中度越高，即前 n 个企业在市场中占的比重越大，它们对市场的操纵能力就越强；反之，则说明产业内前 n 个企业占据份额不多，产业组织有恶化倾向。设某产业的特定指标值为 X，第 i 个企业的该指标值为 x_i，则该企业的市场份额为 S_i，CR_n 为产业中最大的 n 个企业所占市场份额之和，则

$$CR_n = \sum_{i=1}^{n} \frac{x_i}{X} = \sum_{i=1}^{n} S_i$$

建筑业的市场绝对集中度通常用在规模上处于前 n 位的承包商企业的产值占整个建筑市场的比重来表示，对绝对集中度的研究可以大体划分建筑业的竞争程度。

根据 2002 年采用新资质后的数据，即所有具有资质等级的施工总承包、

专业承包建筑业企业（不含劳务分包建筑业企业），以及《ENR 国际承包商 225 强企业排名》、《中国 500 强企业排行榜》及历年《中国统计年鉴》相关资料提供的数据，按照生产总值对中国建筑行业 1995～2006 年的 CR4 进行计算，结果如图 3-1 所示。

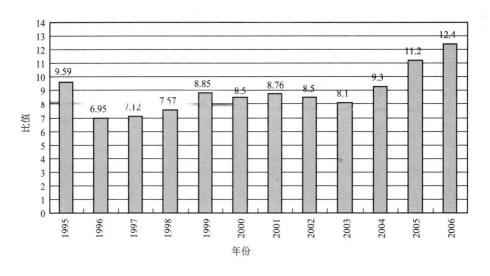

图 3-1　中国建筑行业市场集中度

根据贝恩研究的市场结构分类（表 3-1），在贝恩的市场结构分类中，我国建筑业属于典型的竞争市场结构。较低的市场集中度造成了中国建筑业供给总量严重过剩，企业往往陷入价格战的恶性循环，由此引发大量企业间的非理性化竞争行为，破坏了有效竞争的市场结构和行为规则，使得行业的平均利润率长期维持在较低水平。

从图 3-1 可以看出，总体而言，中国建筑市场的集中度在不断提高。中国建筑市场是一个快速增长的市场，在市场容量持续扩大的背景下，市场集中度不降反升，说明大型承包商的规模扩张速度超过了整体市场的发展速度。

表 3-1　贝恩对产业垄断和竞争程度的类型划分

类型	CR4	CR8	该产业的企业总数
极高寡占型	A　75％以上		20 家以内
极高寡占型	B　75％以下		20～40 家
高度集中寡占型	65％～75％	85％以上	20～100 家
中（上）集中寡占型	50％～65％	75％～85％	企业数很多
中（下）集中寡占型	35％～50％	45％～75％	企业数很多
低集中寡占型	30％～35％	40％～45％	企业数很多
原子型	30％以下		企业数极其多

资料来源：杨公仆（2000）

2. 相对集中度比较研究

相对集中度是反映产业内所有企业规模分布的指标，经济学中常用洛伦茨曲线（Lorenz curve）和基尼系数（Gini factor）表示。洛伦茨曲线表明的是市场占有率与市场中由小企业到大企业累计百分比之间的关系。基尼系数的值为 0～1，它等于对角线与洛伦茨曲线之间的面积与对角线下三角形面积之比。企业规模分布相等时，基尼系数为 0；当市场为完全垄断时，该系数等于 1，企业规模分布差距越大，该值也越大。

表 3-2 和表 3-3 分别为中国和美国的建筑业市场规模结构分布，需要说明的是，由于我国统计资料欠缺，无法像美国那样按照建筑企业营业额来划分企业规模组群，只能按照承包商的资质划分企业组。但考虑到我国建筑企业的资质评定标准就是总产值指标，所以企业资质能够反映企业规模大小，这里使用它进行相对集中度的计算比较，对最终形成的洛伦茨曲线的轮廓影响不大。

表3-3 中国建筑企业相对集中度

年份	规模划分	承包商			产值		
		数量/个	比重/%	累计比重/%	金额/万元	比重/%	累计比重/%
1999	等外	51 939	54.13	54.13	3 336.09	26.77	26.77
	四级	18 234	19.10	73.22	880.20	7.06	33.83
	三级	17 277	18.01	91.23	1 992.85	15.99	49.82
	二级	6 445	6.72	97.95	2 333.82	18.73	68.55
	一级	1 971	2.05	100.00	3 919.61	31.45	100.00
	累计	95 956	100.00	100.00	12 462.70	100.00	100.00
2002	三级以下	29 174	66.9	66.90	4 564.06	25.77	25.80
	二级	11 187	25.6	92.50	5 179.36	29.25	55.0
	一级	3 276	7.50	100.00	7 964.73	44.98	100.00
	累计	43 637	100.00	100.00	17 708.45	100.00	100.00
2003	三级以下	32 450	67.21	67.21	6 030.723	20.56	20.56
	二级	12 140	25.15	92.36	6 899.36	23.53	44.09
	一级	3 690	7.64	100.00	16 398.43	55.91	100.00
	累计	48 280	100.00	100.00	23 928.49	100.00	100.00
2004	三级以下	35 830	65.28	65.28	6 468.01	22.78	22.78
	二级	15 030	27.38	92.66	7 517.81	26.48	49.26
	一级	4 030	7.34	100.00	14 408.28	50.74	100.00
	累计	51 890	100.00	100.00	28 394.09	100.00	100.00
2005	三级以下	38 150	64.90	64.90	7 126.80	20.63	20.60
	二级	16 173	27.50	92.50	8 941.81	25.88	46.50
	一级	4 427	7.50	100.00	18 484.36	53.50	100.00
	累计	58 750	100.00	100.00	34 552.97	100.00	100.00
2006	三级以下	41 280	65.62	65.62	7 678.28	20.28	20.28
	二级	16 896	26.86	92.48	9 957.30	26.30	26.58
	一级	4 730	7.52	100.00	20 230.68	53.42	100.00
	累计	62 906	100.00	100.00	37 866.26	100.00	100.00

续表

年份	规模划分	承包商			产值		
		数量/个	比重/%	累计比重/%	金额/万元	比重/%	累计比重/%
2007	三级以下	44 950	66.87	66.87	8 980.45	20.61	20.61
	二级	17 350	25.81	92.68	11 002.85	25.25	45.86
	一级	4 920	7.32	100.00	23 590.74	54.14	100.00
	累计	67 220	100.0	100.00	43 574.04	100.00	100.00

资料来源:《中国建筑业统计年鉴》

注: 由于 2001 年 7 月建设部推出了新资质管理规定, 故表中 1999 年与 2002 年、2005 年的等级划分有所不同, 但对洛伦兹曲线的描画影响不大

表 3-3　美国建筑企业相对集中度

规模划分/美元	承包商			产值		
	数量/个	比重/%	比重累计/%	金额/亿美元	比重/%	比重累计/%
1997 年						
少于 99 999	146 796	22.40	22.40	77.00	0.80	0.80
100 000~249 999	166 948	25.40	47.80	274.00	3.20	4.00
250 000~499 999	118 463	18.00	65.80	417.50	4.90	8.90
500 000~999 999	89 765	13.70	79.50	629.60	7.30	16.20
1 000 000~2 499 999	75 105	11.40	90.90	1 163.70	13.60	29.80
2 500 000~4 999 999	30.250	4.60	95.50	1 044.10	12.20	42.00
5 000 000~9 999 999	16.021	2.40	97.90	1 102.10	12.80	54.80
多于 10 000 000	13.101	2.00	100.00	3 877.60	45.20	100.00
累计	656.448	100.00		8 585.80	100.00	
2002 年						
少于 99 999	115 991	16.33	16.33	69.73	0.58	0.58
100 000~249 999	183 250	25.80	42.13	304.37	2.52	3.09
250 000~499 999	138 335	19.48	61.60	491.05	4.06	7.16
500 000~999 999	106 324	14.97	76.57	749.19	6.20	13.36
1 000 000~2 499 999	89 725	12.63	89.20	1 394.06	11.53	24.89
2 500 000~4 999 999	37 075	5.22	94.42	1 291.88	10.69	35.58
5 000 000~9 999 999	20 923	2.95	97.37	1 439.12	11.91	47.48
多于 10 000 000	18 684	2.63	100.00	6 347.90	52.52	100.00
累计	710 307	100.00		12 087.30	100.00	

资料来源: 美国统计局. http://www.census.gov/

图 3-2 中的横轴表示建筑业中由大到小的企业数量的累计百分比，纵轴表示这些分类企业年产值占建筑业总年产值的累计百分比。如果所有承包商的企业规模完全相同，也就是当全体承包商平均分配建筑市场时，洛伦兹曲线是一条均等分布的对角线；当企业的规模不完全相同时，洛伦兹曲线是均等分布线以下的一条曲线。

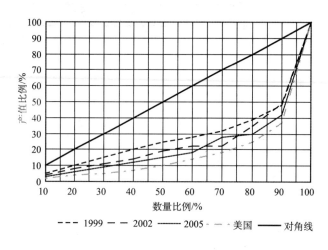

图 3-2   中国与美国洛伦兹曲线比较

从图 3-2 中可以看出，我国建筑业洛伦兹曲线正在逐渐偏离对角线，但仍旧小于美国的偏离度。利用几何粗略计算方法，我国建筑业企业规模分布基尼系数 1997 年为 0.238，2005 年为 0.502，而美国建筑业 1997 年为 0.826。我国建筑产业的基尼系数增大，说明企业规模差异正在拉开。但相比 1997 年的美国低不少，说明我国建筑产业还处于原子型市场结构，企业数目多，但真正的大型企业并不突出。而相比于 1997 年，2004 年我国建筑业市场逐渐向少数大企业集中，这主要是由于国有企业近年的改革和重组，许多企业通过收购和兼并小的企业组建成大型企业。

此外，1997 年我国只有 9.6 万个施工单位，企业平均人数为 340 人，且其中 75% 左右为综合性企业；而同年，美国注册的承包商达到 65.6 万个，是我国的 7 倍，企业的从业人员数量只有 9 个。从 2001~2006 年《中国建筑业统计年鉴》的数据中可以看出，我国建筑业企业平均从业人数不但没有下降，反而逐年增加，到 2005 年达到 423 人。

从以上中美两国的数据比较可以看出，两者的差别并不是普遍认为的中国建筑企业数量过多，而是企业规模结构不合理，规模结构层次不明显。

如图 3-2，我国建筑业洛伦兹曲线虽逐年向偏离对角线方向移动，但速度比较缓慢，市场规模结构变动不大。

（二）市场成员关系

根据贝恩研究的市场结构分类，CR4＜30％的产业为竞争型市场结构，我国建筑业 CR4＝12.4％，属于典型的竞争型市场结构，企业数目多，处于原子型市场结构。

但是，我国建筑业企业规模大而集中度不高。自由竞争必然导致优胜劣汰，那些在竞争中胜出的企业规模必然扩大。但是，目前企业规模不是优胜劣汰的结果，而是人为组合的结果，市场份额却没有按企业规模比列进行人为的分配，所以，造成企业规模不小，而市场集中度不高。

在 2001 年新的资质就位前，我国有 9 万多家建筑企业，其中 74％都是综合性施工企业，26％为专业化企业。2002 年资质重新就位后，有 6.5 万家企业，专业公司 3 万家，占 47.2％，使产业结构得到了优化。但我国建筑企业"大而全，中而全，小而全"的基本形态，综合型和专业型企业比例不合理的产业组织结构现状仍未得到根本改变。

大中小企业都在相同的平台上，以相同的组织形式、相似的管理方式、相近的生产水平竞争，仅以价格差异、地区保护和人际关系作为主要区分手段的状况造成原本竞争力就弱、靠低价格获得项目的小型企业生存状况艰难。这类企业能够依靠国内巨大的廉价劳动力资源和巨大的市场需求增长维持着生存。合理的建筑业市场结构，应是在大中型企业之下，有大量的小企业做基础和支撑，这些企业将占行业企业总数的 90％以上（图 3-3）。

企业众多，没有拉开层次，不能形成分工，绝大多数企业角逐同一层次

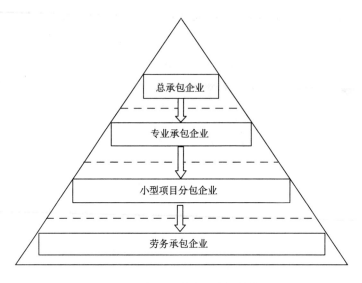

图 3-3　合理的建筑业市场结构

的市场，这是造成中国建筑企业过度竞争的主要原因，而不是大家普遍认为的"僧多粥少"。造成这种局面长期不能改变的深层次原因在建筑市场上。大型建筑施工企业与中小型建筑企业不应该是直接竞争的关系，因为它们处于不同的市场范围。中小型建筑企业更富有灵活性，因而应去主动适应市场，以更专业的施工对象和水平，承包或分包大型建筑企业不能以较高效率完成的任务。而大型建筑企业则应该运用自身强大的资金和技术实力，总包大型工程项目，在市场上树立重要地位。现实的情况是，总承包企业数量大于专业承包企业，小型项目分包企业和劳务承包企业不存在。政策割断了这些链条，总承包不能向专业公司分包，专业公司又竞争不过总承包公司，就不能在这个层次停留，拼命挤进总承包；小型公司的命运比专业公司还差，竞争力更低，存在的目的就是想办法升级，或是承揽那些大公司不屑问津的零碎小项目；劳务分包公司基本无法生存，连注册都不值得。这种成员关系条件，造成中国建筑市场过度竞争，企业生产力水平长期在低水平徘徊的局面，形成了现实中难以置信的奇怪现象：①作为劳动密集型产业，任何一个项目工地上 90%以上的工人是临聘民工，与企业没有劳动关系，都由包工头管理；②世界 500 强的大公司与各种小公司在同一平台上角逐。

在典型的市场经济条件下，过剩生产能力的存在使得生产能力和产量变得易于调整，在技术、营销、品牌等综合竞争手段外，价格竞争成为最有力也是最经常使用的竞争手段，企业频频利用降价手段来进行残酷的、你死我活的市场份额争夺战。市场价格的不断下降使私营经济的效率优势开始凸显。可以说，供大于求的出现是转型过程的分水岭。在市场经济中，进入买方市场后，市场结构的典型变化是经过激烈的市场竞争，市场集中度迅速提高。在市场集中的过程中，先期进入者（不少是实力强大的垄断寡头）有着长期的学习效应以及规模经济优势，从而具有明显的效率优势，在竞争中能够有效采用降价等各种竞争手段，对新进入企业进行激烈的攻击与报复，使大批中小企业破产倒闭或被兼并。同时，由于市场价格已接近遏制价格，对于新进入者已无利可图，降低了进入的诱惑力，进入数量大为减少。因此市场经济中，产业在这一时期会迅速集中，形成垄断竞争甚至寡头垄断的市场结构①。

而同样是产业成熟期，在中国转型经济中，虽然也面临着同样的供大于求、生产能力过剩甚至严重过剩的局面，并且同样具有价格竞争激烈、价格和利润率下降的现象，市场结构却不能快速集中，相反，由产业成长期已形成的垄断竞争型市场转变为竞争型市场。并且随着竞争的进一步加剧和市场价格的进一步下滑，还会进而形成过度竞争甚至恶性竞争的市场结构。中国在建筑产业成熟期市场集中度没有上去的直接原因是市场份额在不同产权性质的企业之间的重新分配过程，存在着强者变弱、弱者变强的市场格局的分配，干扰了优胜劣汰的准则。这明显不同于一般市场经济中强者愈强、弱者愈弱，然后通过兼并重组或者企业破产使市场走向集中的过程，其结果就是造成了资源的浪费。

从政策环境来讲，形成这种格局的原因就是法律和政策对多元分包的禁

---

① Steven K. 2002. Firm survival and the evolution of oligopoly. Rand Journal of Economics：33（1）：37～39.

业，不但造成市场竞争的混乱无序，作为应对这方面政策的包工头的引入，搅乱了责任关系，使安全、质量、行贿受贿等一大堆问题愈演愈烈，于是，就出台了更多的政策对建筑业进行管理，越管问题越多，越有问题政策越多，建筑行业成为中国最需要管理的行业之一。约瑟夫·斯蒂格列茨（J. E. Stiglitz）曾经指出："在当今社会，如果没有政府的作用，要形成错综复杂的经济和社会网络是不可能的。"① 现代市场经济是"混合经济"，既存在市场失灵也存在政府失灵。一般来讲，由于存在市场失灵，因而需要政府干预，政府干预的范围也就是市场失灵的范围。市场失灵假设是研究政府规制产生、调整对象、体系等问题的一个重要的前提，对于中国建筑产业而言，这意味着存在改革政策的效率函数，这是对中外建筑市场进行比较的逻辑基础。目前，建筑市场、法律法规、市场结构、企业发展与政府规制理论的交叉研究，应该成为中国建筑产业研究的前沿领域之一。中国建筑市场没有形成合理的"总承包—专业承包—小型分包—劳务承包"金字塔结构的市场布局，政府政策阻碍了这种格局的形成，是造成中国建筑业不能健康成长的一个重要的深层次原因。

我国建筑业从业人员 3800 万人，其中农民工约 2700 万人。企业管理人员在国有建筑业企业所占比重为：工程技术管理人员 10% 左右，管理人员 10% 左右。建筑业管理和技术岗位的人才学历层次和职称层次均有提高，关键岗位，如决策领导、施工技术、生产技术、质量管理和施工管理等岗位的管理人员的学历和职称层次提高的幅度较大。

从总体上看，我国建筑业集中度有了大幅提高，然而整体仍然处于原子型竞争格局。但是，具体到各个专业子市场，市场集中度的情况差异甚大。普通房屋建筑工程市场集中度最低，竞争极其激烈；公共建筑及高层、超高层建筑工程市场，整体集中度适中，存在一定区域性垄断；矿山建筑工程市场集中度较高，存在部门垄断；铁路、公路、隧道、桥梁工程、大坝、电厂和港口工程

---

① ［美］斯蒂格列茨. 1998. 政府为什么干预经济——政府在市场经济中的作用. 郑秉文译. 北京：中国物资出版社：第 19 页。

集中度高，存在部门和寡头垄断；而建筑安装工程与装饰装修工程市场集中度较低，竞争较为激烈。

发达国家和地区的建筑业结构有一个共同特点，即呈明显的金字塔形，产业的规模结构非常清晰。小型企业数量最多，一般在60%～95%，中型企业数量较少，一般在5%～40%，大型企业数量很少，一般在0.1%～0.5%。在日本，员工不足50人的小型建筑业企业占建筑业企业总数的95%，1000人以上的大型企业只占0.1%。大型企业在总承包市场，尤其是在以DB、CM、BOT等承包方式为主的工程承包市场中具有举足轻重的影响。1997年，日本前10家建筑业企业的营业额占其全国建筑市场的14.18%，而到2004年已经达到21.34%。意大利、德国、英国等国也是如此，2004年，前10家企业所占份额分别达到29.38%、27.40%和20.47%。众多的小型建筑企业一般都是分包企业，其业务范围很专一。发达国家和地区建筑市场准入条件宽松，小型企业十分容易设置。例如，日本建筑许可的最低标准，只要求有一个技术人员，其他条件为办公地点等基本条件。

由于受未知因素、管理能力、信息不全、传导不畅等影响，任何一种经济决策都不可能是绝对正确的，故也不能因为产业政策在执行过程中存在某些问题而完全忽视它对中国社会经济发展的现实意义。不过，通过以上分析，我们至少可以明白，中国在多年的建筑业发展方面只重视政策的作用，而忽视了规制的力量；只强调政府干预，而淡化了干预政府。这种"政策之治"而非"规制之治"所带来的直接后果就是，造就了大量不系统和不公平的临时与短期的规则，为一些管理环节设租与寻租提供了可能，更为建筑企业治理、成长、转型制造了障碍。建筑产业的管理需要政府干预，但政府规制语境中的政府干预是政府实施中国特色市场经济体制的一种特殊经济职能，旨在克服市场失灵以提升市场效率，而并非泛指国家公权意志在规制中的体现。所以，中国建筑产业的管理，必须要强调产业调节从政策之治迈向规制之治，强调运用政府规制的方法来规范政府的产业调节行为，应深入研究政府干预市场的边界和效应问题。

三、建筑业市场结构的本质分析及其对市场行为影响研究

一般认为，建筑业属于一般竞争性产业，尤其过度竞争的中国建筑业，接近于完全竞争的市场结构。但是，这不能解释 SCP 范式下的企业市场行为，以至于产业组织理论难以对建筑业进行深入分析。经过长期观察分析，笔者认为对建筑市场进行分解研究，其结论才是准确的，才能够反映现实世界的真实，才能够解释真实的客观现象。真实的建筑业市场结构经过分解如图 3-4 所示。

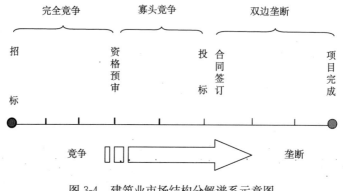

图 3-4　建筑业市场结构分解谱系示意图

第一阶段：公告、报名与资审。在低层市场上，几乎聚集了知道信息的所有符合资质的承包商，常常看到一项工程的投标报名单位达到一二百家，都符合条件，竞争演变为一种博弈游戏；在大型项目、复杂项目组成的高端市场上，一项工程的投标报名单位也会达到四五十家，什么样的竞争手段都会看到。这个阶段，需方只有一个，供方众多，市场结构接近于完全竞争。

第二阶段：资审、投标与定标。在通过资格预审后，具有投标资格的只有已确定的少数几家公司，市场发生了变化，这时不允许再有新进入者，形成了寡头格局，一个厂商的行为都会影响对手的行为，从而影响竞争结果。所以，每个寡头在决定自己的策略和政策时，都非常重视对手对自己这一策略和政策的态度和反应。作为厂商的寡头垄断者是独立自主的经营单位，具有独立的特

点，但是他们的行为又互相影响、互相依存。这样，寡头厂商可以通过各种方式达成共谋或协作。

第三阶段：合同履行阶段。供需双方都是唯一的，形成双边垄断的市场结构。在项目实施过程中，即便业主对承包商不满意，施工到一半要想更换承包商，也会面对众多障碍。而承包商对合作方不认可，也难以中途退出。而且，由于建筑产品不确定因素多的特点，要求得到对方的积极配合。这时双方形成"套牢"关系，合同履行过程成为一个新的博弈过程。

经过重新认识，典型的建筑市场结构构成应该是不同性质的三阶段，而不只是简单的完全竞争市场，这一问题解决后，建筑市场各种行为现象就容易理解或解释了。在图 3-4 上，项目完成后才能零售给消费者，承包商与消费大众之间隔了这么远，承包商要打交道的是业主而不是最终消费者，而要得到业主的接纳，面对大众的广告手段就没有用，可以一对一的公关，取得了解，在这个过程中，收买对于有道德风险的业主而言是一个最简单的方法，所以，我们在报纸、电视上看不到建筑企业的广告，而建筑业经济案件比例较大，就是这个原因。在投标阶段，围标现象普遍存在，就是寡头竞争的典型表现。在中标后，双方扯皮不断，是双边垄断结构下相互博弈的表现；对于大型项目承包商相对一般项目更缺少话语权，是重复博弈使双边垄断的承包商一方处于相对不利的地位。

第三节　中国建筑市场进入、容纳与退出

在任何一个产业中，进入、容纳与退出的难易程度决定着企业的行为选择，中国建筑市场典型的进入、移动、退出壁垒如图 3-5 所示。

一、中国建筑市场进入壁垒分析

所谓进入壁垒，是指限制或妨碍行业外部的潜在进入者进入行业的障碍。行业进入壁垒的存在与否和高低程度直接影响行业内企业的竞争程度。

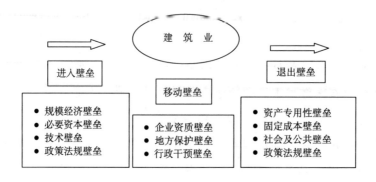

图 3-5   中国建筑业市场壁垒分析示意图

就我国的实际情况来看，行业进入壁垒主要包括规模经济壁垒、必要资本壁垒、绝对费用壁垒、产品差别壁垒、技术性壁垒和政策性壁垒等。

1. 规模经济壁垒分析

所谓的规模经济，是指由于合理的规模生产带来的成本下降，由此获得效益的经济，它反映了企业生产规模与产品之间相关的某种规律性，其实质是企业合理的规模作业所带来的劳动生产率的提高。英国的简明不列颠百科全书是这样解释的："规模经济也叫大规模生产的节约，是指工厂或企业规模与产品最低成本之间的关系，当企业增大规模时，产品成本降低，这种降低叫规模经济。"

建筑产品的单件性、地区性的特征使工人和设备不能同时生产两件或两件以上的产品，因此建筑业不存在一般意义上规模经济的条件。根据日本学者植草益的研究，规模经济效果不显著的产业其集中度也较低，这一论断符合我国建筑业的实际情况。

对于测量产业结构壁垒高低的指标，植草益提出了利用经济规模障碍系数的方法，贝恩提出了利用利润率水平的方法。

2. 必要资本壁垒分析

必要资本需要量是指新企业进入市场所必须投入的资本。在不同产业中，必要资本随技术、生产和销售的基本特点不同而差异很大。有些产业，新企业创业所需的最低必要资本量往往很庞大，这不仅给新进入企业的资本筹措造成困难，而且新企业的资本费用往往也比市场中的在位企业要高，必要资本成为企业主要的进入障碍。

衡量一个产业必要资本壁垒高低的一个可以比较的指标是企业的注册资本金，即企业在工商管理部门登记的注册资本，是企业从事生产经营活动必要的本钱，最低注册资本是由行业主管部门确定的，基本反映了产业发展情况。例如，建筑业不同专业、不同等级的施工企业其最低注册资本是由建设部确定的。

表 3-4　2008 年建筑业与部分工业资本金

名次	产品名称	企业平均资产额/亿元
1	石油和天然气开采业	136.14
2	烟草制品业	48.76
3	电力、热力的生产和供应业	27.24
4	黑色金属冶炼及压延加工业	27.21
5	煤炭开采和洗选业	13.71
6	燃气生产和供应业	10.7
7	黑色金属矿采选业	7.11
8	通信设备、计算机及其他电子设备制造业	7.06
9	造纸及纸制品业	6.46
10	橡胶制品业	5.01
11	食品制造业	3.48
12	纺织业	2.9
13	塑料制品业	2.54
14	建筑业	0.14

注：①各工业行业统计范围为国有及非国有规模以上企业；②建筑业不含农村建筑队

资料来源：国家统计局．中国统计年鉴（2009）

如表 3-4 所示，2008 年，建筑企业平均资产为 1414 万元，排在被统计的 14 个工业行业的最后一位，远远低于全国工业企业平均资本金，这说明建筑业必要资本壁垒要低于一般工业行业。建筑企业必要资本壁垒不高，是由于产品固定、市场流动、无须固定的厂房设施；作为典型的嵌入介质产业，建筑业的材料费占 60%～70%，而这一部分是由业主支付的；设备、劳动是按月计价的，所以，一个项目所要求的投入总是有限的。

3. 技术壁垒分析

1）专利技术壁垒分析

表 3-5　我国建筑科技成果情况

年份	专利申请受理/件	专利授权数/件	成果登记/项	已应用成果/项
1998	33	54	356	205
1999	42	38	381	201

资料来源：建设部科学技术司，建设部科技信息研究所，建设行业科技统计年报，2000

从表 3-5 可以看出，1998 年和 1999 年全国建筑技术专利的授权数仅为 54 件和 38 件，分别占成果登记数的 15% 和 10%，而已经应用的成果却占成果登记数的 58% 和 52%。可见，无论是专门的科学研究机构还是企业的研究部门，采取向国家有关部门登记成果并推广经济应用的做法比申请专利更为普遍。

作为一个传统劳动密集型产业，项目生产更多的是实务，工艺的掌握更重要的是来自一线生产人员的双手，来自"干中学"取得的经验，而不是来自精英的专利。由于劳动力是比较容易流动的，所以就使得建筑企业可以通过雇用有经验人员以很低的成本就掌握新技术。因此，专利壁垒起到的阻碍作用非常有限。

2）技术和管理人员占有壁垒

与其他行业相比，建筑业对技术管理人才的总体需求依然较低。根据张兴野对我国建筑人才结构的分析，1997 年底，工程技术和管理人才两者合计只占从业人员总数的 9.2%，分别为 4.7% 和 4.5%；而操作人员占总数的 86.6%。可见，3400 多万建设大军仍然是一支劳动密集型的队伍。

但是在不同性质、不同规模企业的企业之间，技术和管理人才的分布很不平衡。截至 1997 年底，主要为大中型企业的国有建筑企业的职工构成中，已经超过同年制造业、采掘业和全国水平。目前，在央企中技术和管理人员一般占到企业职工总数的30%，在一些专业公司中，甚至占到50%左右，而在一些小公司中，只占到10%左右。这说明在建筑业中存在较为明显的人才聚集效应，也说明建筑业的人才移动壁垒比较高。

4. 产品差异壁垒分析

产品差异是指同一产业内不同企业生产的同类商品，由于在质量、款式、性能、销售服务和提供消费者偏好等方面存在差异，从而导致产品间替代的不完全性。产品差异化是企业提供异质服务的能力和潜力，是企业在经营上对抗竞争者的一种主要手段，是一种非价格壁垒。建筑产品是先设计、后生产，因此，不论谁来生产，作为合格的产品，成品都应该一样，建筑产品是无差异产品。

往深层次进行分析，建筑产品的差异化是一种预期差异，而不是现实差异。业主可以根据自己的判断预期某承包商的产品质量会比别人的好，但由于建筑产品单件性的特点，使这种预期无法得到检验。即使结果没有达到预期，还存在这样的可能性——其他承包商在此种条件下结果更差。由于信息不对称，管理者设定了种种招标规则以避免逆向选择；趋利者采取种种对策挑战道德风险。在现实中，由于对差异化预期的主观色彩浓厚，往往成为逆向选择的支持理由，而影响市场竞争的公正性。

5. 产业政策壁垒分析

在某些产业中，新企业成立要实行许可制度，未经许可不得成立新企业。许可证制度就成为新企业成立的进入障碍，形成政策法规壁垒。

为了保障公共安全、维护建筑市场的竞争秩序和加强对建筑活动的监督管理，世界上很多国家都对建筑承包商实行资质管理，如新加坡、日本、马来西亚，以及印度等。因此，资质管理就成为建筑业最主要的政策法规壁垒，通过资质管理，限制了新企业进入大型或复杂项目的市场。

我国实施建筑企业资质管理已有18年的历史，通过对企业业绩、人员、设备、资金等条件进行考核，对建筑企业的施工领域、范围根据资质等级明确规定，而资质的取得与升级程序较为复杂，资质证书相当于许可证，构成了建筑产业的进入壁垒。

6. 进入壁垒总结

通过以上分析可以知道：建筑产业没有明显的规模经济、产品差异壁垒；必要资本壁垒相对较低；专业人才与资质存在一定程度的壁垒，因专业人才是取得资质证书的必要条件，所以，可归入资质壁垒。

建筑产业市场进入的主要壁垒是资质壁垒。资质证书的取得是分等级的，初级资质取得的条件并不困难，但资质升级存在困难。总体而言，建筑产业是一个壁垒不大、进入较为容易的市场，但是存在并发展存在较大困难。

二、中国建筑市场退出壁垒分析

退出壁垒指企业退出时存在的人为规制和沉没成本障碍。如果一个产业存在较低的退出壁垒，那么对于减轻过度竞争的压力和产业劣汰具有重要意义。由于退出壁垒和进入壁垒是特定市场能够连续出清、形成长期均衡的关键因素，因此，在进行建筑业市场的壁垒研究时，不能仅看市场进入壁垒的高低，还要结合退出壁垒进行分析。

由于缺乏统计数据，并且建筑业中存在大量的并购活动，因此很难准确知道建筑业净退出的数据。但从20世纪90年代中期以后的情况来看，建筑业的效益水平逐步下滑。情况最不好的1998年，建筑企业数量为90 926家，全行业产值利润率只有1.2%，建筑企业亏损面达到21.1%，平均资产负债率达74.1%，很多国有企业事实上已经资不抵债、无力扭亏。但1999年建筑企业的数量却不降反升，达到96 648家。这在一定程度上说明我国建筑业存在较高的退出壁垒，企业很难通过破产、清算、兼并和重组等有效途径从行业中退出或转型。具体来讲，形成建筑业退出壁垒的主要因素有以下几个方面。

1. 资产专用性壁垒

资产专用性也就是固定资产功能上的不可转换性，产业分工越是精细，资产专用性越强，资产专用性形成的退出壁垒也就越高。高度专业化的投资所形成的资产，迫使退出企业要么必须将资产转让给原有产业的留存企业，要么资产迅速贬值而被废弃。产业发展到一定的时期，失去了对资本的吸引力，不仅外部资本很少进入该产业，产业内企业也缺乏扩大投资的愿望，资产专用性壁垒造成希望退出的企业融资困难，从而使退出行为产生阻滞。

就建筑业固定资产的性质来说，由于机械设备等资产的专用性较高，一旦退出，在市场中难以脱手变现；即使变现，资产的清算价值也很低。所以，资产专用性壁垒表现显著。

2. 人员转移壁垒

由于现代经济中劳动分工精细，劳动技能和知识专业化使劳动力在产业之间转移相当困难，转移成本较高。在原有的产业中，工人所获得的技能、专有技术和信息具有较大的价值；而一旦离开了原有产业，价值就会减少。往往是没有经过人力资源的再开发就不能转移，因此劳动力转移成了产业调整的一个障碍。

建筑业是相对独立、与制造业具有明显差别的产业，劳动技能和知识专业化使劳动力在产业之间的转移相当困难。建筑业从业人员队伍庞大、企业冗员较多、劳动力转移安置量大、转移成本高。尤其是在我国当前条件下，社会保障体系不配套成为阻碍股份制、私营和合资建筑企业退出的重要壁垒。

3. 产业政策壁垒

劳动密集型建筑企业的破产和转移将导致大量职工下岗失业，直接影响到社会的稳定，政府会尽量避免企业退出。虽然我国在1986年就颁布了《企业破产法》，但事实上由于建筑企业受到国家有关破产、清算等政策法规的限制和指标控制，以及要素市场功能性缺陷的限制，大量资不抵债的企业不能通过破产、清算、兼并、重组等有效途径从建筑业中退出。国有建筑企业由于受到经济体制等多方面的影响，其创办和生存不单单是以利润为目标，企业的退出在经济、政治和社会方面都会带来一系列的反应，政府对此高度重视。

4. 退出壁垒总结

相对来说，建筑业是一个低资本投入的产业，因此，资本专用性虽然存在，但并非无法承受。作为劳动密集型的产业，建筑业企业退出面临较大的社会阻力；作为生产方式较为特别的一个产业，专业人员转移资本较高，这是退出市场的主要障碍。毕竟，企业是一个经济组织，以营利为目的，真正无利可图时，这些非经济因素并不能阻止企业的退出。总体而言，我国建筑业退出壁垒不高，但转移壁垒较高，建筑产业是一个不容易退出市场的产业。

三、中国建筑市场绩效与风险定位分析

通过以上对中国建筑市场进入、容纳与退出的难易程度分析，中国建筑市场是一个进入较容易、退出相对困难的产业，根据产业组织理论，是一个低利润、高风险、竞争激烈的产业（图3-6）。在这种情况下，行业景气时，吸引大量竞争者进入；当行业衰退时，已进入者还滞留在行业内，形成过度竞争。

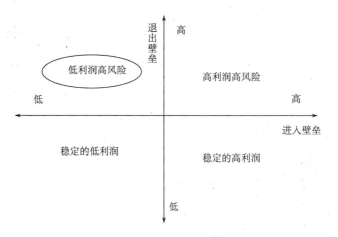

图 3-6　中国建筑企业进入退出壁垒与绩效关系示意图

第四节　中国建筑企业成长的比较分析

从跨国公司的成长情况来看，规模从小到大、竞争力由弱到强、技术结构由简单到复杂、主营业务由初级到高级，其发展方向是趋同的。但是，中国建筑企业在规模快速成长的情况下，并没有在这个方向上发生明显的进化，而更多的是在原地进行规模膨胀。尽管我国建筑企业在规模上的扩张、营业额和劳动生产率方面都有了较大的增加，但是很大部分得益于我国经济处于规模性增长状态，但这并不能代表大多数建筑企业获得了真正的成长与升级，尤其与国外一些建筑承包商比较，差距就更为明显。目前，中国建筑企业呈现一种明显的"矛盾胶着"状态：一方面依托国内建筑市场总量呈持续增长态势，大多数建筑企业在合同额和营业额两方面都得到总量的增加，从而带来总的利益增长；另一方面，在市场份额增长的同时，始终受利润下降、竞争加剧、风险扩大等深层次因素的困扰。企业只是长胖了，但并没有长大，面对增加的定制合同，配置了更多的设备、雇佣了更多的农民工，在更多的工地上填土方或打混凝土。虽然企业已经做得是很大，有庞大数据支撑，进入了世界 500 强，但做着和几十年来一样的工作，企业的内核没有改变，商业模式也没有改变，即便走出国门，在高端市场也是做低级活儿。

企业规模在膨胀，能力没有提升，必然会暴发新的矛盾。表现最多的：一是一旦遇到复杂项目、超大型项目，往往就突破了企业的掌控能力，最后只能通过人海战术打会战这样的方式来善终；二是安全、质量隐患迅速堆积，如影相随，无法摆脱；三是企业内核既然没有转变，企业还在统一管理框架下运转，在管理资源被不断稀释的条件下，原有的企业控制能力在弱化；四是不规范的用工方式，冲撞和影响法律、社会公平等方方面面，使建筑企业难以成为一个和谐社会的建设者。

但是，至今为止，现实中的中国企业依然不知疲倦地发起一轮又一轮锦标赛式的原地规模扩张运动。为什么绝大多数中国企业在发展路径上没有与国际跨国公司实现趋同呢？在这方面存在着理论研究的盲区，理论缺失的原因是因为大家都只是比较结果，于是对实现结果的方式五花八门、各说各话。而对于现状，对于企业的真实存在没有作出深入的分析和科学的解释，在对现状把握不准确、不全面的情况下，对未来发展方向的研究是难以正确指导实践的。

这种理论缺失不是说没有理论研究或研究成果，而是说没有正确的分析与研究。表现在以下几方面：① 企业理论都是关于制造业的，而建筑业与制造业相比，有自己独特的经济学特征，缺少对建筑业、建筑产品、建筑市场的经济学分析与研究。②现有的一些经济学方面的研究主要是从建筑业产业结构的概念、应用等表面进行，但缺乏深层次的理论分析，缺乏产业结构方面较为深入的研究，无法从根本上认识建筑业产业结构调整方向。③现有研究没有抓住建筑企业发展的核心问题，建筑企业的竞争优势不在于生产线、差异化产品、差异化价格与服务，而在于管理能力与学习能力。那些五力模型、资产专用性、核心竞争力等方面的研究跟进，仅停留在表面，宏观的内容较多但操作性不强，微观阐述不够，不具现实指导性。

只有具备持续且上乘的盈利能力、通过竞争取得行业领先地位、核心竞争优势、国际化水平等方面的因素，才能让一个行业更加健康的成长，这种能力应该是内生的，而不是外生的。由于中国建筑企业缺乏企业发展与增长的研究，造成大多数中国建筑企业缺乏长期目标，以及与之相适应的企业战略。

第四章

企业价值理论与建筑业价值分析框架

■ 第一节　引例——中国铁建和中国中铁价值提升之路

一、两公司基本情况

中国铁建的前身是铁道兵，1948年7月，中国人民解放军铁道兵成立。1984年1月，百万裁军，集体兵改工，改称铁道部工程指挥部，归属铁道部管理，1990年8月，注册成立为中国铁道建筑总公司。2000年9月，政企分开，与铁道部脱钩，整体移交中央企业工委管理。2003年3月，国务院国资委成立后，归属国务院国资委管理。2007年11月5日，整体重组改制设立股份有限公司，中国铁建股份有限公司正式挂牌成立。中国中铁最初脱胎于铁道部基本建设总局，1989年成立为中国铁路工程总公司，后来划归国资委管辖。

两公司作为中国建筑业的巨头，都是集勘察设计、施工安装、房地产开发、工业制造、科研咨询、工程监理、资本经营、金融信托和外经外贸于一体的多功能、特大型企业集团。凭借在铁路建筑领域积累的建设经验和关系，中国铁建和中国中铁延续了在铁路建筑领域拿到众多订单的优势。随着中国铁路建设规模的不断增长，使中国铁建和中国中铁的经营业绩不断提升。从经营业绩上看，中国铁建和中国中铁都属于世界500强企业，在2010年，分别是全球第一、第二大承包商。

1. 中国铁建股份有限公司

中国铁建股份有限公司（中文简称中国铁建，英文简称CRCC），是中国乃至全球最具实力、最具规模的特大型综合建设集团之一，2010年连续入选《财富》"世界500强企业"，排名第133位，成为全球最大的工程承包商，同时也是中国最大的海外工程承包商。

公司业务涵盖工程承包、勘察设计咨询、工业制造、房地产开发、资本运营及物流，打造了包括科研、规划、勘察、设计、施工、监理、运营、设备制造等在内的全面完整的建筑业产业链和业内最完善的资质体系，在高原铁路、高速铁路、高速公路、桥梁、隧道和城市轨道交通工程设计及建设领域确立了行业领导地位。自20世纪80年代以来，中国铁建在工程承包、勘察设计咨询等领域获得了超过240项国家级奖项。

公司的经营范围遍及除台湾地区以外的全国31个省（市）、自治区，香港、澳门2个特别行政区，以及世界60多个国家和地区，完成海外项目287个，在建137个。公司专业团队强大，拥有1名工程院院士、5名国家勘察设计大师、享受国务院特殊津贴的专家188人。

2. 中国中铁股份有限公司

中国中铁股份有限公司是由中国铁路工程总公司以整体重组、独家发起方式设立的股份有限公司，其前身是成立于1950年的铁道部工程总局和设计总局。公司是集基建建设、勘察设计与咨询服务、工程设备和零部件制造、房地产开发和其他业务于一体的多功能、特大型企业集团，成立于2007年9月12日，注册资本128亿元人民币。

中国中铁股份有限公司辖有全资公司28个、控股公司15个、分公司4个、参股公司3个，共46家二级子公司。在2010年公布的世界企业500强名单中位列第137名，是全球第二大承包商。

截至2007年6月30日，中国中铁股份有限公司拥有中国工程院院士3人、国家勘察设计大师7人、教授级高工390人，以及高级技术人员8000多人。拥有众多具有自主知识产权的科研成果，共获得鲁班奖70项、国家优质工程奖64项、获国家科技进步奖72项、有效专利202项。创造国家级工法61项、省部级工法359项。

二、两公司经营业绩增长情况

近4年来，随着中国建筑市场的增长，两公司在经营业绩方面取得了大幅度的增长，具体指标对比如表4-1所示。

表4-1 中国铁建和中国中铁近四年业绩成长能力对比

项目	公司	2004	2005	2006	2007	2008
主营盈利能力	铁建	4.76	4.8	5.52	6.51	5.89
	中铁	4.86	5.22	5.8	6.09	6.63
综合盈利能力	铁建	0.83	0.69	1.54	2.54	1.92
	中铁	1.3	1.21	1.82	1.87	1.34
毛利率	铁建	10.06	9.87	9.13	9.52	9.96
	中铁	11.33	11.08	10.68	10.26	11
工程承包毛利率	铁建	9.18	8.95	8.52	8.87	9.37
	中铁	9.95	9.5	9.23	8.81	NA
税金及附加率	铁建	2.87	2.92	3.08	3.09	2.9
	中铁	2.72	2.94	3.04	3.02	2.95
管理费率	铁建	5.22	4.53	3.62	3	3.75
	中铁	6.49	5.92	4.91	4.25	4.37

续表

项目	公司	2004	2005	2006	2007	2008
营业费率	铁建	0.86	0.81	0.56	0.39	0.43
	中铁	0.46	0.55	0.46	0.47	0.4
财务费率	铁建	0.26	0.35	0.34	0.48	0.64
	中铁	0.38	0.52	0.48	0.72	1.94
净利率	铁建	0.09	0.39	0.95	1.77	1.75
	中铁	0.3	0.5	1.46	1.94	1.09
母公司股东净利率	铁建	0.04	0.37	0.78	1.77	1.76
	中铁	0.39	0.28	1.03	1.75	0.87

1. 主营盈利能力、综合能力比较

从图 4-1 及 4-2 可以看出，两公司的主营业务能力和综合能力呈明显的上升趋势，而且与整个行业相比，增长幅度较大，盈利能力较强。

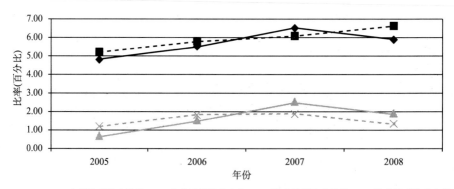

图 4-1　中国铁建和中国中铁近四年主营盈利和综合能力对比

2. 毛利率、净利率对比

从图 4-3 来看，两公司近四年的毛利率和净利率处于相对稳定增长的态

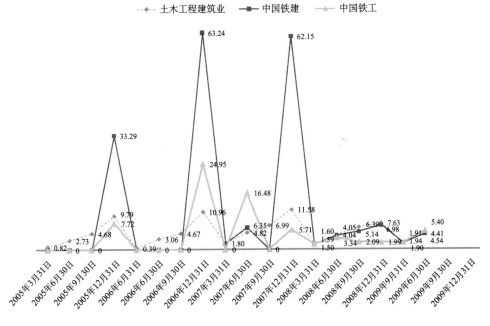

图 4-2　中国铁建和中国中铁与行业的净资产收益率对比

势，且中国中铁的增长幅度较中国铁建大，这也较好地反映了两公司在行业的市场地位和其经营管理能力。

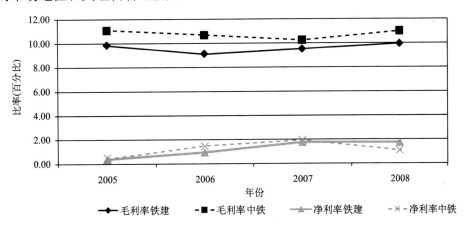

图 4-3　中国铁建和中国中铁近四年毛利率、净利率对比

3. 成本费用率对比

从图 4-4 来看，两公司近四年的成本费用率呈下降趋势，这与他们加强内部管理，尤其是成为上市公司后规范管理有很大的关系。

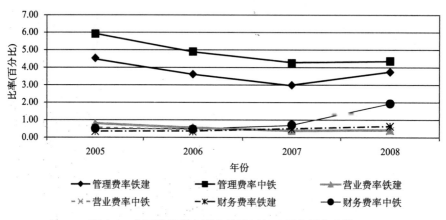

图 4-4　中国铁建和中国中铁近四年三项费用率比较

虽然两大企业在国内建筑业中各项指标遥遥领先，在《财富》500 强排名增幅最快，但与跨国公司相比，其在创效能力上的差距还是十分明显的。2009 年，西班牙 ACS 集团营业收入 242.42 亿美元，实现利润 27.12 亿美元，产值利润率 11.19%；中国铁建营业收入 520.44 亿美元，实现利润 9.60 亿美元，产值利润率 1.84%；中国中铁营业收入 507.04 亿美元，实现利润 10.08 亿美元，产值利润率 1.99%。中国两大领军企业利润水平不足 ACS 的 1/5，ACS 集团为 10 万员工，中国铁建 20 万，中国中铁 27 万。问题出在哪里，中国建筑企业能不能创造更多的价值？这个问题需要作出回答。

■ 第二节　价值驱动因素的经济学分析

一、价值驱动因素的既有理论解释

从企业价值创造的角度分析，企业绩效按照价值创造可以分为反映短期价值创造的财务绩效和反映长期价值创造的战略绩效。财务绩效可以通过企业销售收入增长、净利润增长等财务指标来体现。战略绩效主要反映企业可持续增长力、未来的成长力等。企业价值同时取决于短期绩效和长期绩效。因此，价值驱动因素必须包括与企业短期绩效有关的因素和与企业长期绩效有关的因素。明确了长期价值驱动的因素，公司在削减成本时，就不会牺牲后期市场、技术储备和对装备的维护等，就要关注人才资本的吸收、培养等。不同驱动因素的重要性取决于微观经济法则和战略。

由于在对企业价值进行的估算中始终包含一个假设，即估价是在企业持续经营状态下进行的。因此，追求企业的可持续发展是企业价值管理的重要特征，这一特征包含着长期性和未来性两个方面的含义。可持续发展的价值管理意味着企业在未来可预见的时期内，有望获得足以补偿各项成本的、稳定增长的现金流量，从而使股东实现价值最大化。没有企业的可持续发展，股东价值最大化便无从谈起。

股东价值最大化这一理财目标的实现途径是通过满足股东的最低报酬率要求来实现的，即如果股利和资本利得之和能够满足股东的最低要求报酬率。其中，股东的最低要求报酬率就是该企业的资本成本，是该企业进行投资的最低盈利水平。

现代意义上的企业价值理论源于 Miller 和 Modigliani（1958）所提出的 MM 资本结构模型。基于对企业价值进行观察的不同角度，形成了多种企业价值评价模式，由于评价企业价值的具体方法不同而形成了不同的企业价值观，主要包括基于价值派（pie model）模型的企业价值观、基于折现现金流量模型的企业价值观、基于经济增加值的企业价值观和基于托宾 Q 值的企业价值观四类。以上这些企业价值观不仅弥补了传统财务指标的短期化倾向，而且为企业融资与再融资创造了良好的筹资环境，有助于实现企业的可持续发展。但是，这些价值观研究的重点在于对价值的评估，而不是实现价值创造的途径与方法。

本章分析的是价值链上经济活动的价值创造原理，价值链理论认为，企业的价值增值过程，按照经济和技术的相对独立性，可以分为既相互独立又相互联系的多个价值活动，把这些价值活动连接起来就组成一个独特的价值链，不同企业的价值活动划分与构成不同，价值链也不同。

价值创造是企业系统中的一个子系统，它们之间是局部与整体的关系，只有当企业与价值创造的发展指向同构时，企业系统运作的耗散水平才能最低。当一个系统的耗散水平最低时，其运作就是处于高度稳定状态。

系统科学中一条观察世界、分析事物的基本定理——哈肯伺服定理的核心思想是：只有改变支配事物的支配变量才能使事物发生状态转移（变化）。任何复杂事物，不论它怎样复杂，对其起支配作用的因素（或变量）通常只有一个，或极少数的几个。而且这种起支配作用的因素一定是慢变量，事物的本质就是由支配事物的慢变量特性决定的。

对于价值的影响要素，也称为驱动因素，驱动因素本质上是什么？

Thakor（2000）指出，价值驱动因素是影响或推动价值创造的一个决策变量，是价值创造的有效载体和具体方式。

Copeland（1994）认为，价值的根本驱动要素就是投资资本回报率和企业预期增长率，这一论断将价值的驱动因素归结到两个财务指标上。

奈特（2002）则认为，价值影响要素是对经营活动和财务运行效果有重大影响的运行因子，价值影响要素存在于企业的各个领域，包括产品开发、生产、营销以及人力资源的开发和利用等。

周炜和刘向东（2003）两位学者从企业理论的角度将企业价值分成企业的资源价值和企业的流程价值两部分。对于流程的认识这一点来说，这使得价值的影响要素从静态的资源扩展到动态的过程。

以上观点基本上都将企业价值的影响要素归结为企业内部的影响要素，朱超（2002）提出，企业的价值影响要素分为两种——内部要素和外部要素。内部影响要素，即企业的资产，外部影响要素则包括社会政治经济环境、经营竞争状况和科技发展水平。但是这里所说外部影响要素仍然没有将企业与企业联系起来，可以说，仍然是较为孤立地看待价值影响要素的问题。

对以上观点进行总结，对价值创造驱动因素的研究成果体现有以下几方面：①指标论。投资资本回报率、企业预期增长率。②性质论。决策变量、载体、方式；运行因子。③范畴论。资源价值、流程价值。内部要素、外部要素。

应该说这些研究加深了对于价值驱动因素的认识，但没有从本质上说清楚驱动因素到底是一种什么存在，如何发挥作用？这一本质问题不能解答清楚，则后面关于建筑企业价值创造驱动因素的分析就失去了分析基础。

本书认为，指标论中的各项指标为表层价值驱动因素；性质论中的各因素为深层驱动因素，但还没有表达清楚，需要进一步研究；范畴论的结果应予肯定，但研究的不是内核性质问题，而是一个外围的范围框架。

从过程而言，价值创造活动，首先要界定和明确各项活动的价值目标，这个目标就成为价值创造的表层驱动因素，属于精神的范畴。接下来，以价值创造为核心的管理理念和方法，使企业具备产生优异经营业绩、制定正确经营决策的基础，获取更多的资源并以更有效率的方式配置和使用，使价值创造能力得到放大，创造更多的价值，使各方面的价值要求得以实现。资源以及配置方式、使用方法成为深层驱动因素，既有物质因素也有精神因素。

企业资源基础论是经典战略管理理论、产业经济学和组织经济学等多学科结合与创新的产物。在由 Penrose（1959）倡导的"企业内在成长论"基础上提出的基于资源基础的公司战略理论，主要代表人物有 Rumelt，Wernerfelt 等学者。关于价值活动的研究缺乏有效的深度，从产业角度把企业看成了"黑箱"，只有资源的投入和绩效的输出；只讨论财务指标，而没有系统的本质分析。1984 年，伯格·沃纳菲尔特（Birger Wernerfelt）"基于资源的企业理论"，提出了资源位势屏障（resource position barrier）和资源—产品矩阵（resource-product matrices）概念，认为资源优势屏障保护了企业资源优势，从而形成了竞争活动的差异。

1990 年，普拉哈拉德和哈默（Prahalad and Hamel）发表"企业的核心能力",他们认为决定企业竞争活动优势的是企业的核心能力,而不是单纯的企业资源。能力是企业竞争优势的来源,这已经被理论解释、实践证实,但能力的决定因素又是什么?这一研究的代表人物格兰特(Grant R. M.)、斯宾德(Spender J. C.)、野中郁次郎(Nonaka and Takeuchi)都认为是"知识",尤其是难以被模仿的缄默性知识。

资源学派强调独特的资产,能力学派强调无形的知识。能力学派只关心企业内部的影响因素,而忽略了外部环境对其有的影响;而资源学派忽略了所谓"独特性资源"以外的其他资源的价值,并且仅讨论企业活动的大类要素——资源和能力,没有深入研究资源和能力的结构和要素以及它们之间的互动关系。

二、一种新的价值驱动因素理论模型

不同于过去的资源和能力大类关系的研究,本书提出一种新的价值驱动因素理论模型,如图 4-5 所示。本书认为,企业价值创造的能力来自于两方面因素:一方面是企业拥有资源的量,既包括数量也包括质量,属于物质的范畴;另一方面是企业对资源的使用,属于精神的范畴。在特定的资源使用方式下,增加资源投入可以提高能力;在资源总规模不变的情况下,优化资源的使用方式,也可以提高能力,现实中往往是两种方法同时使用的。也就是说,资源以及资源的使用方式和效率决定能力,能力决定经济活动的绩

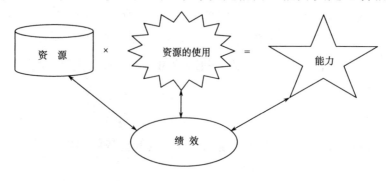

图 4-5　经济活动力量因素模型

效。所以，本书将价值创造活动深层的驱动因素，分解为所能得到的资源和对资源的使用方式。本书通过对动态机制作用和资源、能力的进一步科学分解，挖潜企业绩效二级、三级要素变量之间的关系，对企业价值形成过程的驱动因素进行深入研究。

1. 资源

本书所指的资源，是广义的资源，即泛指企业价值创造过程中所需要的一切物质的和非物质的要素，不仅包括自然资源而且还包括人类劳动的社会、经济、技术等因素，还包括人力、人才、智力（信息、知识）等。根据不同的分类标准，可以对企业价值创造所利用的资源进行分类，如图 4-6 所示。一般而言，企业价值创造活动有以下常见资源。

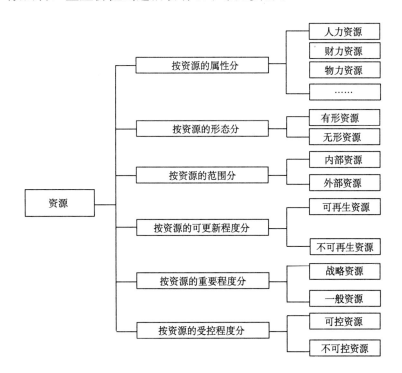

图 4-6　企业经济活动所涉及的资源类型

（1）金融资源。 个企业的生存和发展必须有一个可持续的、高质量的"资金链"。企业可以依靠内部积累，或者通过银行贷款、在资本市场发行股票或债券等从外部获得资本。

（2）人力资源。人力资源是以人口为自然基础、由一定数量的具有劳动技能的劳动者构成的。人力资源包括两个方面：一是作为劳动者的人的数量；二是劳动者的素质，不仅包括生产技能、文化专业知识，而且还包括政治思想、职业道德等。

（3）信息资源。信息资源是可供利用并产生效益的信息总称，是一种非实体性、无形的资源。在知识经济时代，信息作为一种重要的资源，对促进企业现代生产和发展有着极其重要的意义。

（4）技术资源。技术资源是指可以用于创造财富的各种现实技术和潜在技术。现代科学技术已经成为推动生产力发展的第一要素，企业掌握越多的核心技术，就越拥有核心竞争力。

（5）自然资源。自然资源是指可供企业使用的土地、水力、矿藏、林产、水力发电等资源。自然资源的充沛与否、质量优劣会影响企业产品对市场、供应、运输成本、文化与商业间的适应性。

（6）供给商资源。供给商指为企业提供原材料和零部件等的那些企业。原材料供应的速度、效率、稳定性等会对企业竞争力产生重要影响。

（7）客户资源。客户是对企业产品和服务有特定需求的群体，它是企业经营活动得以维持的根本保证。

（8）文化资源。企业文化是一个组织由其价值观、信念、仪式、符号、处事方式等组成的特有的文化形象。企业文化是企业的灵魂，是推动企业发展的不竭动力。

2. 资源的使用

"资源的使用"指的是一种方式、方法、艺术。例如，解放战争时期，国民党拥有的资源是飞机加大炮，共产党拥有的资源是小米加步枪，共产党拥有的资源处于劣势，但是，作为共产党统帅的毛泽东具有远超过蒋介石的指挥能力，即资源使用的能力，所以，二方面乘数效应作用下的最终结果，是毛泽东领导下的"小米加步枪"最终打败了蒋介石领导下的"飞机加大炮"。

可以支配的资源以及对资源的支配共同决定了能力和业绩，这就是本书重新建立的价值驱动因素分析框架。即绩效取决于能力，能力取决于所拥有的资源以及对资源的使用。

现实中的企业就是一系列资源和能力的集合体，每个较为成功的企业都在其行业市场上保有自身一处或多处较为优势的资源或能力。如果企业的核心能力与市场环境变化所带来的市场机会能力相一致，企业便可获得相应的核心竞争力"取得竞争优势"。假如企业核心能力与市场机会能力不相一致，企业便应选择适当的战略方式，对原有核心能力加以弥补和增加，并培育新的核心能力，使之逐渐形成企业的可持续发展竞争优势能力，即企业的核心竞争力。

第三节　建筑企业的价值模型框架

一、建筑企业典型价值链构造

根据企业能力理论，企业经济活动的基本分析单位是企业内部过程。

理性地看，企业成长是企业由幼稚走向成熟的过程，是企业内在素质逐步形成并提升，外部价值网络逐步形成并优化，凭借合理的商业模式与竞争战略，在同行中逐步形成竞争优势的过程。这就如同一个人，他只有不断完善、提升自己的内在素质（培养自己做事的能力），不断建立自己的社会资本（人脉关系），等这二者达到一定的程度，采取合理的做事方式（类似于商业模式）与处世方式（类似于竞争战略），他才可能在同辈人中鹤立鸡群。推而论之，一个企业只有不断提升自己的内在素质，优化企业外部的价值网络，等这二者达到　定程度时，采取较为合理的商业模式与竞争战略，这个企业才可能在同行竞争中逐步形成竞争优势。而企业在同行竞争中形成了竞争优势，它就会自然而然地获得丰厚的利润。这就是企业成长的市场法则。而那些片面强调做大、做强的企业，是不可能做到这种境界的。

斯诺和莱宾奈克首先将企业的职能性活动（functional activities）列入企业能力范畴（Snow and Hrebiniak，1980）。

希特和艾尔兰进一步将企业的职能活动细分为 55 种（Hiit and Ireland，1985）。

波特认为，企业职能性活动是企业竞争优势"价值链"（value chain）的组成部分（Porter，1985）。

1982 年，演变理论的集大成者纳尔逊和温特（Nelson and Winter）出版了《经济变化的演进理论》一书，提出了企业内部过程（organizational routines）的概念。

企业内部过程分为三种：决定一个企业运作特性的短期过程、企业进行投资决策的内部过程，以及随着时间的推移用以调整短期过程的企业运作程序（Nelson and Winter，1982）。

对企业内部过程的研究有助于了解企业内部行为模式和市场竞争的交互作用是如何随着时间被某种动态企业过程加以程序化或者模式化的。这一问题正是企业演变理论的中心问题。

价值链理论按照经济和技术的相对独立性，可以将企业活动分为既相互独立又相互联系的多个价值活动，这些价值活动形成一个独特的价值链，不同产业的价值活动由于构成不同，所以价值链不同。同一产业中的不同企业，由于所拥有的资源不同、企业运作方式不同，其价值链也不同。

Porter 关于企业的价值链的分析，将企业的经营活动划分为辅助活动和基本活动，企业通过对基本价值和辅助活动进行改善或优化组合，寻找或加强自身的竞争优势，以此来不断增加企业自身利润，波特的价值链模型如图 4-7 所示。

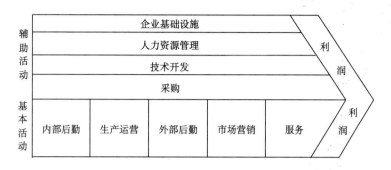

图 4-7　波特基本价值链模型

对制造业来说，价值链的基本活动包括内部后勤、外部后勤、市场营销、服务；辅助活动包括企业基础设施（企业运营中各种保证措施的总称）、人力资源管理、技术开发、采购。价值链中的每一活动都包括直接创造价值的活动、间接创造价值的活动和质量保证活动三部分。每一个价值活动的成本是由各种不同的驱动因素决定的。

通过对建筑产业生产经营规律的分析，可以构造出建筑企业生产经营基本活动的一般价值链，这是施工企业在对一个工程进行投标承揽，中标以后进行项目组织、资源配置，项目组建以后深化设计、材料采购、生产组织，完工以后工程验交、项目决算，形成一个始于市场，关系到供应商、分包方，最后到为客户提供建筑产品的传统典型价值链，如图 4-8 所示。

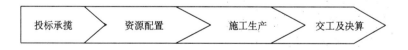

图 4-8　传统建筑企业典型价值链

现实中的价值链是多条的，而不是单一的，并且可划分为形成最终产品的主价值链；提供设备、专业知识和材料以便利施工建造的支撑价值链；提供分包服务的外包价值链等。这些价值链构成一个网络结构，在这个网链结构中，又有主线及辅线之分，公司必须面对多元化、无序的价值链系统，对其进行界定、排序、组合、分析、优化，使之为企业价值创造服务。

价值链各个环节的创新则是企业竞争优势的来源，价值链的各种联系成为降低单个价值活动的成本及最终成本的重要因素，每一个价值活动的成本是由各种不同的驱动因素决定的。建筑产品具有单件性特点，生产线即项目具有一次性特点，使产品价值链具有一次性的特点。

建筑企业在价值链方面具有以下特性：①基本原料。建筑业具有投入建材范围广、体积庞大、重量重等特性，其基本原料，如水泥、砂石、钢筋、钢骨一般占总造价的60%以上，但供料商流动性不高，致使供料商在议价上处于强势，从而影响生产成本的重要因素。②技术方面。作为劳动密集型产业，建筑业的技术属性尤其重视经验的累积和新工法、新技术的研发。建筑产品的设计方案以及熟练工人的操作经验是技术管理的核心。③生产过程。就建筑业的生产过程而言，生产地点不固定，因工程生产组合与工程性质不同，需采用不同机具、材料和技术；生产时间长，亦受施工地形和天气影响，不确定因素多；工程分工层次多、分工形式复杂，项目管理水平是工程生产顺利的关键。这些特性导致建筑产业价值活动的驱动因素与其他产业不同，无形的商业模式、知识、管理占有较高比重。

二、建筑企业传统价值链系统拓展

传统的思维方式是将价值影响要素锁定于企业的内部资源、管理程序、组织结构或行业选择等。这些固然重要，但是现实存在的问题是资源的贫富也并不起决定作用，许多资源丰富的公司都败给了资源贫乏的竞争对手。因此，在进行价值分析时，必须面对整个价值链的价值创造体系的分析。在这个系统中，供应商、分包商、劳务队伍、技术咨询以及设计、监理、业主将共同合作创造价值。价值链模式下的价值创造的影响要素不但有上述传统模式下的种种动因，更要从企业外部价值链条的角度进行分析。

完整的价值链系统的构成，从是否创造价值的角度并结合建筑产品作业的流程，对产品业务流程的价值创造部分进行重组，砍掉不形成价值增加的浪费作业，关注能够创造价值的环节。在对能力的分析上，采用一种整体的视角，涵盖与企业能力建立相关的整个过程，整合企业的内部知识和产品的生产过程，以及外部的交易过程与外部的交易能力被视为一种重要的企业能力而与生产功能一起被纳入分析的范围（Winter，1987；Teece et al.，1994）。企业能力的整体分析方法带来的一个重要的理论进展，就是将企业核心能力分析扩展到四个维度：知识和技能、辅助性资产、企业内部过程和企业的社会价值（Collis，1994；Leonard—Barton，1992；Kogut and Zander，1996）。企业价值创造通过各主体影响下的活动，利益相关者、客户、竞争者、管理者和员工。企业价值活动是指为创造价值进行的各种活动，包括企业的物资采购、产品生产、市场营销、产品研究发展、人力资源管理等。黑格和辛格提出，企业从事的经营活动可以根据相关知识的不同而分成三类：寻找和建立客户联系的客户关系活动、发明新产品或服务并将其市场化的创新活动、构建和营运各种生产经营设施的基础活动（Hagel and Singer，1999）。

经过扩展的建筑业价值链系统外延模型如图4-9所示。

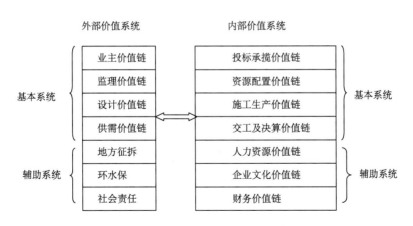

图4-9 建筑企业价值链系统拓展模型

从企业内部价值链来看，企业的价值链增值或企业价值增值可分解为各流程的增值。进一步分析，流程的运作是以作业为对象的，因此流程增值又可分解为各作业的增值。

从外部价值链来看，实行价值链企业间联合运作，常常可使各方均得以受益。一般情况下，在整个价值链增值增加的情况下，价值链上各企业所能分享的价值链增值也可能增加。当然，价值链上各企业所能分享的价值链增值的多少要受各企业间的增值分享契约的约束，而价值链增值的分享同样是价值链管理的一个重要内容。

就整个价值链系统而言，最终所创造的价值要由价值链系统中的各方来认定。

第四节　建筑企业价值实现的路径分析

企业存在的意义在于创造价值而不是创造交易，这是本书从企业本质角度对企业理论的一个新的深刻认识：

（1）企业不能够给股东创造价值，企业就失去了生存的意义。

（2）如果企业的产品和服务不能够创造价值并把这种价值转移给顾客，或者价值很低，顾客就会流失。考察一下世界优秀公司的成长历史，真正决定企业命运的除了政府力量就只有市场需求，而不在于企业是不是高科技企业。

（3）企业不能为员工创造价值，则企业无法得到优秀的人力资源以及人力资本的积累，将失去发展能力；如果企业不能给供应商、分包商带来合理的剩余分配，企业将不具备供应链竞争优势。

美国管理学者肯·布兰佳（Ken Blanchard）在"价值管理"（managing by values）一书中认为，唯有公司的大多数股票、员工和消费者都能成功，公司才有成功的前提；为达到此"共好"（gung ho）的组织目标，组织必须逐步建立能为成员广泛接受的"核心信念"并且在内部工作与外部服务上付诸实施，成为组织标准行为典范，才能获得真实的与全面的顾客满意。因此，企业价值创造包括三方面的内涵：为股东创造价值、为顾客创造价值，为利益相关者创造价值（图 4-10）。

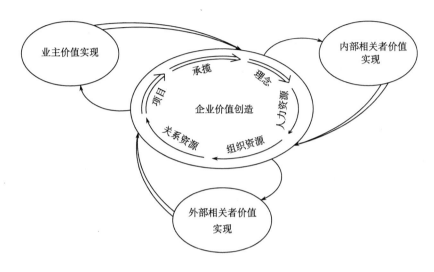

图 4-10　建筑企业价值驱动因素分析框架

　　正如图 4-10 所揭示的：企业所输出的业主价值、内部相关者价值、外部相关者价值实现结果，将分别使三者成为向企业输入的驱动因素或阻力，从而影响着企业的运转。

　　从顾客价值到公司价值的逻辑过程，Heskett James 等（1994）通过对上千家服务企业的考察，结论是：企业的收益增长与赢利能力主要是由顾客忠诚决定的，顾客忠诚是由顾客满意决定的，而顾客满意由顾客的价值决定。Blattberg 和 Deighton（1996）的研究也认为，保有原来顾客的成本比获取新顾客的成本要低。同时，Tapscott 等（2000）还认为，顾客的购买信息构成了企业重要的数字资本。

　　在传统企业中，追求净利润最大化往往意味着供应商、客户、经营者、员工、债权人、政府等利益相关者的利益最小化，造成了企业所有者与利益相关者之间的利益冲突和矛盾对立，这种对立和冲突必然会影响企业的价值增值与发展。为了化解这种对立和冲突，越来越多的企业开始将经营者、雇员等其他利益相关者纳入企业内部利益相关者之列，企业价值增值已不再是净利润，而变成了以股东、经营者和雇员为主体的利益相关者价值增值。

查克汉姆按照相关群体与企业是否存在交易性合同关系，将利益相关者分为契约型利益相关者（contractual stakeholders）和公众型利益相关者（community stakeholders）。

克拉克逊提出了两种分类方法：一种是根据相关群体在企业经营活动中承担的风险种类，将利益相关者分为自愿利益相关者（voluntary stakeholders）和非自愿利益相关者（involuntary stakeholers）；另一种是根据相关者群体与企业联系的紧密性，将利益相关者分为：首要的利益相关者（primary stakeholders）和次要的利益相关者（secondary stakeholders）。

威勒和西兰芭将社会性维度引入到利益相关者的界定中，他们将利益相关者分为四类：一是主要社会利益相关者；二是次要社会利益相关者；三是主要非社会利益相关者；四是次要非社会利益相关者。

如果企业没有为股东、顾客、员工创造更多的价值，企业交易量的增加就不能被认为是价值的增加；如果企业在三个方面创造价值的能力没有增加，企业就没有得到真正的成长，企业成长的机理就在于创造价值的能力的提升。

对顾客而言，价格、工期、质量实施工程包合同的基本内容，安全建成以及项目正的外部性要求是社会对项目的基本要求；对企业而言，财务回报是对项目考核的最终尺度，信誉拓展是项目经理对企业的额外贡献；较高的收入和较好的成长与发展是员工对自己职业生涯的目标要求；一个不低于社会平均收益率的剩余分配和一定的规模要求是合作者的价值需求，由此可以将建筑企业的价值需求分解为 10 个子项，如图 4-11 所示。

根据以上分析，我们可以得到建筑企业传统商业模式下的价值设计模型，现将价值需求和价值实现方式对比如图 4-11（1）所示。

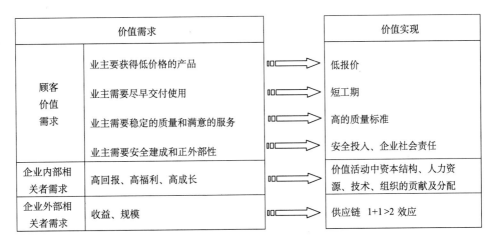

图 4-11　建筑企业业务模式的价值设计图

第五节　顾客价值需求、价值创造过程及驱动因素分析

一、中国高铁建设理念的变迁

本书通过对铁路市场的分析来研究外部价值系统业主价值需求，是因为中国铁路建设的业主需求 最具有这一方面的产业代表性。

1. 高水平项目才能代表行业发展趋势

目前，中国正飞速进入高铁时代，2009 年 12 月 26 日，正式通车的武广客运专线，成为世界上运行速度最高、运营里程最长的高速铁路。2011 年，全国高铁运营里程将突破 1.3 万公里，而到目前为止，全世界高铁总运营里程为 1.7 万公里。中国用 6 年左右的时间跨越了世界铁路发达国家一般用 30 年的历程，中国的高铁技术通过技术集成达到了系统的世界先进水平，证明了在基础建设领域实现赶超战略的可行性。当然，中国高铁的快速崛起，客观上具有铁路发达国家难以复制的两个有利条件：①中国国土面积大，地形复杂，横跨多个不同的气候和地质区域，因此具有大范围技术创新的要求与平台。例如：京津城际是软土路基，武广高铁是岩溶路基，郑西高铁是黄土湿陷性路基，这样的地质条件下建筑高速铁路，需要新的设计理念与施工技术，而日本、法国、德国都没有这样的地质条件。中国高铁在设计和施工上自然拥有了更多的经验，技术上也比日本以及欧洲国家具有更多的优势。②高速铁路的一个基本特征就是线路又直又平，即半径大、坡度小。而国外铁路建成时间早，这两个指标标准相对都较低，不论是线路客观条件，还是产权制度的制约，都使拆迁难度过大，难以通过改造大跨度、长距离地满足线路的高速条件要求。

站在产业前沿的中国高铁市场对一个建筑企业的要求具有重要的现实意义，而对于高铁建设主力军的中国建筑企业，对其所遇到挑战的研究，则对企业的未来发展具有方向性的启示。所以，本书的研究选取高铁市场作为样本来分析顾客价值需求，选取建设高铁最突出的中国铁建、中国中铁作为样本来分析企业的价值创造。

2. 大项目、复杂项目才能全面体现业主需求

根据《中国铁路中长期发展规划》，到 2020 年，为满足快速增长的旅客运输需求，建立省会城市及大中城市间的快速客运通道，规划"四纵四横"铁路快速客运通道以及三个城际快速客运系统。建设客运专线 1.6 万公里以上，客车速度目标值达到每小时 200 公里及以上。以 2010 年为例：1 月至 6 月，全国铁路完成投资 2713.74 亿元，2010 年下半年铁路建设还将投资 5521.3 亿元，平均每个月要完成 920 亿元以上，平均每天要完成 30 亿元以上。具体到每条线的每一标段，一般都有 30～50 个亿，而铁路市场以外，3～5 个亿就是比较大的标段了，对比非常明显。各标段一般包括路基、战场、桥梁、隧道、无砟轨道、四电等多专业复杂项目，并且诸如路基零沉降、耐久性混凝土、900 吨箱梁、构筑物 100 年寿命期等各项标准也远超过一般交通、能源、工民建项目。

复杂项目、大型项目对一个承包商的要求较一般项目更为全面，高速铁路项目最能体现这些特征。

3. 铁路建设理念的变迁路径

在我国建设法律环境不完善、承包合同兑现率不高、质量安全形势严峻的条件下，使建筑企业如何能满足高标准、大规模铁路建设的要求，成为建筑业的行政主管单位之外的铁道部被迫主动关心、积极思考的一个问题，为了在铁路建设领域，达到一个超过社会平均水平的新的新标准，以实现所期望的质量、进度、投资等控制目标，铁道部被迫直接介入建筑企业运营的具体层面，建立并形成了自己一套完整的管理体系，以求使建设标准满足高铁的建设要求。

1）铁路施工企业质量信誉评价制度适时产生

铁路这一整套管理体系的起点是从针对建设的最终结果的要求开始的。铁道部于2004年开始探索建立铁路建设行业信用体系，2005年8月颁布了《铁路建设工程施工企业质量信誉评价暂行办法》（办建设发［2005］52号），2006年11月23日起实施《铁路建设工程施工企业质量信誉评价办法》（办建设发［2006］55号）。2008年9月18日，又发布了《铁路建设工程施工企业信用评价暂行办法》（铁建设［2008］160号），由新建、改（扩）建铁路大中型建设项目的建设单位，在建设期内对施工企业在质量信誉方面进行定期的评价。质量信誉评价由建设单位组织，采取平时检查与集中检查相结合的方式进行，铁道部工程质量安全监督机构进行抽查，铁道部建设与管理司负责建立铁路建设市场质量信誉档案，对施工企业不同项目的信誉评价结果加权平均后排出总名次，作为项目招标时评价投标企业信誉的依据。

2）"六位一体"目标要求进一步明确考核内容

由于信誉评价的指标缺乏硬约束，容易以评价者的好恶或关注点作为评价依据，铁道部在2008年提出铁路建设管理"工期、质量、环境、投资、安全、创新"六位一体的建设管理目标。要求铁路建设单位围绕铁路建设项日的管理，不但要保证建设项目"工期、质量、投资"目标的实现，而且还要保证"环境、安全、创新"目标的实现，提出了比一般建设工程管理更宽、更全面的目标要求。

3）确立以"标准化"、"架子队"为主要内容的过程控制方向

由于各建筑企业组织方式、用工制度等方面的制约影响，虽然面对更高的要求，都提出了各自的措施，但是现场的实施水平却使现场作业水平难以提高。为此，铁道部进而关注过程控制问题，提出了"标准化"、"架子队"的管理要求。

2008 年 3 月 17 日出台了《铁路建设单位推进标准化管理的指导意见》。这是继质量信誉评价后又一个较系统的管理机制，围绕管理制度、人员配备、现场管理和过程控制四个方面工作，提出了标准化的要求。

在标准化的推行中，还是难以达到期望的目标，认为问题出在用工方式上，"包工头"是万恶之源，提出铁路市场要取消包工头。铁建设［2008］51 号文《关于积极倡导架子队管理模式的指导意见》，要求各建设单位积极推广架子队管理模式，内容是建立以施工企业管理、技术人员和生产骨干为施工作业管理与管控层，以劳务企业的劳务人员和与施工企业签订劳动合同的其他社会劳动者（统称劳务作业人员）为主要作业人员的工程队，作为现场作业组织方式，以提高对过程的控制力，从而提高现场作业水平。

4）补充强化措施

经过反复的实践，密集的检查，对高铁建设中出现的质量问题所进行的剖析，以及在全路建设系统所开展的各项工程质量大反思大检查活动的总结，经设计、施工、监理等企业在实践中的不断充实，"高标准、讲科学、不懈怠"和"不留遗憾、不当罪人、建不朽工程"的内涵经过不断完善，成为高铁建设理念的概括和总结。

铁建设［2009］154 号《铁道部关于推进铁路建设标准化管理的实施意见》，指出：大力推行铁路建设标准化管理，是贯彻"高标准、讲科学、不懈怠"要求的重要途径，是落实"六位一体"管理要求的重要抓手，各单位

通过不断改进提高，实现动态管理，带动标准化管理工作不断向纵深发展。至此，铁路建设管理体系基本构建成型。

二、铁路建设管理的制度分析

首先，必须明确肯定的是铁道部这些超出自己职能的做法帮助了中国的现代化进程。近 30 年所有的赶超经验都遇到了一个同样的问题：为使市场机能能够有效发挥作用，是否需要政府的强大的补充作用？理论上的争论到现在也没有停止，但是，不可否认的是，中国正是由于有铁道部这只"看得见的手"的推动，才取得了高铁建设的"中国速度"。铁道部的一系列的管理制度的演进，是按照"制度创新的反向工程"的方法产生的。

反向工程（Reverse Engineering）是技术创新中的一个概念，"反"指的是与一般创新过程相反，不是从基本原理物化为专利发明，进而开发生产方法和工艺流程，而是按如下相反的顺序进行技术创新：操作技术→维修技术→问题总结→生产技术→研究开发。与技术创新相比较，制度创新更困难，不仅涉及利益的冲突，更重要的是要受到认知模式的严重制约，正如 19 世纪著名思想家托克维尔所说："无论人们说什么，我都相信，所谓必须的制度仅是人们习惯了的制度。"而反向工程的方法，是针对解决具体出现的标准不高、要求不严、操作不规范这样一些问题，有的放矢，不会遇到各方面的强烈抵制。具体而言，先是信誉评价考核结果，继之是以"标准化"来关注过程，进一步通过"架子队"建设来关心机制。

我们可以预期这一体系下一步的发展情况：首先，在项目规划上，应该向设计施工总承包发展，这么复杂的大型项目，在如此短的时间内完成，要想独家一次性承担所有不确定因素是不可能的，根据国际经验，现场设计交由承包商完成是一种理性的选择，可以把交给市场解决更有效率的这部分精力解放出来；其次，在项目实施中，决定现场生产品质的关键是流程，抓住流程才能决定结果，当然，这主要是建筑企业的任务。笔者在 2008 年曾提出施工作业流程的"复制"概念，指出提高现场能力的正确路径应该是对先进流程的复制与推广，即项目功能团队对所要完成任务的资源配备、样板工程进行总结和编码，然后全面推开的生产复制工作。样板复制提供了稳定性、一致的预期和可预测的产出水平，是满足高标准、大规模建设的合理途径。虽然现在已经提出了"标准化"的概念，但是如何实现标准化，这个问题至今没有引起重视，没有现场资源配置和作业流程的标准化，使标准化管理的成效大打折扣，更多的是流于文明施工等可观察的表面现象。

为什么铁道部可以订立这样一套制度？重要的一点是依靠了中国铁路市场交易的经济学本质：多次交易的契约安排。铁路项目的庞大规模、复杂专业以及前沿技术将一般中小建筑企业拒之门外，到目前为止，具有资格的企业只有70多家，其中只有50％具有较强竞争力。与铁路市场的投资规模相对应的，就是这些企业的反复竞标、不断竞标。相对稳定的交易对象和重复交易的市场，使这种交易的多次性给予了对交易契约改进的机会。

上世纪80年代中期首先在美国出现了这种多次交易条件下的契约完善活动，但不同的是，这种活动的实施是双向协商的，而不是有一方主导的，被称为合伙模式。合伙模式是建立在业主与建设工程参与各方相互信任、资源共享的基础上达成一种短期或长期的协议。在充分考虑参与各方利益的基础上确定建设工程共同的目标；建立工作小组，及时沟通，以避免争议和诉讼的产生，相互合作，共同解决工程实施过程中出现的问题，共同分担工程风险和有关费用，以保证参与各方目标和利益的实现。合伙协议并不仅仅是业主与施工单位双方之间的协议，而需要建设工程参与各方共同签署，包括业主、总包商、分包商、设计单位、咨询单位、主要的材料设备供应单位等。合伙协议一般都是围绕建设工程的三大目标以及工程变更管理、争议和索赔管理、安全管理、信息沟通和管理、公共关系等问题做出相应的规定。合伙模式的适用条件：①业主长期有投资活动的工程。由于长期有连续的建设工程作保证，业主与施工单位、监理单位等参与各方的长期合作就有了基础，有利于增加业主与建设工程参与各方之间的了解和信任，故签订长期的合伙协议有较好的效果。②涉及国家安全或机密的工程、工期极紧的工程，此类工程主要是建立在业主与工程参与各方形成共同的目标和良好的合作关系上。至 90 年代中后期，合伙模式在英国、澳大利亚、新加坡、香港等国家和地区的建筑工程界受到重视。铁道部作为一级政府部门，与企业合作是不可想象的，所以演变成目前这种单方主导模式。

质量信誉评价的核心就是将施工企业质量信誉评分结果同招投标挂钩，以此作为对《施工承包合同》这一不完全契约的补充，最大限度地以自己的目标和意志来控制和管理工程的实施。这项制度的实施对于提高铁路建设工程质量管理水平起到了一定的积极作用。然而，在《办法》实施的过程中，因为这项制度所具有的强烈主观色彩，在一定程度上削弱了质量信誉评价制度的公信力和作用：①静态指标与工程质量动态管理不协调：工程建设质量管理是一个动态过程，在工程进展各阶段，工程质量监管的侧重点不尽相同，而信誉评价指标很细、很具体，不能实时反映各阶段工程质量监管的重点，如有些检查项目在工程开展初期是检查的重点，但是随着工程进展，已不再是工程重点，但是评价指标无法动态更新，以至于评价往往落到枝末细节，而关键环节在评价中被遗漏；②评分规则和评分标准难以准确量化：由于评价是由不同的建设单位执行，各建设单位具体细化评价标准的要求不尽相同，在实际操作中难以按同一评价标准来评价计分，导致各建设单位评分的总体水平有高有低。这造成最后汇总到铁道部建设与管理司综合排序时，出现在不同建设单位评分、施工企业数量相近的情况下，施工企业同样得第一名，其得分差距非常大，有些第二名、第三名的施工企业得分甚至还可能超过其他项目第一名的得分等等不合理的情况出现，降低了评价结果的科学合理性；③制度执行中存在逆向选择：部分施工企业对质量信誉评价工作没有端正认识，为了追求质量信誉评分结果，采用作弊手法，甚至出现专门应付质量信誉评价工作的公关小组和专用资金预算，导致铁路工程质量信誉评价制度发挥的作用打了折扣；同时，少数铁路建设单位和评价组织在评价实施工作中没能真正落实质量信誉评价制度的科学客观公正的宗旨，违背了评价原则。

质量信誉评价手段没有完全达到目标控制要求的本质原因是：①由于建筑产品是后验品，中间无法对整个产品作出全面检验评价，只能通过对生产过程的评价来反映产成品的质量，这种评价不一定能正确反映最终产成品客观的质量状况；②由于建筑产品的生产涉及大量的不确定因素，各种过程控制参数非常繁复，考核不可能穷举，选取参数的代表性极具主观色彩，难以客观地进行优劣评判。

如果要对这一机制进行一个合理改进，那么把评价的期限放长，考核目标从针对某个项目的某个时点，调整为对一定生产周期内各企业的产成品进行比较评价，则会得到一个较为客观的结果。但是，我国项目投资的波动性和不确定性，以及建设单位官员和施工区负责人的任期制可能会妨碍这种改进。

在信用评价的问题暴露以后，自然而然地引发出针对过程控制的制度，即标准化管理。100多年前，管理学的开山鼻祖泰罗认为，管理只要将作业的流程标准化，然后按照标准化的流程进行运作，就能够保证效率，就是靠着这样的"科学管理"方法奠定了其在管理学界的地位。虽然此标准化不同于彼标准化，中国高铁追本溯源，本质并无不同。从标准化入手干涉各建筑企业的内部管理，以求实现建设目标，可见是铁道部的无奈之举。标准化是制度化的最高形式，是指为在一定的范围内获得最佳秩序，对实际的或潜在的问题制定共同的和重复使用的规则的活动，包括制定、发布及实施标准的过程。铁路建设的标准化管理，则是包括标准化活动及其实施活动。铁道部提出以机械化、工厂化、专业化、信息化为支撑，实现管理制度标准化，在此基础上，全面落实人员配备、现场管理和过程控制标准化要求，这是管理的一个深化，从信誉评价对结果的关注，深入到对过程的干预。然而，铁道部所能关注到的是对建设过程各阶段的末端进行标准化，只能在相对较高层面上利用建设团队对里程碑进行标准化，但是，如何完成这些任务的办法是项目功能团队的责任，需要的是明确的实现路径，靠指令与口号无法完成。

架子队建设是对我国建筑企业用工制度的一个反动，本章第六节在"中国建筑产业的生产组织方式及用工制度变迁"中将研究这方面的利弊，在多元分包在法律上不被许可，劳务层由包工头控制，现场作业在低水平徘徊这样一种现状下，铁道部提出从源头抓，推广架子队、取消包工头，是有积极意义的。但是，由于深层次的矛盾没有解决，新制度的建立是有困难的。①建筑行业的特殊性、项目管理机构的临时性，注定了建筑劳务人员的流动性，企业不能固定用工，频繁向高工资流动的问题、农忙及春节用工流失的问题、培训及学习问题等等依然是无法解决的难题。在社保、税收、劳动合同法方面的政策法律问题也存在着诸多困难。②每一个架子队的主要管理人员必须是施工单位的正式员工担任，如果架子队数量多了，所需要的作业层管理人员就会大量增加，项目减少时，这批人员又不符合管理型企业发展方向，增加了项目的管理成本和难度。这种矛盾使建筑企业一方面努力加强作业层管理，提高现场可控性；另一方面，又无法严格按照铁道部的要求来落实。

总之，需要在系统内部形成的能力，是很难通过外部的设计实现的。一个具有历史自觉性的企业应该主动地积极改造自我，以满足市场需求，在企业内部形成提供高品质产品的内在机制和能力，而不是机械地、被动地应付来自外部的压力。

三、基于铁路市场的业主价值需求分析

顾客价值是一个捆绑了许多要素的东西，它描绘了顾客在一定价格下能够得到的产品利益和服务利益。Duchessi（2002）对顾客的基本要素进行了总结分析，并以大量案例说明企业如何设计并实施一整套创造顾客价值所必需的业务流程、人力资源、信息系统和质量管理体系。指出顾客价值的基本要素包括产品质量、服务质量和价格，并进一步指出，决定产品质量的要素包括产品的性能、产品的特色和可靠性；而决定服务质量的要素则包括负责任、便利性和服务技能。他所说的产品质量、服务质量就是顾客能获得的收益，而价格则是顾客需要支出的成本。

Garvin（1987）给出了产品质量的八个要素：性能、特色、可靠性、达标度、耐久性、服务便捷性、美感性和感受质量。

而 Berry 等（1985）则对服务的质量要素做出了定义，其中有一些与产品质量的要素是重合的：可靠性、负责任、便利性、能力、谦恭、沟通、可信性、安全性、理解能力、有形化。

菲利普·科特勒（1999）也是将顾客的价值分为顾客的收益和成本两部分，但在具体内容上则重新进行了划分，其中收益部分，他称为总顾客价值，具体来说由产品价值、服务价值、人员价值和形象价值四部分组成；成本部分，他称为总顾客成本，由货币价格、时间成本、精力成本和体力成本构成。

以上所有学者的观点，其基本的要素体系是一致的，可以概括为品质与价格。而建筑产品的顾客需求则有所不同，首先，不论是交通设施、公共建筑、工民建、能源设施，其提前交付运营所带来的收益都是惊人的，由于建筑产品是定制生产的，不是一手交钱一手交货，能否按期甚至提前交货，对业主的利益有非常大的影响，因此，顾客价值必须增加工期这一项。其次，同样出于定制生产的特性，顾客定制了产品才开始生产，生产过程中的环境损害和安全事故在影响建筑企业的同时，也会影响到顾客的社会责任，因此，建筑产品的顾客价值还要兼顾社会责任。在此基础上建筑产品的顾客价值可以概括为品质、价格、工期和社会责任。通过前面的介绍可以知道，高铁建设的目标需求是"工期、质量、环境、投资、安全、创新"六位一体的建设管理目标，提出了比一般建设工程管理更宽、更全面的目标要求。质量、创新二项属于品质范畴，环境、安全为社会责任范畴，加上工期与投资，符合我们的分析。

业主与承包上的施工合同的基本内容是：承包商的义务是按期交出质量合格的产品，业主按照约定的价款按时支付。根据这一业务模式，业主的价值需求为：低价格，短工期，高品质，良好的社会影响。除此之外，残酷的市场竞争已经开始竞争延伸服务：建筑企业除了提供产品还有服务，例如协助业主征地拆迁、协调地方关系，提出优化方案，协助试运营等，这是企业产出的溢出产品，可以形成企业差异化战略环节，为业主创造价值。

现对各价值指标分析如图 4-12 所示。

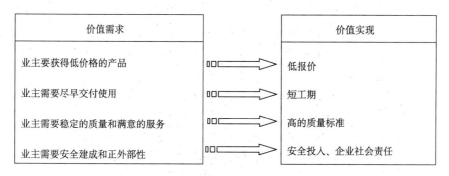

图 4-12　建筑企业业务模式的价值设计图（2）

企业外部价值网络一般有三个特点，一是企业内部价值链的外部延伸，影响着企业的资源获取、内部价值链结构，以及为客户创造价值的效果与效率。二是企业外部各种正式组织与非正式组织、制度化组织与非制度化组织、有形与无形"节点"的有机连接，往往非正式、非制度化、无形，特别是社会资本"节点"对企业外部价值网络的效率的影响更大些 。三是同一家企业往往会同时在多个外部价值网络之中，但同一家企业在不同外部价值网络中的作用及地位是不同的，不同网络对该企业的实际价值也不同。客观地看，在日益激烈的市场环境中，现代企业之间的竞争，不再仅仅是各自核心能力间的竞争，而相当程度上是它带领着它的价值网络，与另一个价值网络进行竞争。营销大师科特勒曾经说过，现今的企业竞争，已由单一企业对单一企业的竞争，演变为一群企业所组成的价值网络对另一群企业组成的价值网络之间的竞争。因此，企业要想提升自身的竞争力，除了需要提升自己的内在素质之外，还需要注意与其价值网络中其他企业之间的连接。

三、低价格的博弈论分析

按照保罗·萨缪尔森的定义：市场是买者和卖者相互作用并共同决定商

品或劳务价格和交易数量的机制。由于建筑产品先招标后生产的特性，双方共同作用的是一个标的物而不是商品，并且建筑产品由于单件性的特点，没有交易数量问题，只有服务范围问题。而作为定制产品，服务范围是由买方规定的，不同的是，建筑产品招标交易有交付时间方面的决策与确定问题，故本书将建筑市场定义为：业主和承包商相互作用并共同决定标的价格和交付时间的机制。

低价格能创造价值是因为承包商通过压低价格直接把一部分价值让渡给了业主。因为这种直观的因果理解，施工企业往往把压价当做杀手锏，企业的生产、经营管理都围绕这一目标运转，造成建筑市场低价维持竞恶性循环。但现实中这是一个悖论，低价并没有造成企业的竞争优势，优势企业并不靠低价维持竞争优势。

工程项目的招投标制度源于拍卖机制，诺贝尔奖获得者、美国著名经济学家 Vickrey（1961）认为，标准的拍卖分四类：①英式拍卖，即拍卖物以等于递价金额的价格拍板成交给最后且最高价竞买者；②荷式拍卖，即初始价格确定后，拍卖商递减喊价，直到有某位买者喊"我的"而接受这一价格为止；③第一价格拍卖，又称"密封"或书面投标拍卖，即其中最高价竞买者以等于全额投标出价的价格得到拍卖物；④第二价格拍卖，最高价竞买者以等于第二高竞买价的价格获得拍卖物。当然，建筑工程是"拍买"而不是"拍卖"，故而是低价者得标，绝大多数工程招标采用的是第一价格拍卖机制。

国际上较常采用的选择投标价的方法为最低价最优价，虽然最低价制并非是完美的，但却是现行的各种评标机制中最具有可操作性的。在许多国家以及国际工程的招标文件中，规定业主有权不选择最低价的承包商，但是这样的规定是从法律的角度来考虑的，主要是让业主的招标文件成为要约邀请而非要约，从而使承包商的投标成为要约而非承诺（Wallace，1995）。FIDIC（1994）也认为，"除非特殊情况，否则，应将合同授予评标价最低且回应的投标人"。投标人与投标人报价之间的投标博弈，就其本质而言是为采购人创造了一个买方市场。因此，在招标中，采购人一般处于有利地位，而投标人则处于被动的、响应的地位。在选择投标策略时，虽然各投标人都知道采用高价策略会获得最大收益，但这种最惠情况是难以实现的。在供大于求的市场情况下，不论对方采取什么策略，自己的最佳决策就是选择低价策略，每一个博弈参与者（投标人）都有选择低价策略的强烈愿望。博弈的最终结果就是大家都实行低价策略。这是一个最简单而且唯一的非合作博弈论的均衡结果。如此一来，各投标人的投标报价将接近其自身个别成本价，在竞标中自身的报价能力、综合实力水平将暴露无遗，不是实力雄厚的企业在这场博弈角逐中是难以取胜的。

我们做这样一个假设分析，假设一项工程的招标有 n 家企业参与竞争，在 n 家企业中，企业 i 和企业 j（$i \neq j$，$0 \leqslant i \leqslant n$，$0 \leqslant j \leqslant n$）为报价最低的两家企业，其标价分别 P_i 和 P_j，为简单起见，各自可以承揽到的工程量函数可以抽象为如下线性方程：

$$D_i = D_i(P_i, P_j) = k_i - m_i P_i + n_i P_j \tag{4-1}$$

$$D_j = D_j(P_i, P_j) = k_j - m_j P_j + n_j P_i \tag{4-2}$$

式中，m_i，$m_j > 0$ 为两家企业自身的承包能力系数；n_i，$n_j > 0$ 为两家企业因为品牌、现场环境和安全管理等方面因素而造成的替代性差别系数；k_i，$k_j > 0$ 为常数项。

若假设固定成本为 f_i 和 f_j，变动成本为 c_i 和 c_j，利润为 R_i 和 R_j，则两个企业的利润函数为

$$R_i = R_t(P_i, P_j) = P_i D_i \quad f_i - c_i D_i - (P_i - c_i) D_i - f_i$$
$$= (P_i - c_i)(k_i - m_i P_i + n_i P_j) - f_i \tag{4-3}$$

$$R_j = R_j(P_i, P_j) = P_j D_j - f_j - c_j D_j = (P_j - c_j) D_j - f_j$$
$$= (P_j - c_j)(k_j - m_j P_j + n_j P_i) - f_j \tag{4-4}$$

分别将式（4-3）和式（4-4）对价格求二次偏导函数，得

$$\frac{\partial R_i}{\partial P_i \partial P_i} = -2m_i < 0, \frac{\partial R_j}{\partial P_j \partial P_j} = -2m_j < 0$$

因此，R_i 与 R_j 存在极大值，且二者的极大值点在式（4-3）和式（4-4）对价格求一次偏导函数令其为零的方程即式（4-5）和式（4-6）上寻找，则式（4-5）和式（4-6）的交点就是两个企业相互博弈的纳什均衡点。

$$\begin{cases} \dfrac{\partial R_i}{\partial P_i} = k_i - 2m_i p_i + m_i p_j + m_i c_i = 0 \\[2mm] \dfrac{\partial R_j}{\partial P_j} = k_j - 2m_j p_j + n_j p_i + m_j c_j = 0 \end{cases} \qquad \begin{aligned} &(4\text{-}5) \\[4mm] &(4\text{-}6) \end{aligned}$$

解该方程组得

$$\begin{cases} P_i^* = \dfrac{2m_j(k_i + c_i n_i) + n_i(k_j + m_j c_j)}{4m_i m_j - n_i n_j} \\[4mm] P_j^* = \dfrac{2m_i(k_j + c_j n_j) + n_j(k_i + m_i c_i)}{4m_i m_j - n_i n_j} \end{cases}$$

即（P_i^*，P_j^*）为纳什均衡点。

如果 $P_i^* = P_j^*$，两家企业都已经通过资格预审，则可以看做两家企业不存在差异，即 $n_i = n_j = 0$，则

$$\begin{cases} P_i^* = \dfrac{k_i + c_i n_i}{2m_i} \\[4mm] P_j^* = \dfrac{k_j + c_j n_j}{2m_j} \end{cases}$$

只要企业的投标价格低于竞争对手，则业主就会选择该企业而不是竞争对手，反之亦然。

如果 $P_i^* > P_j^*$（同时 $P_i^* > c_i$，$P_j^* > c_j$），则企业 i 将失去承揽此项工程的机会，反之则企业 j 失去该项目。但如果 $P_i^* < P_j^*$，企业 i 将获得该项工程，且利润为正。由此可见，P_i^* 未必是企业 i 的最优定价，企业 j 同理。如果 $P_i^* = P_j^*$，由于两家企业可以完全替代，企业 i 会意识到，如果将其标价稍微降下一点，则可以获得全部工程，只要满足 $D_i(P_i^* - \varepsilon)(P_i^* - \varepsilon - c_i) > D_i(P_i^*)(P_i^* - c_i)/2$，企业 i 就会采取降价策略，而此时企业 j 的利润为 0，所以企业 j 也会采取同样的策略，这样便会出现依次重复竞价，直到各企业均按照其边际成本定价，即 $P_i^* = c_i$，$P_j^* = c_j$，则两家企业均不

能获得超额利润。同样道理，参与竞标的其他企业要获得工程项目也需要按照各自的边际成本定价，除非是卡特尔。

卡特尔为法语 cartel 的音译，原意为协定或同盟。它是指生产同类商品的企业为了垄断市场、获取高额利润而达成有关划分销售市场、规定产品产量、确定商品价格等方面的协议所形成的垄断性企业联合。卡特尔是寡头垄断市场的特征行为，中国建筑业是趋于完全竞争的市场，但合谋、围标等卡特尔行为是普遍存在的现象，原因就在于前面第三章建筑业市场结构分解的结论：即通过资审后，是寡头垄断的市场结构，寡头垄断者一方面是独立的，另一方面其行为又互相影响，互相依存。这样，寡头厂商可以通过各种方式达成共谋或协作，其形式多种多样，可以签订协议，也可以暗中默契。古诺模型、斯威齐模型和卡特尔是三种寡头垄断的经典模型。其中，古诺模型和斯威齐模型是假定各家寡头并不相互勾结，而卡特尔属于有正式勾结的寡头模型。

合谋的目的就是中标者抬高标价，并由中标者给予未中标者一笔费用，可以称之为"陪标贴水"，使各寡头都得到额外收益。卡特尔似乎可以补偿过度竞争的损失，但实际现实中，是经常合谋、屡屡背叛，成功的比例并不高。作为一个理性的人，都知道出卖对手是对自己来说最佳的选择，虽然，达不到最好结果，即 win-win，但是也不至于使自己处于最坏。卡特尔也是，他们都知道合作是对所有人都有利的，但是如果其中一个人出卖大家的话，这个人便会达到利益最大化，而其他人会遭受巨大损失；即使大家都出卖对方的话，他的损失也比他被出卖要小得多。作为一个有理性的组织，当然明白这个道理，所以卡特尔组织是不稳定的。但由于利益驱动，围标现象普遍存在，卡特尔各方不断尝试着各种对背叛的约束机制。卡特尔会损害业主的利益，所以业主会采取措施进行规避。①增加通过资格预审单位的数量，以增加形成合谋统一意志的难度。但这种方法也增加了业主选择的难度，由于信息不对称，增加了逆向选择的风险。②有些业主采取资格后审的办法，即先投标再审查中标人的资格条件，这往往给暗箱操作留下了空间，在我国投资主体主要是政府的情况下，存在严重的道德风险。卡特尔作为限制竞争协议行为的一种表现形式，它是商品经济或市场经济发展到一定阶段、市场竞争日益激烈的产物或表现。

在招投标中，同等条件下，价低者得标，所以，能否中标取决于各企业的边际成本，如果其边际成本比其他企业低，则企业可以通过进一步降价而获得工程。实际上，在长期残酷竞争的压榨下，边际成本的区别并不大，起决定因素的往往是企业的战略选择，得标的决心越大，报的价格就会更低，甚至不惜亏本。决心来自两方面的诱惑：一是对该项目不确定因素的判断，由于经验原因，业主与承包商，或承包商与承包商之间，这种信息是不对称的，对成本收益会有不同的判断；二是该市场的吸引力诱惑，取决于承包商对滚动发展的目标市场的选择。所以，几乎所有投标的最后定价权都掌握在领导手中，而不是业务部门。

竞争的白热化与残酷性使实践中的建筑企业几乎没有根据利润最大化要求按照边际原则定价，而一般采用成本导向定价，即商品成本为生产成本、利润和税金之和。由于材料费一项就占到成本的70%左右，其实各家的成本差距极为有限，在招投标市场，常常看到几个亿的项目，报价也就差几十万元。因此，高价肯定不得标，但低价已接近无差别，对业主来讲，区别并不明显。而低于成本的低价一旦中标，对项目的质量和工期往往造成巨大风险。故而，对于建筑产品来讲，低价格对业主并不存在明显的价值实现差别。而对于承包商来讲，保持一个行业内较低的成本管理水平，是企业参与竞争的一个必要条件，没有这个条件，企业就站不到那个平台上去，有了低价不一定能得标，没有低价格一定得不了标。

五、高品质的重复博弈均衡

高质量能提供给业主（客户）价值，是因为高质量的产品能带给消费者更高的使用价值。但是，同低价格悖论一样，在现实中，并没有观察到彼此提高质量的竞争，高质量并没有成为对业主创造价值的关键环节。

建筑市场的结构非常特殊，正如图 3-4 "建筑业市场结构分解谱系示意图" 所揭示的：在招标阶段，作为定制产品，买主只有一个，买方集中度为 1，而卖方市场集中度很低，近乎是一个完全竞争市场。招标程序结束，签订交易契约后，供给方、需求方只有一个，合同履行过程中成为双边垄断关系。承包商作为供给垄断者，关心的是利润而不是消费者剩余，当价格 p 和质量 s，用 $p = P(q, s)$ 表示逆需求曲线，即商品质量为 s、需求量为 q 的价格，质量是合意的，p 随 s 提高而提高。用 $C(q, s)$ 表示生产质量为 s 的 q 个单位商品的总成本。自然，要假定 C 随 s 提高而上升。因此，它最大化下述目标函数，即

$$\amalg^m(q,s) = qP(q,s) - C(q,s)$$

两个一阶条件为

$$P(q,s) + qP(q,s) = C_q(q,s) \tag{1}$$

$$qP_s(q,s) = C_s(q,s) \tag{2}$$

条件（1）是熟知的边际收益与边际成本的等式，它是该垄断者最优定价的表达式。条件（2）决定给定产出 q 时的最优质量，它表明，提高一个单位质量相联系的边际收益，等于生产这一品种（质量）的边际成本。

在质量与成本可以发生替代的情况下，向只有一次购买的业主出售产品的承包商，存在道德风险，有动机将质量降低到尽可能低的水平。因此，在建筑业，国颁标准、部颁标准、地方标准、质量强制性标准等非常繁多，就是要法定一个 "最低水平"。

在重复购买的重复博弈模型中，业主能够用不再购买的方式对供给垄断者选择低质量作出反应，只有高质量者能够重复得到订单，这种机会实际成为一种 "质量贴水"，"质量贴水" 就是未来重复购买的经营收益减去因降低质量而节省的成本之差。博弈的结果是构成一个均衡，在这个均衡中，垄断供给者害怕业主报复而保持高质量。这个均衡有两个必要条件：一是业主有能力识别产品质量；二是承包商有重复购买的机会。建筑产品是先设计、后生产，因此，不论谁来生产，作为合格的产品，质量都应该一样，没有差

别。但是对于一次性购买，承包商所选定的质量标准是较低的，重复购买可以使承包商提供较高质量的产品和服务。

由于建筑产品质量后验性的特点，在招标阶段，招标人无法对产品质量进行检验；交工以后，由于建筑产品的复杂性，招标人很难及时得到有关质量的充分信息，从而使得高质量难以形成差异化选择。

六、基于图论的短工期决策模型

工程项目具有产品庞大、结构复杂、周期长、不确定因素多等特点。工期和质量、安全成为工程项目管理中的三大控制目标。三大目标是互相联系的，在保证工程质量和施工安全的前提下，工期管理尤为关键。如果工期控制得好，则会给业主带来巨大的剩余。例如，三峡工程，原计划 2009 年年底竣工，由于总体进度计划控制科学合理，2008 年 10 月，26 台机组全部投产发电，提前一年竣工，由于其年发电量可达 847 亿度，电量相当于 10 个大亚湾核电站，10 个装机容量 200 万千瓦的大型火电厂，再考虑其防洪和航运效益，提前一年竣工的总体经济效益和生态效益十分可观。铁路、高速公路、港口、码头、机场，都会产生这一巨大效果。即便是民用建筑，工期提前也会给开发商回笼资金、定价、竞争带来明显优势。工期延误会造成巨大的经济损失。例如，工期延误使工程不能按期交付、建设单位或用户不能及时使用或不能按期投入运营，因而造成预期运营收入损失，带来财务费用、管理费用的增加，工期延误后，也常常会增加承包商的施工成本、加大由于物价上涨导致工程直接费和间接费增大的风险，降低工作效率、影响工程质量和施工安全，承包商可能面临支付误期损害赔偿费、影响声誉和信用等风险。

不论提前工期带给业主的收益，或者延误工期带给业主的损失都是巨大的，与压低一些价格、降低一些成本这样的价值供给相比是不可同日而语的。尤其，除了经济收益之外，许多项目还有重大的政治收益，更是金钱所不能比拟的。而且，工期是承包商根据自己的实力和优势可以努力的方向。

因此，工期是为业主创造价值的一个关键环节。因此，开工后压缩工期成为常见的普遍现象。由于压缩工期一般没有重新修改承包合同，在经济补偿上被有意或无意忽略，使产品的提前交付成为承包商对业主隐形的利益贡献。承包商为了缩短工期一般情况下最常采取的措施是组织平行作业和超时工作、增加人力资源和设备投入。

对于承包商，缩短工期会减少管理费等间接成本，同时，业主的满意会带来诸如赶工奖、下次优先中标等收益。但在加速施工的过程中，由于不能组织均衡施工会造成资源消耗速度过快、人力资源短缺、效率降低、差错率增加等问题，会增加人工、机械费等直接成本。比较所得与所失，承包商就会作出自己的工期决策。工期成为承包商差异化战略的最重要指标。

工期优化是工期管理的基本问题，也是项目管理中的难点，如何获得优化方案是项目管理者在实际工作中亟待解决的问题，对于解决工期优化问题的研究主要包括：从承包商角度考虑的计算工期大于计划工期情况下的工期优化；考虑工期和成本之间存在平衡关系的工期成本优化；考虑工期、成本和质量三大控制目标之间关系的工期、成本和质量综合优化；定量化影响进度和工期之间关系的工期整体优化；从业主盈利角度的工期效益优化；从承包商和业主共赢角度的博弈模型优化等，根据不同研究情况，可以得出缩短工期的决策模型。

1. 工期成本优化的整数规划模型

Meyer 和 Shaffer 早在 1965 年就提出运用混合整数规划模型解决工期成本优化问题，他们所提出的模型考虑了工程项目中各种可能存在的工期成本函数，Crowston 和 Thompson 于 1967 年也提出了类似的混合整数规划模型，Harvey 和 Paterson 在 1979 年提出了 0-1 整数规划模型。还有一些专家，如 Buther、Robinson、Hindelang 等采用其他的数学规划方法和基于动态规划的方法来解决工期成本优化问题。Simens、Goyal 等则提出适合于笔算的简单方法，其中的大多数模型主要集中于解决离散型工期成本函数。最近 20

多年，不同工期成本函数和工期成本优化混合整数规划问题又取得了进展。例如，Gusack（1995）、Gary（1973）等探讨了工期成本为离散时的整数规划解法，Moussourakis 和 Haksever（2004）则建立了平衡工期和成本关系的柔性模型。

胡长明等（2005）从业主的项目管理角度提出综合进展率和综合进展率曲线的概念，综合进展率作为反映工程进度的综合性指标，可以较准确地从多方面综合反映工程进展，对工程进度的调整及评价、施工组织设计、控制投资等项目管理工作有一定的指导意义。

张静文（2005）提出多模式资源约束型折现流时间—费用权衡项目进度的问题，以净现值为优化目标，考虑项目执行中的各项资金流；活动费用、业主的支付及与奖惩机制联系的奖金（罚金）、项目的间接费用；并且将活动费用区分为不变费用和可变费用。建立该问题的数学模型，并通过一个数值实例验证模型的有效性。

2. 工期成本优化图论模型

利用图论方法解决工期成本优化问题也受到普遍关注，研究人员近年来在尝试利用图论解决工期成本平衡和优化问题，如国外 Khaled 等（2005）研究开发的项目进度计划方法，Carey 开展的基于数据结构和图论分析等。

我国研究人员也在这方面开展了不少研究工作，如陈薇薇和王忠民（2003）以实际应用为背景，提出了成本工期平衡算法，该算法利用图论的有关方法及计算机技术实现了在总工期调整的情况下，通过对各子工程调整工期实现优化。高一凡和王选仓（2001）将图论方法应用于工程管理，并通过编程解决工程施工网络的绘图及计算问题，采用拓扑排序求解最短工期及工程网络的关键路线问题。郭庆军和何晖（2005）在工程施工网络计划中工期—成本优化方案的研究方面，运用图论方法和计算机技术，根据网络图建立数学模型，有助于加快计算机辅助工程资源管理的进程，使网络电算应用成为可能。

第六节　企业内部相关者价值需求、价值创造过程

及驱动因素分析

一、资本结构的选择及其对企业价值的影响

资本结构是影响企业价值成长重要的一个方面，因为股东和债权人在控制权和现金收益要求权上都有所差别。他们是不同状态时企业的"状态依存所有者"。如果企业有偿债能力，股东就是企业的所有者，此时债权人是合同收益要求者；在企业偿债能力不足时，债权人就获得对企业的控制权。

一般来说，债权人与管理当局签订的债务契约比股东与管理当局签订的契约更具有刚性，也更容易执行，违反债务契约也更容易使管理人员丢掉饭碗。因此，不同来源的债务资本可能会对企业管理当局产生相同的压力，激励管理人员努力工作、降低代理成本，从而提高企业价值。

不同的股权结构可能会对公司价值产生不同的影响：①如果股东的身份不明确，即"所有者缺位"，就会产生较严重的"内部人控制"问题，从而降低企业价值。②各股东的持股比例，即股东的集中或分散程度也会对企业价值产生影响，股权越集中，投资者就越能有效地控制和监督管理当局的行为，从而可以有效地降低代理成本，促使企业价值的提高；相反，股权越分散，个人股东对企业的关心程度就会越低，理性的投资者就会采取"用脚投票"的方式来维护自己的利益，管理当局就会控制企业。此时，代理成本就会变得很高，不利于企业实现价值最大化的目标。③高层管理者的持股比例也会影响企业价值。高层管理者的持股比例越高，和企业的利益就越能保持一致，他们就会越努力工作，从而可以有效地降低企业价值。而高层管理者的持股比例越低，其经济利益就越会和企业的利益相背离，从而使其追求自身利益最大化的同时损害企业的利益，导致代理成本高昂、降低企业价值。

根据 MM 理论，如果不存在税收和其他市场缺陷，公司价值取决于其基

本的获利能力和风险，与资本结构无关。

但是，筹资顺序理论指出，企业在筹集资金时应该遵循如下顺序：首先是内部留存收益，其次是向外部负债筹资，最后才是发行股票。因为留存收益筹资无须支付任何成本，不用与投资者签订用资协议，也不会受到资本市场的影响；而负债筹资的成本、限制条件和产生的负面影响介于内部筹资与发行股票之间，因此在筹资顺序中列于第二位。

另外，还有学者把不对称信息理论引入资本结构研究中，他们假设企业管理当局拥有比投资者更多的有关企业风险和收益的信息，由于管理人员的利益可能取决于公司的市场价值，当公司价值被低估时，管理人员就会发出公司价值低估的信息。这时，负债率就是很好的信号工具，其上升是一个积极的信号，表明管理人员对企业的发展充满信心，企业价值也会随之升高。随着负债率的上升，成本将变得较大，并逐渐抵消了边际避税利益。在边际财务危机代理成本等于边际避税利益时，资本成本最低且企业价值最大，这一点就是企业的最佳资本结构。

不论是西方学者的研究还是我国学者的研究，这些研究成果都是基于西方成熟市场经济条件下的商业企业，这些研究当然具有不容忽视的启迪意义，但是不能很好地解释我国企业的现实。对于正处于转型期的我国而言，企业资本结构存在以下主要问题[①]：国有商业银行和企业是同一委托者、不同代理者的债权债务关系，以及变异的破产程序直接导致了债务契约对经理约束机制的软化。国有企业融资从原来的国家财政拨款向银行信贷的转化，并没有改变原先产权结构安排单一化的体制，所以企业与银行之间的"融资契约"以及由此形成的企业资本结构不会对企业的经理经营行为构成压力，从而债务对经理的在职消费及过度投资的约束作用就往往无法得到实现，而债务导致经理倾向于投资高风险、高收益项目的效应却总是存在。而变异的破产程序更加剧了"债务契约"对经理约束机制的"失灵"。根据我国法律

---

① 根据胡静、文青等关于公司治理方面的有关分析或观点整理归纳，2006。

的有关规定，企业破产在一定条件下可以得到豁免，即政府有权在认为企业不宜破产时可以不让企业破产。而且，我国的破产法规及具体执行，将破产企业职工的安置放在非常重要的地位，优先于破产债权清偿次序。

经理股权激励机制缺位弱化了资本结构对公司治理的作用机制。经理很少拥有股权，实行股票经理期权的激励机制也很不到位。因此，资本结构的变化便无法调节股权激励机制。由于经理股权激励机制的缺位，且在其他激励措施，如工资、奖金不足的情况下，经理的收益就以资源控制收益与在职消费为主，必然导致公司代理成本的上升。一方面，经理往往无限制借债，以扩大公司规模，增加资源控制收益和在职消费；另一方面，在我国国有企业或国有控股企业中，由于没有股权的经理的任职时间主要受政府干预和年龄影响，往往任职较短或者预期将来要离职，从而在任职期间内倾向于不顾后果地扩大企业借债规模。因为债务到期能不能偿还是将来任职经理的事情，因此对离职后的现任经理没有什么影响。

股权结构不合理以及资本市场发育滞后致使资本市场控制权转移机制难以发挥外部治理的作用。从上市公司的股权结构安排来看，主要存在两个方面的问题：一是国家股的比重太大，近几年上市公司的国家股尽管在总股本中的比重逐年下降，但是其控股地位没有动摇；二是未流通股占了主导地位，证券市场上的流通股比重不高。在这种情况下，"股票契约"的控制权转移功能不能得到有效发挥。此外，我国资本市场发育严重滞后，这进一步限制了资本市场控制权转移功能的发挥。

对中国企业来讲，如何通过设计一项具有激励意义的合约达到委托人控制代理人的目的，即如何形成有效的激励与约束机制是委托—代理关系，才是解决企业内部价值创造系统的核心问题。

委托—代理理论的创始人包括 Wilson（1969）、Spence 和 Zeckhavser（1971）、Ross（1973）、Mirrlees（1974，1976）、Holmstrom（1979，1982）、Grossman 和 Hart（1983）等。Jensen 和 Meckling（1976）发表的《企业理论：经理行为、代理成本与所有权结构》一文在实证分析方面作了最早的研

究，他们认为：企业的剩余索取权与控制权分离后，尽管可能产生代理收益，如分工效果和规模效果，但由于委托人与代理人效用函数的不一致性及信息的非对称性，就可能产生"逆向选择"和"道德风险"，即代理人利用自己的信息优势，采取旨在谋求自身效用最大化却可能损害委托人利益的机会主义行为。委托人为使预期效用最大化，就需通过订立合约来监控代理人的行为，从而产生代理成本，包括委托人的监控费、代理人的担保费以及由代理人的决策与使委托人利益最大化的最优决策之间存在的差异所导致的剩余损失。

概括地讲，20多年来，西方大部分学者的研究成果主要集中在源于古典的"两权分离"所引发的所有者和管理者的冲突问题上，主要研究内容涉及公司所有权结构、公司接管、管理者报酬等方面（Demsetz，1997）。对于股东之间的关系在公司治理中的重要性却常常被忽视。国内对公司治理问题的研究，在理论方面主要集中在委托—代理理论及在此框架内分析"内部人控制"产生的原因及相关对策研究。

但近几年的研究发现，在当今世界，所有权集中而不是分散才是普遍现象。在集中的所有权结构条件下，所有者与经营者之间的代理问题的重要性就被大股东和小股东之间的代理问题所取代了，这也就使得当前主流的公司治理理论研究的方向和重心发生了改变。

青木昌彦（1994）、钱颖一（1995）等提出了较具代表性的控制"内部人控制"的公司理论；费方域（1996）则结合中国的国有企业改革，深入研究了"内部人控制"现象，提出了控制"内部人控制"的一些措施；陈湘永等（2000）研究了我国上市公司中的"内部人控制"问题。青木昌彦认为，在正统的股东主义公司治理模式中，经理层的偷懒以及"道德风险"问题的发生是由外部（或市场）治理来矫正的，如竞争性的劳动力市场、有效率的资本市场等。但是，由于体制转轨过程中的"路径依赖"现象，要在转型经济中构建这样的公司治理系统却是相当困难的。计划经济体制的遗留物、在计划经济体制后期国有企业经理们扩大的自主权利、转型经济中工人的强大政治势力等客观情况，导致转型经济中经常出现严重的"内部人控制"现象，即从前的国有企业的经理或职工在企业公司化的过程中获得相当大一部分控制权的现象。在转型经济中事实上的"内部人控制"现象是内生的，处于转型经济中的经理们在企业中已经形成了强有力的控制，没有一个外部当事人拥有决定性的权力，可以因为经理人员经营业绩不佳或道德风险而将其解职。工人们对他们就业的企业有着很强的依赖，企业会保护他们的既得利益和工作。面对这种内部人掌握着大部分或足够多的资产份额的情况，任何有关战略决策方面的外部压力，只要对内部人的就业保障及其他利益产生不利影响，都会遇到强烈的抵抗。这种情况下，机械地应用股东主权的模式不起任何作用。"内部人控制"造成的直接后果就是企业所有者的利益遭到内部人的侵害，企业效率遭受损失。青木昌彦主张寻找一种对企业监控的特殊外部机制，这种外部机制即便是在外部人并不拥有决定性的股份而经理和工人又不会自愿放弃其既得利益和权利的情况下，依然可以有效地发挥作用。

因此，在我国目前现实中，不论是国有企业、民营企业还是家族企业，在企业内部系统中，真正对价值创造起决定作用的是管理班子，或者说管理团队。能否选到一个称职的领导人，使他长期控制企业，并且有一套激励约束机制引导其行为，是超过资本结构影响企业价值创造的核心问题。

不合理的分配机制可能诱使经理人心理失衡，应当设计出一种科学的分配机制。科学的分配机制可以激励内部人通过努力经营，在企业收益提高的基础上，取得自己的报酬，实现个人收益的最大化，而不是通过"偷盗"的方式。

在现行体制下，内部人控制一旦形成，就有可能失控，这存在深刻的制度原因。企业内部监督失灵的根本原因，在于现行制度设计为企业内部监督提供的逆向激励。政府主管官员、国资委官员、董事会成员自身的收益和某具体国有企业的国有资产保护状况和经营效益并没有直接的正比例关系，不承担国有资产损失责任；企业的财务、审计人员等处在被收买或命运被经理主宰的双重境地；普通职工具有监督经理行为的积极性，而职工的身份和待遇在经理的手中。现阶段我国监督部门"事后型"监督有两个缺陷：一是信号错误，即监督部门着手处理的基本上都是已经构成较严重后果的内部人，二是职务犯罪的内部人和外部监督部门最终的博弈结果是两败俱伤，致使内部监督系统无法发挥所期待的作用。

二、人力资源对建筑企业价值创造的制约分析

1. 中国建筑产业的生产组织方式及用工制度变迁

在计划经济时代，中国企业实行全民所有制、集体所有制等制度形式，中国建筑企业有一套与社会经济制度相配套的招工制度，但一直缺乏一套适合建筑业特点的用工制度，军队、民兵、农闲时的农民，都是建设力量的重要组成部分。改革开放以后，出于对效率的追求，招工制度被废止，由"包工头"组织的所谓非法用工方式实际上成为建筑市场用工的主要方式。建筑业人力资源管理的核心问题，就是要解决如何建立一支稳定的高素质、高技能、高效率的劳务队伍，如何提高劳动力的素质和技能，以满足建筑业的可持续发展。"包工头"这一用工制度在为建筑业快速发展做出历史性贡献的同时，也暴露了一些深层次的矛盾和问题：非法用工现象较为严重，损害农民工合法权益的事件时有发生；大量农民工未经安全和职业技能培训就进入建筑工地，给工程质量和安全带来隐患，给行业管理带来困难；高流动性使工人难以得到有效培训，工艺水平验证以提高。

在历史上，随着经济周期的波动，中国建筑产业出现过几波基建上马出现招工/基建下马人员下放回乡的尴尬现象，给社会稳定造成影响。例如，1958 年开始的"大跃进"和三年自然灾害的波动，建筑队伍由 1958 年极度膨胀到 20 世纪 60 年代初期高度压缩，建筑业从业人员占全社会劳动者的比重由 1957 年的 3.1％减少为 1965 年的 2.0％。计划经济时代，应对这一规律性问题的办法之一是组建了 40 万铁道兵和 60 万基建工程兵部队作为战略调剂力量，负责一部分重点工程的施工，使各施工单位保持在一个较为稳定的供需环境中，维持一套计划经济特征的招工制度。时过境迁，1984 年，百万

裁军将全部铁道兵和大部基建工程兵转为企业,老问题又回来了。并且,一个新问题是:市场经济环境下的企业要自负盈亏,计划经济条件下按计划招工形成的冗员负担要企业买单。

在这种条件下,20世纪80年代中期开始,大部分施工企业压缩了招工名额,1984年国务院在《关于改革建筑业和基本建设管理体制若干问题的暂行规定》中明确提出,国有企业除必需的技术骨干外,原则上不再招收固定职工。我国从20世纪80年代开始实行和推广"项目法施工"体制之后,建筑施工企业便逐渐将管理层和劳务层分开,即"两层分离"。建筑企业在此之后便逐渐将劳务层剥离出去,不再直接保有大量固定的劳务人员,而主要保留的是技术管理人员,所需劳务直接从社会临时雇佣。这种作业工人招之即来、挥之即去的用工方式,节省了施工企业的大量资金和人力成本。

20世纪80年代末,随着鲁布革经验的推广,中国建筑业的生产走上了追求效率的道路。项目法施工和全行业推行招标投标制这两项制度变迁,使建筑企业的生态环境发生了颠覆性的变化,大大提高了我国建筑业的劳动生产率,1983年,全民所有制施工企业按施工产值计算的劳动生产率为5148元/人,比1976年增长了近一倍。新中国第一部《建筑法》在1998年3月出台,该法从施工许可证、从业资格审查、招标投标制度方面对建筑业从业规范作出了更明确的规定。过于机械强调资质许可的做法,给"包工头"用工方式打开了空间。一方面,很多高资质建筑企业开始以提供挂靠的方式赚取利润,一不出工,二不出力,坐收"资质贴水"。另一方面,"包工头"通过挂靠国有施工企业取得施工许可,再利用传统的社会关系从农村募集劳动力,构成了建筑业现场施工一线的主力军。

使用由"包工头"管理的临时农民工,降低了用工成本,同时省去了"铁饭碗"制度下的工人管理成本。据建设部统计,截至2003年年底,我国建筑业从业人员总计3893万人,其中,农民工已达3201万人,占82%。目前,全国已有建筑劳务分包企业约7500家,占建筑业企业总数的9.3%;在册劳务人员约290万人,占务工人员总数的9.1%。

"包工头"难以替代的主要原因是：①"包工头"为解决农村剩余劳动力就业提供了一个快捷的渠道。"包工头"一接到工程，利用自己的乡亲关系，就可以马上组织农民工上场，效率非常高。如果没有"包工头"，由于信息传递成本，使用工组织效率降低。从这个角度讲，"包工头"这个群体，对缓解就业压力、引导农村富余劳动力转移发挥了不可替代的作用。经过与农民工的长期合作，大部分"包工头"在农民工中形成了稳定的信用关系，成为事实上的农民工外出务工带头人或雇主，在目前建筑市场管理不规范、农民工社会保障机制不完善的条件下，客观上发挥着不可替代的桥梁和纽带作用。农民工对"包工头"的依赖性较强，主要的就业渠道是通过"包工头"组织或介绍的，因此他们愿意以自己了解和信任的"包工头"作为依靠，并自愿接受和服从"包工头"的管理。一旦与"包工头"谈好劳务价格便不再去了解用人单位的用工价格。与"包工头"之间形成了稳定的信用关系。②"包工头"可以知道每个人的特长，知道干什么工程找什么样的人，在农民工没有经过技能培训和鉴定的情况下，用人单位无法获得农民工能力的真实信息，"包工头"的这种识别能力显得尤其重要。"包工头"为解决中国经济高速增长带来的建设施工力量的不足起到不可替代的作用，大量农民进城务工或在乡镇企业就业，在我国改革开放和工业化、城镇化进程中，对我国现代化建设做出了重大贡献，已成为产业工人的重要组成部分。农民工分布在国民经济各个行业，根据2004年统计数据，建筑业吸纳的农民工已占农村进城务工人员总数的三分之一，全国建筑业从业人员中农民工人数高达3200多万，农民工占建筑企业从业人数的82%以上，并且，每年还在以1.6%的速度增长。事实上大量的工程还是靠"包工头"组织农民工来完成施工的，这是中国用工制度现实的一面。同时，这也在一个方面佐证了为什么企业要走价值创造的道路，由于生产现场80%以上的人员没有雇佣合同，因此，关于体现劳动生产率的"全员劳动生产率"指标就完全失去了意义，可以按需要填写，企业没有变化，指标却不断在变。

由于以上这些特点，在国家尚未建立健全农民工转移就业体制、农民工的农民身份没有彻底改变为市民身份之前，"包工头"对农民工的就业、召集、组织、管理、控制作用和对用工企业的介绍、组织农村劳动力，提供具有所需职业技能劳动力的特殊作用就不可能在短期内消失。

2. 现场生产作业的控制权转移与选择

中国大型建筑企业历史上都是国有企业，职工在国企中一直保有相当程度的控制权，并且，在待遇上传统的全民所有制职工成为"工人贵族"（labor aristocracy），与劳动力市场不接轨，同市场来源工人同工不同酬，同工不同产出。目前，随着企业改制等制度变迁，这些工人现在虽然签了劳动合同，但实质身份地位并没有改变，因为根据企业主管部门的考核要求，作为一项企业责任，这些工人是不能被解雇的，而且，这些工人工资的增长百分比也是每年对企业领导人的考核指标，而对产出则没有硬约束，约束的是管理者。国有企业的管理者无法打破原全民所有制工人在作业中树立起来的根深蒂固的权势，对工人的行为与效率无法硬约束，工人的这种地位，成了企业高速发展时提高效率的绊脚石。这些老的制度赋予了一些人既得利益，也赋予了他们这样的生活方式。企业的生产能力越是依赖于车间的技能和劳动付出，就越容易受到消极怠工的伤害，而企业的设备越是昂贵也越容易为消极怠工所破坏，这种行为对价值创造和管理剩余的威胁就越大。

在这种状况下，管理者容易做出下列选择：一是引入新技术替代这些工人；二是通过外包契约替代对这些工人的管理契约。建筑业项目法施工组织模式就提供了这样一个途径。在对现场的管理中，项目法施工组织模式要求资源按项目需要决策配置，临时组合，短期契约，追求效率；在生产的组织上，根据效益、效率原则合理选择生产或外包。这种选择决策权使施工生产作业的控制权就从工人手中转移到了项目经理和管理层手中。

中国建筑业的发展见证了现场施工生产从技术工人控制到管理层控制的制度变迁。这种变迁促进了技术进步，降低了交易成本，提高了生产效率，取得了快速的经济效益，提升了价值创造方式。这也可以解释为什么国家花了那么大力气，老工业基地仍无法振兴的原因，这与车间的技术控制权有很大关系，老企业工人数量庞大，虽然通过了一系列的改革措施，但是都不能改变这一机制的存在，效率上不去；而那些在国际市场上攻城掠寨的"中国工厂"企业，大部分是新合同制下的工人，车间技术控制权在管理层手中，资源配置或生产方式都是按效率原则决策的。

3. 现场施工模式下用工方式的巨大隐患及不可持续性

中国建筑业的用工管理非常尴尬，工地上 90% 的生产者，企业管不了，被见不得阳光的"包工头"管着，而这一用工方式又存在一系列致命的硬伤。

（1）对民工的管理问题：没有签订劳动合同；超长工时和恶劣的生活、工作环境；缺失培训，安全隐患严重；社会保险缺失，工资拖欠严重。"包工头"体制下的民工管理，使民工沦落为新的"包身工"，与时代的发展背道而驰。

（2）"包工头"一般不是无偿向农民工提供劳务输出的信息和机会，而是要从他们带领的这部分农民工的劳动收入中收取相关费用，有的甚至占到农民工工资的很大比例，存在着对农民工的剥削问题。一些"包工头"利用他们对农民工收入的二次分配权力，大量克扣农民工的工资。有的还利用农民工对他们的依赖性强、维权能力差的弱点，做出各种侵害农民工人身权利的事件，对一些农民工的合法权利造成了极大的损害。

（3）"敲竹杠"："包工头"其实是双刃剑，工人的利益得不到保护的同时，企业的利益也无从保护。虽然建筑工地一线作业人员 90% 以上是由包工队模式供给的，但是行政主管单位不承认包工队的合法性，这种劳务使用方式在法律上不被承认。因为劳务队伍一旦确定并投入生产，再要更换，就要付出代价，首先表现为时间代价，纠纷谈判、撤出队伍、寻找队伍、进场、适应、正常生产，这样的时间代价，建筑企业一般无法承担。所以，一旦选定某个包工队，这一契约关系上的"专用性"资产所潜在的巨大的转换和退出成本，对建筑企业产生"套住"效应，使建筑企业对"包工头"产生依赖，这将弱化在合同履行过程中建筑企业的谈判地位从而诱导了"包工头"的机会主义行为。"包工头"利用分包合约在我国法律中的不合法性，寻找种种借口"敲竹杠"，使自己在交易中处于有利的位置。最普遍的情况是在工期最紧张或关键时刻撂挑子，不干了或提出额外要求，如调整合同价格、改变支付方式等，利用"退出"威胁，影响企业的生产，对企业"敲竹杠"。此外，目前，对于现场作业层工人的高产出主要通过雇用更多工人来实现，企业更在意的是低劳动成本，而不是劳动力的忠诚和技能带来的高效率，与此相对应地，对于管理层，由于复杂劳动难于监督，则希望通过激发员工的忠诚，从而使其付出更多的劳动来实现高产出，企业更希望得到管理层一定程度的组织忠诚，却不要求作业层必须做到这一点。由于忠诚度问题，除去"包工头"因素，工人也会在经济繁荣时期，利用"退出"威胁，影响企业的生产。目前，中国经济的高增长是在全社会高失业率的条件下造成的，所有这种"退出"威胁都可以通过"替代者"来解决，这会给企业带来转换成本，但不至于影响最终产出。也就是说，在当前这种分包契约机制下，企业会受到"包工头"和工人两种机会主义行为的威胁。

（4）施工项目由于其非常规性，工人的产出水平也缺少一个平均的产量水平。因此，项目经理确定一个合理的生产节奏，使工人按节奏生产，则可能增加了工人的劳动强度，使生产速度更快，从而降低了产品的劳动成本。但是，靠"包工头"对工人压榨式的"计件工资"、"超时加班"增加产出，产出的增加来源于工时的增加或工序的粗制滥造，而不是效率的提高。没有忠诚，出不了效率，工人会通过故意延缓生产节奏的行为来"偷懒"[1]。

（5）由于农民工哪里有活到哪里去干，哪里工资高到哪里去干，什么时间有空什么时间去干，组织松散，无序流动。这个特点带来行业管理的困难，导致农民工职业技能培训和鉴定数量严重不足。与产业工人不同，大部

---

[1]　偷懒（shirking）的意思是：工人提供的劳动付出少于他按照契约应该付出的劳动。

分农民工从业素质普遍较低，给建设工程的质量带来隐患。由于中国社会保障制度不健全，尤其是建筑业的一线农民工，"三金"（养老保险、工伤保险、医疗保险）完全没有，在农村社会保障制度一片空白的情况下，要养活一大家人的生活、就学、就医，因此"失业成本"（cost of job loss）相当高，使得企业通过市场机制来选择受训劳动力从而降低单位成本，而不是通过培训来提高劳动力技能的做法，在短期内是奏效的。但是，反过来，作为理性选择，劳动者往往为了很少的收入提高而频繁"跳槽"，大量来自农村的工人们今年在这家工地、明年到那家工厂，今年绑钢筋、明年做鞋，没有有效的组织管理，也没有基本的岗位培训。同时企业也因短期用工，不愿意培训工人。大部分情况下，产品升级时，会开除现有工人，然后到市场上重新招工，这就使得绝大部分工人难以在一个技术工种上从事较长时间，产业技能就无从提高。农民工就像流沙一样今天在这明天在那流动，他们难以达到技术熟练所需的条件。

4. 重构完整可行的人力资源政策，实现稳定的价值创造

自李嘉图的国际贸易理论问世之后，国际经济的基本理论就是：每个国家的企业应专注于它们有比较优势的领域。到目前为止，中国企业获得"世界工厂"的地位，不是靠独特的有竞争优势的生产方式，而是靠被低估的劳动力价格和环境破坏的贴水所转换的厂商利润。对于建筑业这一劳动密集型产业，作为世界人口第一大国，作为一个发展中国家，中国具有资源优势。并且基于吃苦耐劳，富有奉献精神和较强组织纪律性的文化传统，在一些艰苦、烦琐、工期要求高的项目中尤其表现出竞争优势。在建筑企业，技术能力加上艰苦的劳动，使一线生产人员成为企业最宝贵的资产。

在劳动力成本及资源方面。与发达国家相比，我国建筑劳动力价格低廉且资源丰富是主要优势。美、英等国建筑业技术工种每小时工资达到 10 美元，普通工为 6 美元，而我国只有其十到二十分之一。从建筑劳动力资源看，我国人口众多，建筑从业人员达到 3800 多万。而且每年新增人口逾千

万人，加上大量的农村剩余劳动力，可以为建筑业提供源源不断的从业者。但是中国建筑企业正在丧失这一资源优势。中国经济的发展、生活条件的提高、年轻人的意识变化等方面条件的转变，已经给建筑业的劳动力优势带来挑战。现在，施工现场已经出现民工荒，根据本书所作的调查，在工地上20～40岁年龄段的青壮劳力不到10%，大部分是50岁左右的工人。由于建筑产业的艰苦条件，年轻人更愿意去工厂工作。50岁左右的失业农民，文化低、年龄大，在工厂找不到工作，家庭羁绊也少，才来建筑工地工作，而且到了秋收或春节，多少工资也留不住，一定要回家。这样一种趋势正在瓦解中国建筑企业的现场优势。

作为公共政策供给者的政府在《劳动合同法》出台之前，对工人的利益缺少保障，发现问题之后又制定了过激的《劳动合同法》，试图通过法律提高工人的待遇。这种左右摇摆的过激政策是有害的。正如弗里德里克·W.泰罗在100年前悟到的道理，一旦工人觉得期望破灭，要重建他们对雇主承诺的信任，相信雇主以雇用安全和高工资来换取高水平的劳动付出，又需要好多年。正是中国执法力度不够，这巨大的摩擦阻力作用，使政策的落实打了折扣，才不致发生大的动荡。但新劳动法对于建筑企业的适用性，则存在许多问题。

作为劳动密集型产业，人力资源是企业的第一资源，如果没有培育，只有消耗，资源的使用潜力是发挥不出来的，目前现场质量通病屡改屡犯，生产效率长期不能提高，这都是其外在表现。日本企业在这方面做得较为成功，日本的终身雇用制既是一个培训系统——通过参与生产的规划和协调工作来得到技能锻炼和积累，也是一个激励系统——诱导每个人做出更高的劳动贡献（拉佐尼克，2006），较好地解决了这一矛盾。

建筑业实行项目管理模式已经20多年，企业层次管理和项目层次管理已日渐成熟，管理人员素质、技术水平基本适应管理要求，但劳务层的管理比较薄弱，其关键在于目前的用工模式遏制了人力资源投入建筑业的积极性，并阻碍了在位人力资源潜力的开发，这已成为项目管理深化升级的瓶颈。要想实现稳定的价值创造，中国建筑企业必须重构一套完整可行的人力资源政策。

三、技术进步对建筑企业增长的影响分析

索罗（Solow）在 1956 年著名的经济增长模型中证明了只有储蓄但没有技术进步的经济不可能实现永久增长，增长率存在上限，也许在某个较高的收入水平上经济出现停滞。在索罗模型中，实现持续经济增长的唯一途径是加入技术升级。这个著名的新古典经济增长理论提出一年以后，他又利用统计研究证明了美国经济增长有大约80％源于技术创新，仅20％左右源于资本积累。因此，技术创新是经济长期增长的动力。

以低技术为主体的企业难以达到具有国际竞争力的标准，享誉世界的企业基本都有新产品领先优势，能形成科研、生产、销售、服务一条龙，而大部分中国工厂基本上是仿制或为别人代理生产，科研体系与生产体系基本处于脱节状态，建筑企业也概莫能外。应该说，在技术设备方面，我国不少企业拥有大量的先进实用技术和现代化设备，有些技术被纳入国家工法，达到了世界一流水平。例如，上海建工集团每年投入数亿元进行科研工作，先后解决和打破了上海软土地基条件下深基础施工的各种禁区，攻克了超高层施工、超大型构件吊装的不少难关，在大跨度桥梁、地铁隧道掘进、地下大口径顶管施工、大型船坞、海底光缆敷设等特种施工技术方面都取得长足的进步，从而为企业获得了更多的市场份额，承揽了大量的重点工程和总承包项目。目前，其每年总承包产值已超过 20 多亿元，占集团公司总产值的 10％以上。

施工生产技术进步的一个典型特征是条件依存型技术进步。根据法国经济学家 F. 佩鲁提出的增长理论，设计、建材、建筑机械企业为推进型产业，建筑企业为被推进型产业。建筑业技术进步主要集中于建筑材料和建筑设备上，技术进步的发生更多是由外生因素驱动的，而非内生的。作为建筑企业的技术开发不能违背这一特征的内在规定性，即不能脱离设计、材料、设备

及具体的项目，也不能单枪匹马按照自己的认识去搞技术开发。建筑业的技术进步一般的规律是：由新产品设计引导—新材料支撑—新设备支持—施工技术整合来完成。

对于高、新、尖产品，则通过技术创新实现技术进步。技术的开发与掌握可以使企业先行具备新产品的生产能力，占据市场有利地位，凭借技术优势和独特性在市场竞争中获得高于平均水平的差异收益。但新产品的开发与掌握必须与产品（市场）高度关联，必须与相关单位协同开发，不能走闭门造车的路子。

埃森哲"2007年中国卓越绩效企业"研究，涵盖中国内地13个行业的近200家上市公司，通过详尽的财务分析，细致地考察了超过25家中国卓越绩效企业的特点和特征，其中一个主要特征就是："将技术作为战略性资产及创新、新价值创造、卓越的运作和竞争优势的驱动力来使用。"出于向高端市场转移，获取竞争优势的需求，大型企业已将技术作为战略性资本。近20年的经济学理论和其他一些内生增长理论认为：技术创新是一种特殊的产品，如果存在足够大的市场，那么技术创新会带来丰厚的利润；而如果市场容量很小，那么就不值得投入大量资本进行创新了，因为技术创新是有基本的固定成本的。如果在一个封闭的小规模经济中进行药品开发，显然很难发掘足够大的市场来弥补开发成本并带来收益。建筑产业的技术创新主要来自于实力雄厚、市场规模庞大的大型企业。

中小企业主要通过产业联系（包括前向联系和后向联系）来促进社会分工与技术开发，但由于政策引导的问题，这方面做得并不好。

总之，新技术的采用在高新项目的竞争中，具有一定优势。但是，产业技术进步不需要更多资本的投入，使得此类技术容易通过模仿而扩散，不能形成企业独特的竞争优势。

控制权从工人手中转移到管理层手中，要求新的满足知识积累的用工关系。现场施工生产从技术工人控制到管理层控制，这种用工关系提高了效率，但成为品质升级的绊脚石。一方面，由于项目一次性的特点，管理人员是临时组合的，"项目来了搭班子，项目完了散摊子"，项目完成人员重组容易形成技术散失，现场技术难以完整积累、复制，技术保有不完整。另一方面，一些隐含技术只有工人在实践中掌握，管理人员无法掌握，工人的更换造成该项技术要重新总结，因此生产现场总是新人，质量通病总是难以克服，这已成为品质管理的瓶颈。

效率还是品质？这个矛盾在项目层次上无法解决。管理者应把发展现场生产技能作为一种责任，在企业层次上通过建立企业专用化的雇佣政策和生产组织，让技术工人有机地融入到企业的长期发展中去。满足效率和知识积累这两个约束条件的生产方式是提升企业价值的现场模式。

建筑产品是定制性产品，不是承包商研发的产品，因此技术不会成为竞争指标，但它是其他指标的一个支持指标，不会直接构成业主价值。

在知识经济时代，知识已经超过物质资产和金融资产，成为企业持续竞争力的重要源泉。对于以知识为核心资产的知识密集型企业来讲，知识管理是至关重要的。根据大部分知识密集型企业的知识特质，应该把隐性知识管理作为知识管理的重点。本书在分析了知识密集型企业知识特质的基础上，提出了一些可供知识密集型企业进行隐性知识管理的措施。

四、企业成长不同阶段的不同组织特征分析

效益低下的管理方式难以达到世界工厂的标准。企业生产越是进步、对管理的要求越是严格，这是中国最缺乏的。中国工厂总数比日本多无数倍，但能生产成套设备的工厂却很少，大部分设备都是从国外引进的。在中国各工厂可以看到，相对先进的设备、工艺要求高的部件都是从国外进口的，在这方面中国最缺的不是生产能力，而是对成套设备生产的组织管理能力。成套设备不同于规模生产的产品，一套生产流水线设备几年也许只能卖一套，要想产生利润，就必须把各相关材料、厂家、规格、标准等各种复杂因素进行综合组织、像装配钟表一样进行精确装配，一个环节的管理错乱就会造成成本增加、性能降低。而中国还缺乏这样精确的组织管理能力，效率低下的

国有企业管理层基本上是政府官员式的管理方式，规模较小的工厂没有这样的锻炼机会。在笔者看来，中国不缺优秀的管理者，而是缺乏对管理者进行科学的选拔机制，堵塞了优秀管理人员的发展空间。

在中国、日本、韩国、美国、欧洲等国家和地区存在能力构筑的历史环境差别，也就相应地产生不同形态的组织能力，并在其相应的产品类型上体现出比较优势。在大型公共设施、工业设施、民用设施上存在着不同的市场关系，也就相应地产生不同形态的组织能力，并在其相适应的产品类型上体现出比较优势。

各个国家的经济特别是高速增长期面临新的初始条件或制约条件，将在结果上导致这个国家企业特有的组织能力；各个公司的创建起点不同、文化不同、历史不同、资源不同，将在结果上导致这个公司所特有的组织能力不同。建筑产品的生产可以概括为设计和施工两个阶段，根据前面藤本隆宏对产品的定义，建筑产品生产的内涵就是设计信息的转化。需刻写的信息越复杂，越是新产品，根据技术、管理能力，国际著名承包商越具优势；刻写的信息越简单，介质体量越大，需要劳力越多，重复劳动越多，中国企业越具有竞争优势。概括起来，技术、管理先进的国际承包商在磨合型产品上具有竞争优势；中国企业在模块型设计思想的产品上具有竞争优势。在国内市场，中国铁建股份有限公司（以下简称中国铁建）等龙头企业更多的是中上层（经营、管理层）组织能力，缺失下层（劳务层）组织能力；中小企业则具有现场作业组织能力的优势。表现为中国铁建核心零部件生产、零部件装配、模块集成等能力较强；中小企业一般零部件生产、简单模块生产具有成本优势。于是，①在铁路、水利等不易模块化的产品，中国铁建等大企业更擅长，更具竞争优势；在一般房建、低等级公路等容易模块化的产品，中小企业更擅长。②在技术变化快的领域，中国铁建更擅长；在技术变化慢的领域，中小企业更擅长。③在新材料等不易写入的介质领域，中国铁建更擅长；在容易写入的介质领域，中小企业更擅长。在建筑领域，作为一个典型的劳动密集型产业，这种"刻写"更多是由人力完成的。作为世界第一人口大国，在这个"刻写"过程中中国必然有不可替代的优势，并且这种优势是相对稳定的，难以通过模仿获得，所以外企在国内建筑市场不构成威胁。

进一步转变现场生产和雇佣方式，从模块化产品刻写向磨合型产品刻写提升，将使中国企业在高精尖复杂项目上具备能力，并提升企业的价值创造能力。

■第七节　企业外部相关者价值需求、价值创造过程

及驱动因素分析

建筑产业供应链特征明显，进入 20 世纪 90 年代以来，随着市场配置资源力量的进一步提高，完成一件建筑产品所形成的外包、协作比例在不断提高，稳定、优秀的供应链资源已经成为优势企业的重要资源。但是，长期以来"皮包公司"、违法转分包、不正规等思想的影响及政策和法律法规的作用，使这一产业特征没有得到充分认识，大部分企业并没有把供应链资源作为企业自己的资源去培育，而是作为利益对手对待，结果是以自己企业的一己之力量去与对方的供应链竞争，往往因为力量不对称不战而败。

即使不考虑成本因素，一个承包商无论如何是不可能完全依靠自己的力量完成一件建筑产品的，图 4-13 是建筑传统生产模式下的一个典型供应链结构图。

那种从原材料供应到产品销售业务全部包括的大而全的公司模式，由于其机构庞大，要解决的问题繁杂，根据 20/80 定律，往往一些价值不大的因素，消耗了企业过多的资源，企业很难在各个环节都做到最好，而对于顾客的需求也难以快速灵活地在产品与服务中得以体现。

作为供应商的材料、构配件、成品半成品等生产企业，通常生产工程使用的各种材料部品、构配件（墙板、楼板等）、成品或半成品（铝合金门窗、石膏板等）等。这些产品区域性较强，因此企业规模受到一定限制，其产品

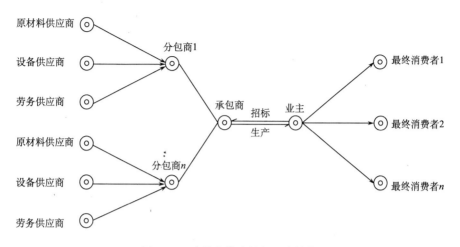

图 4-13　建筑业供应链的基本结构

的技术水平、质量、覆盖范围和附加值低于施工承包企业。劳务加工企业通常不提供产品，主要提供劳务和服务。企业规模小、数量多，其生产技术水平最低，附加值也最低。施工总承包企业处于建筑产业下游，是最终产品的完成者，其产品的技术水平、质量、覆盖范围和附加值在施工作业这个环节是最高的。

　　建筑产品的一个特性在于其具有可分割性，是分部生产的，并且各分部、分项工程具有可质量的检验性特点。在生产中，一个产品是由各分部工程和分项工程组成的。例如，一座桥是由基础、桥墩、梁等分部工程构成的，桥墩分部又是由钢筋、混凝土等分项构成的。一般产品客户只关心其成品质量，而零件的质量是由厂商控制的。建筑产品不同，每一分部、分项工程的质量都由业主或业主委托监理检验验收，一座桥梁的质量不是全部完成后交付验收时检查质量的，而是在生产过程中，按照"生产—验收—下道工序生产"的程序施工的。容易分割和检验，使外包的交易成本很低，而管理国企职工的组织成本往往很高，只要交易成本小于组织成本，外包就更具有优势。如果自己可以干更赚钱的，就把不赚钱的包给别人做，这是一种价值增加方式。处于中间环节的普通作业项目，如钢筋绑扎、混凝土捣固等，具有明确的作业标准和检验标准，只要经过简单培训，工人就可以掌握，而普通工人的供给往往大于需求，均衡价格不高，外包出去，不影响企业价值增加。只要企业抓住关键零件的生产能力和最后的装配、集成能力，就不会影响竞争优势的保有。

由于建筑企业要根据产品所在地不断移动，建筑企业作为其特殊性，本身就不可能完成所有工作，至少三方面的工作必须本土化：①投标关系资源本土化；②砂、石、砖等地方材料采购供应本土化；③大量普通工人人力资源的本土化。所以，对于建筑企业来说，价值链分工是天然存在的，所区别的是把这一部分工作作为战略管理的一部分纳入企业管理系统，还是因时、因地、因人制宜，作为例外事件一事一办，随机处理。

要先建立一支优秀、稳定的价值链，就要考虑利益相关者的价值要求，留给他们合理的剩余价值。留给相关者较多剩余价值，不是通过牺牲自己企业剩余价值的方法，而是合理分工，发挥各自优势，大企业充分发挥大的优势，把大事做好；相关者发挥好小的长处，把细节做好；通过把蛋糕做大，各方都能实现自己的价值目标。不妨说价值链就是一种分工，而分工的基础是各企业的核心能力。价值链分工就是要分析、辨识其中各企业的优势领域及核心能力，相互联合起来实现优势互补、风险共担和利益共享。谁能认识到这一本质，就可以努力建立自己稳定的供应链系统，将低端项目外包，集中资源增加附加值较高项目的比例，以提高企业价值。但是，这其中也隐伏着风险：①如果外包单位频繁变换，交易成本是很高的；如果外包单位中途"敲竹杠"，则企业利益、名誉都会受损。②如果外包单位实力不强，则外包出现质量问题的概率要大于自己生产的概率。

Malon（1997）等认为，供应链合作伙伴关系就是战略联盟，是供应链中两个相互独立的实体为获取特定的目标和利益而形成的一种关系。Vokurka（1998）等指出，伙伴关系是买方和供应商就一段较长时间达成的承诺和协议，其内容包括信息共享和分担伙伴关系带来的利益和风险。价值链节点企业间的关系，不同于以资本为纽带的产权关系，而是建立在合作与信任之上的协作关系。价值链节点企业之间是一种能产生协同效应的相对稳定的交易关系。规避风险的做法，就是主动建立自己的供应链系统，把短期合作关系升级为长期战略协作关系，以克服短期契约引发的机会主义行为，使合作双方成为命运共同体，外包作为一个短期契约，要尽量用简明和标准化的流程、制度与合同去管理，以保证外包之后质量不会下降。长期以来，我国产业政策及主流的理论研究一直把转包、分包作为粗放式经营的罪魁祸首进行防范，给建筑业的发展带来严重的不良后果。合理的做法是：①建立分包商库：总承包商应着眼于建立相互依存、稳定发展的长期合作模式，挑选在施工能力、施工业绩、财务状况、技术水平、资质等方面优秀的分包商作为自己的联盟合作伙伴，建立分包商库，对分包商档案进行统一管理。一旦分包商与总包商建立了长期的合作伙伴关系，通过多次博弈，必然谋求长期利益，双方会自动趋于选择合作策略，减少冲突发生，实现双方共赢。②对分包商进行绩效评价：总承包商建立对分包商的评价指标和评价系统，运用科学的评价方法对分包商的合作情况、履约情况及其他在项目实施过程中的表现做出合理评价。③建立激励机制防止分包商机会主义行为：在总包商选择分包商的同时，分包商也会选择总包商，其实是一种双向选择。在长期的合作过程中，无形中分包商会从总包商那里获取技术，管理水平、技术水平会相应提高，如果"翅膀硬了"，其经济利益长期得不到实现，不但信用无从谈起，而且可能会跳槽。在总分包商之间，建立长期的供应链关系，资源互补、风险共担、合理分享剩余，减少交易费用，从而达到总分包商共赢。

　　合作互信、能力优秀、数量丰富的合作伙伴是供应链价值创造的驱动因素。目前，建筑市场的竞争已经不是企业的竞争，不是施工管理、技术的竞争，拥有"稳定、高效"的企业供应链是总包商核心竞争力的重要体现。

第八节　建筑业价值创造：特点与总结

企业的价值取决于价值驱动因素，只有改进价值驱动因素，才能增加企业价值。根据上述研究，将建筑企业价值驱动方式和驱动因素的对应关系归纳总结如表4-2所示。

表 4-2　建筑企业价值创造驱动方式与因素分析表

企业基本活动	价值要求各方	价值主张	价值创造方式	驱动因素
经营承揽	客户/业主	价格	滚动发展（重复购买）	资质/业绩
	企业	市场占有率	新市场开拓	核心客户关系资源企业战略
施工生产	客户/业主	质量 工期 延伸服务	项目管理	企业组织资源 技术/管理复制能力
	企业	成本/收益 信誉		
	价值链协作方	剩余分配 长期协作	价值链管理	企业价值理念 供应链资源
企业组织营运	股东	回报	企业价值模式	企业战略 企业价值理念
	员工	薪酬 发展		

通过本章的分析，可以归纳总结出以下结论：

（1）与所谓劳动密集型产业、低技术含量行业、蓝领行业不对称的是，建筑行业所有关键驱动因素均为"软因素"，区位、厂房、流水线、设备、资金、产品等这些制造业企业取得竞争优势的硬条件，在建筑企业中的地位退而求其次，不能成为企业形成竞争优势的决定因素。决定一个建筑企业竞争优势的关键因素是企业战略、价值理念、文化惯性、管理技术、客户管理、价值链管理等管理因素。

（2）其中两个硬因素：一个是人，即人力资源、智力资本；另一个是人的组织方式，即企业组织和企业文化惯性。

（3）一个关键就是生产中的管理与技术复制能力。

（4）企业价值创造各驱动因素中，有关经营承揽的因素是快变量，可以短期内调整、获得或改变，长期而言，对企业价值影响较小。有关施工生产的各驱动因素是慢变量，要想改变一个企业的文化惯性、组织模式相对而言是需要较多时间沉淀的，长期而言，对企业的竞争优势决定权重较大。

（5）在以上驱动因素中，再进行对比分析，最核心的因素，一方面来自市场，另一方面来自现场，一个是关系资源及滚动发展的创造模式；另一个是人力资源及技术、管理的复制能力。

第五章

中国建筑企业的价值提升
与创造机理研究

一、定制加工式的经营本质特征和连锁店式的生产本质特征

长期困扰建筑业研究的一个悖论是：集约化的经营管理是所有企业成功发展的方向，一个企业要想做大做强，一个标志就是企业从粗放型经营向集约化经营方式转变的程度和速度，企业内部集约化水平上来了，就有更大的能力来开拓市场，就可以取得更大的市场份额，与集约化程度相对不高的公司比较，一个追求集约化管理方式的公司应该取得更大的成功，但现实情况恰恰相反，那些胆子更大的粗放型经营的企业家获得了成功。他们的几乎所有精力都在关注订单，拿到了再说，只要能多拿，干的过程中有什么问题靠庞大的总量来消化。

这在理论上简直是不可思议的：第一，没有好的产品，应该无法获得新的合同；第二，这种增长从长期来看应该是不可持续的。

一个没有核心竞争优势、没有进步的企业怎么还能实现长期扩张与增长？在不能解释和界定现象时，就以成败论英雄，能增长的就是好的，巨大的增长数字掩盖了真实的质量内涵，以其夸张的账面效应，笼罩了隐藏的危机，误导了企业的发展走向。企业的集约化管理似乎成了与企业发展不相关的另外一套说辞，不但没有得到发展，反而在许多企业发生了退步。

问题要从建筑业的生产、经营本质分析，理论上无法解释现象的最大原因就是没有认识到建筑业独有的特征：建筑企业在经营上具有"定制式的经营本质特征"，在生产上具有"连锁店式的生产本质特征"，使其生产规模易于扩大。本文对建筑企业这一本质特征的认识，可以脱离制造业的分析范式，以一种全新的思路分析建筑业扩张、运营存在的问题与解决的方法。

首先，建筑产品具有定制加工式的经营特征。一方面，先拿订单，再去生产，即便已超出生产能力，只要能拿到订单，再调整生产能力都来得及。另一方面，定制生产不必进行产品开发，并且因为是代为加工，有预付款，资金方面没有过多压力。这两方面的本质特点，使得企业扩大规模生产没有刚性的边界，只要不失控，就感觉不到边界，各企业生产规模的扩张成为锦标赛式的比赛。

承揽的限制可以突破，那么生产的边界在哪里？任何经济不可能无限量地生产，任何企业都存在一个生产可能性边界，也称生产可能性曲线或转换线（production-possibility frontier，PPF），表达经济社会在既定资源和技术条件下所能生产的各种商品最大数量的组合，反映了资源稀缺性与选择性的经济学特征。建筑企业的生产能力是如何突破的？本书认为，解决问题的钥匙在于：不同于制造业的流水线生产方式，建筑业是麦当劳连锁店式的生产方式。

连锁经营是现代工业化大生产原理在流通领域中的灵活运用，在经济学上还没有确切的概念。原国内贸易部于 1997 年制定、公布的《连锁店经营管理规范意见》指出，连锁店是指经营同类商品，使用统一商号的若干门店，在同一总部的管理下，采取统一采购或授予特许权等方式实现规模效益的经营组织形式。从这个定义的内涵进行经济学分析，连锁经营区别于其他商业模式的特征：一是授权特许，二是独立经营，三是商品和服务同质同价。

建筑企业与制造业的不同特征：一是由于建筑产品往往投资巨大，建设期长，风险高，所以国家对建筑企业的市场进入资格有一个认证，即施工资质，得到资质的企业才能参与相应工程的投标，资质证书就相当于特许经营证书；二是各项目的生产是独立、分散的，遍布各地，独立生产，与企业其他单位不需协作、也没有上下游关系。正是这两点生产、经营上的本质特征，使建筑企业具有连锁店式的商业模式。这两点与连锁企业特征相符，三是商品和服务同质同价，由于建筑产品具有单件性的特点，而有所区别，但是从本质上来说，同一企业应有一个稳定的企业形象，应达到统一的产品和服务标准，从这个意义上来说，于同质同价的内涵是一致的。

建筑企业具有连锁店特许经营特征：拿着资质证书就可以四处承揽工程，揽到工程以后，组织起一个项目班子就可以生产了，项目就相当于一个连锁店。一个分散的、单独的连锁店扩张较一个大型企业生产线的扩张容易得多，做不好，只是一个项目，风险要小得多，使生产规模的扩大容易实现。一些企业没有长期战略，主要依托中国经济的高速增长所带来的巨大需求和广大市场，"以战养战"，"以项目养项目"，以项目的预期收益进行预分配式的运作，放手一搏，在建筑市场四处游走，广种薄收，是它们的一种生存方式。这种扩张理念和行为势必引起同行间更激烈的拼争，使企业绩效下滑，没有给企业创造更多的价值，也没有提升企业的能力，只是给企业创造了更多的交易。

那些粗放型扩张企业的成功，实质上就是借助了建筑业具有特许连锁经营的特征。在这一特征下，一方面不仅建筑产品是商品，商品的制造和买卖的权利，即资质证书也成为商品，资质证书是横向扩张的第一资源。另一方面，由于项目的分散性和产品的单件性特点，市场中关于承揽者的信誉传播速度较慢，给市场中的"各个击破"带来条件。第三点，不同于制造业，多开一个连锁店比增加流水线容易得多，更容易扩张。这三点使低价放量式的横向扩张成为可能。所以，那些胆大的企业家，不讲集约经营的管理者反而成为符合理性的经营者，在最大限度地利用或使用着建筑企业的这些特征，而我们的政策管理省却没搞清怎么回事。

二、建筑企业规模边界模型

1. 无边界扩张的现实与理论

任何一个企业理论都必须回答两个基本问题：企业存在的理由，什么因素限制着企业的规模和范围。近 30 多年来，中国铁建一直保持着生产、经营指标高速增长的势头，以近三年数据为例，2006 年新签合同额突破 2000 亿元，2007 年逼近 3000 亿元，2008 年突破 4000 亿元，2009 年达到 6013 亿元，旗下一些强势公司的同比增长速度接近 100%。这一现象并不限于中国铁建，同行业其他龙头企业一样，只是数据略有区别。这种增长是惊人的，因为企业资源无论如何无法实现同步增长，资源被稀释后引起的管理问题十分突出，在价值创造的同时，也在进行着价值破坏。需求拉动了供给、项目法生产方式提高了效率、国有企业所特有的规模偏好这三方面因素，以及材料价格上涨、产品标准提高原因都促进了企业规模的扩张，问题是建筑企业真的可以实现无边界扩张吗？有没有扩张边界？边界在哪里？理论应该回答这些问题。

企业边界是指企业以其核心能力为基础，在与市场的相互作用过程中形成的经营范围和经营规模。企业的经营范围，即企业的纵向边界，确定了企业和市场的界限，决定了哪些经营活动由企业自身来完成，哪些经营活动应该通过市场手段来完成；经营规模等同于企业的横向边界，是指在经营范围确定的条件下，企业能以多大的规模进行生产经营。企业边界（enterprise boundary）这一概念虽然最早是由新制度经济学的代表人物科斯（Coase）

1937 年在他的著名文章《企业的性质》中提出的，但对于企业边界的认识渊源，可以追溯到古典经济学创始人亚当·斯密对企业的认识论。从亚当·斯密的古典经济学、马克思的政治经济学、马歇尔的新古典经济学到以科斯为代表的新制度经济学，对企业边界的认识从生产分工角度扩展到交易成本角度，所使用的分析方法基本局限于边际分析和替代分析。从新制度经济学出现以后，后凯恩斯主义的企业边界理论、制度变迁的企业边界理论、潘罗斯的企业边界理论、伯利和米恩斯的企业边界理论，企业边界理论的研究发展轨迹正由静态研究（即认为组织的边界是明确、清晰与固定的趋向动态研究），趋向认为企业的边界是随着环境条件的变化而变化的，由被动研究（企业是市场失灵后的替代）趋向主动研究（重视企业自身创新能力和内部因素变化对企业边界的影响）。经济学各流派对企业边界的分析方法不断拓展，也有学者从企业"无边界"这一侧面对企业边界问题进行了一定程度的研究：①张五常认为企业边界是模糊的，企业与市场只是一个合约、合约链条或合约结构，是一种合约替代了另一种合约，本质上没有区别，其合约的选择是由交易成本决定的。但是，张五常的无边界论并不是针对企业规模而言，而是企业"契约链"逻辑的延伸，与本文讨论的问题不同构。②杨小凯（2001）用超边际方法分析了企业规模，对规模经济提出质疑。单一业或单一行业的规模变化，不能发现报酬递增机制，需将分析对象纳入相互关联的分工网络整合中，因为行业累进分工和专业化才是报酬递增实现的关键要素，是同一个竞争性的市场相容。③张永生（2000）在《厂商规模无关论：理论与经验证据》中认为，厂商平均规模越来越小，总体呈倒 U 型变化趋势。④曾楚宏（2004）认为，在零售企业组织内，信息技术的普遍应用可以产生信息效率效应和信息协同效应（Dewett and Jones，2001），这两种效应有利于企业节约内部生产成本和市场协调成本（Afuah，2003），信息技术可以降低企业交易所需的资产专用性程度，减少机会主义行为，这引起了企业边界地向外移动。⑤李海舰和原磊（2005）认为，企业既有边界又无边界，趋于模糊状态。随着企业边界扩张，可能出现边际成本曲线和边际收益曲线无法随着企业规模的扩大而相交于一点。此时，企业边界不再是指物质边界，而是指能力边界，企业边界的大小取决于自身核心能力的强弱。

2. 建筑企业边界扩张模型

企业边界的决定因素不仅是多元的，而且对不同的企业还会产生不同的影响，同一个因素可能在缩小利润最大化企业边界的同时，扩大了市场份额最大化企业边界。

从企业战略的视角看，传统建筑企业规模扩张的主要途径是横向一体化，通过增加项目，即增加分店数量，达到规模扩张的目的。

零售企业的规模扩张（增加分店数量 S）与下面五个因素有关：技术 T，市场开拓能力 M，生产成本 Pc，交易成本 Tc，组织成本 Oc。即

$$S=S（T，M，Pc，Tc，Oc）$$

前面我已经分析了建筑业具有连锁店式的生产本质特征，这个一般模型也适应于建筑企业规模扩张的分析。下面逐一讨论五个因素对 S 的作用。

（1）建筑业技术进步主要集中于建筑材料和建筑设备上，技术进步的发生更多是外生因素驱动的，而非内生的。建筑业是一个实务型的产业，生产靠工人手工劳动和机械操作完成，工作经验中包含着不可编码、只能默会的深层知识，必须靠实践来掌握，习惯上更多的是通过经验积累和"干中学"来提高技能，知识通过编码可以实现项目之间的复制，复制能力决定着连锁店的增加值，因此，技术对建筑企业规模扩张影响较大。

（2）市场开拓能力直接决定了扩张机会的存在，对传统模式下建筑企业规模的影响是最大的。

（3）建筑企业由于先定制，揽到任务组建项目开连锁店，再生产，在决策是否承揽的时候，还不能得到生产成本的完全信息，因此，建筑企业生产成本对企业规模影响不大。

（4）交易成本会影响承揽决策，因此，会对企业规模影响较大。

（5）组织成本影响项目的复制能力，从而对建筑企业的扩张造成影响。

通过以上分析，可以知道由于零售企业没有技术跳跃所带来的资本沉没，市场开拓能力加上一定水平的管理能力（表现为以技术扩散和组织为主要内容的现场复制能力），因此其规模是可以不断拓展的，其边界就是复制变形的那个能力临界点。这个结论符合李海舰和原磊（2005）关于企业边界不再是指物质边界，而是指能力边界，企业边界的大小取决于自身核心能力强弱的观点。建筑企业的边界扩张模型可以进一步简化为

$$S = S(M,C)$$

式中，M（market）为市场开拓能力；C（copy）为现场复制能力。

只要能力不衰减，复制不变形，从理论上讲，这种扩张就可以进行下去。但是，是一直这样横向扩张走下去，还是适时实现企业的升级与转型以实现更大量级的价值创造，是本文下面要研究的另外一个中心问题。

■ 第二节　建筑企业传统商业模式及价值提升方式分析

一、低价放量增长方式成为传统建筑商业模式下扩张的必然路径

在传统商业模式下，建筑企业一般被称为施工单位，企业的价值创造来自于施工生产，即

$$剩余 = 产值 \times 利润率$$

产业生命周期前两个阶段尤其是产业成长期大致处于卖方市场阶段，后两个阶段则处于买方市场阶段。买方市场和卖方市场中的竞争环境有根本性的差别。在产品供不应求、产业高速扩张时期，企业获利机会的大小取决于生产能力的扩张速度和及时获得低成本要素的供给能力。在前面"市场行为"中已经分析过建筑企业采用成本导向定价，即商品成本为生产成本、利润和税金之和；并且博弈的结果是各企业均不能获得超额利润，企业不能通过获取超额利润提升价值时，只有通过产值的增加和成本的压缩来提升价值。因此，在传统商业模式下，也是目前中国建筑市场的主流模式中，企业

价值提升来自两方面：市场和现场。市场就是经营承揽，即订单的取得，所以规模扩张成为建筑企业的选择。现场就是项目管理，通过一系列精细管理，提高效率、压减成本，并保持良好的企业声誉，使经营承揽形成良性循环。低价和规模是一个产品缓慢变化市场中的核心竞争力，一个企业在一个静止不动的水平竞争和扩张，在这种情况下，竞争结果最后表现为订单与价格的竞争。要想扩张就必须在订单上下工夫，在降低成本和经营费用上下苦功，特别是在建筑企业"价格战"频发的情况下，低成本基础日益重要。

二、低价放量商业模式价值提升的"现场"驱动因素分析

前面已经分析过，连锁店式的扩张，一个重要特征就是要在同一价格下提供同样的商品和服务。如果做不到这一点，所使用的特许经营证书的公信力就会打折，规模扩大就会受阻。建筑产品由于单件性的特点，不能提供相同的产品，但是，产品和服务的标准、行为准则与风格、所表现的企业性格与形象应该是一致的。否则，资质证书在市场上会贬值，低价放量也会受阻。因此，低价放量也必须按标准化、一体化和专业化的要求进行连锁规模扩张，在标准化、一体化和专业化的基础上，如何获取更多的订单，是连锁经营式规模扩张的外在约束因素。

项目管理是一个高度专业化的系统工程，主要通过组织管理、资源管理、成本管理、风险管理等手段，来达到进度、质量、安全、效益目标的实现。从本质上分析，项目管理就是两方面的内容：一是资源的配置，主要包括人员和设备；二是项目管理，主要是高效的项目组织和合理的施工方案。对项目资源的配置是决定项目成败的关键因素。资金、设备、人员的配备质量决定了项目的执行能力和效率。资源的使用效率和效果则取决于项目管理者的理念、能力、经验和方法。一些企业由于缺少竞争优势，只好使用各种公关手段，承诺种种优惠条件，投入大量的资源用于订单的取得。拿到订单以后，认为投资阶段已经完成，该到回报阶段了，对项目的实施没有起码的资源投入，想方设法从项目往回收钱，后果非常危险。尤其是对于一些大型

项目、复杂项目，甚至会出现灾难性的后果。还有一些企业由于规模急速扩张，资源被不断稀释，对项目资源的配置与项目的要求不相匹配，尤其是项目经理、技术专业人员、骨干作业人员的配备质量低直接影响项目目标的实现效果。

建筑企业是项目型的企业，对于一个建筑企业而言，项目管理是企业最大的增值基础，良好的项目管理将为企业提供一系列实实在在的竞争优势项目，一个成功的项目管理必须生成对市场的反应能力、有效使用组织资源的能力、取得技术突破的能力、管理来自陌生环境挑战的能力。一个项目的成败取决于资源的配置与使用，项目最核心的资源是人力资源，只要具备足够数量和质量的人力资源，即使其他资源，如资金、设备、物资等资源不足，都可以通过商业方式得以解决。在项目管理中，真正起决定因素的是人：项目经理的驾驭能力，专业人员的经验与忠诚，作业队的组织能力。

有人曾经做过这样一个形象的比喻：一架最好的复印机，复制到第一万份时也一定会走样，但是麦当劳的薯条和汉堡的味道在全世界"复制"了几亿、几百亿份，却还没有走样。保证产品、服务质量不走样的措施就是要具备生产的复制能力。其实，标准并不难制定，难的是每个产品、每项服务都能符合这套标准，复制能力就是保证产品或服务达到同一标准所需要的能力。为了减少复制的难度，复制的内容要力求简单，要求精简不必要的过程，根据20/80定律，抽茧剥丝，找出核心环节、关键因素，以最少的资源付出获得最大的经济效益。为了提高复制效率，需要企业的各分部在经营管理方面标准统一，从而塑造出一个标准化的企业形象，提高消费者对企业的信任感，为企业扩大规模提供条件。项目管理标准的复制能力、关键产品生产的复制能力是对"现场"，即项目管理的要求。只要复制不走样的能力足够强，企业就可以走得更远、做得更大。

三、低价放量商业模式价值提升的路径分析

低价放量模式是一个低层次的建筑企业价值提升方式，但作为一种直到

如今绝大部分的中国建筑企业仍然在用的生产经营模式，也应分析其价值提升机理：为什么有些企业事半功倍，有些企业却事倍功半？影响这一商业模式的关键因素是什么？

1. 建筑市场经营的捷径之一 是能够辨识和分类目标市场

在前面建筑产品的经济学特性分析中，提到建筑产品具有显著的范围经济特性。范围经济指的是厂商利用其基本的投入资源，从事要求具有一定共通性的多种产品的生产（经营）而带来的成本减少。

范围经济的前提条件（两者之一）是：①厂商拥有的技术、投入的要素或生产设备能够基本满足两种或更多种产品的生产要求；②厂商在从事某种产品的生产时会自动和不可避免地产生副产品，这些副产品或直接或经过简单加工后便可形成另外的产品。在生产两种产品的假定条件下，范围经济可表示为

$$SC = C(Q_1) + C(Q_2) - C(Q_1, Q_2) \tag{5-1}$$

式中，$C(Q_1)$ 为生产 Q_1 的产出所耗费的成本；$C(Q_2)$ 为生产 Q_2 的产出所耗费的成本；$C(Q_1, Q_2)$ 为生产两种产出所耗费的联合生产成本。

产品最优生产组合条件的文字表述是：产品的边际成本之比等于它们的价格之比。这一条件也适用于多种产品的最优生产组合，即

$$\frac{MC_{X_1}}{P_{X_1}} = \frac{MC_{X_2}}{P_{X_2}} = \cdots = \frac{MC_{X_n}}{P_{X_n}}$$

在建筑企业中，基于招投标制度的设计和市场进入的低障碍，竞争激烈，企业单体产品的边际成本与规模之间的关系变小，因此单体建设的规模与经济效益之间的关系较小，因此，利用范围经济提升企业效益是理想的选择。

在建筑企业中扩大范围之所以能产生经济效应，至少有以下四方面原因：①合成效应。同一个厂商进行多品种生产，在研发、生产、销售等方面的成本比分别生产要低；②内部市场。多产品企业可以在更大程度上利用企

业内部市场合理配置资金和人力资源，以代替市场机制；③减少经营风险。对关联的多元化生产而言，企业将从产业生态环境中受益，从而增强抗风险能力，但是无关联的多元化对企业也可能构成发展陷阱；④扩大发展空间。在单一产品上企业的发展空间是有限的，面临着来自市场和法律的限制，因此多产品经营是企业扩大经营空间的要求。在建筑企业中，范围经济更能加强企业的竞争优势。

建筑企业范围经济的表现形式：①同一建筑企业多点同时生产同类产品（空间的范围经济），企业利用其技术优势，采用项目组的组织框架；②同一建筑企业跨行业生产不同产品（多产品的范围经济）；③同一建筑企业沿产业链多种经营（联合生产的范围经济），即相关多元化。

建筑企业的范围经济是影响其竞争力的重要因素，范围经济大，表明企业的学习曲线成本低，技术全面，管理能力增强，从而提升企业的竞争力。建筑企业的变迁路径是范围经济的表现。建筑企业市场经营必须研究企业所处的市场构成，才能根据自己的资源情况和竞争对手的情况，合理确定自己的经营战略布局。

2. 市场份额取决于核心客户

建筑市场的经营规律符合"20/80 定律"。"20/80 定律"又称帕累托定律、最省力法则、不平衡原则等，源于 1897 年意大利经济学家帕累托观察英国人的财富和收益模式所得到的结果。帕累托在他从事经济学研究时，偶然注意到 19 世纪英国人财富和收益模式。在调查和取样中，发现某一族群占总人口数的百分比，和该族群所享有的总收入或财富之间，有一项趋于一致的数学关系，经过研究，他归纳出这样一个结果，即如果 20％的人口享有 80％的财富，财富在人口的分配中是不平衡的，因此，80/20 成了这种不平衡关系的简称，不管数据是不是恰好 80/20。

在建筑市场中，80/20 定律的体现是非常明显的，在投入和产出、努力和报酬方面存在不平衡的因果关系：20％的产品和 20％的客户，涵盖了约

80％的营业额；20％的产品和顾客，通常占该企业 80％的获利。

在一个由不同行业、产业链不同位置、空间不同地域组成的立体体系中，筛选出自己的目标市场，发现核心客户，掌握重点客户，是取得高市场份额的快速通道和必由之路。那些事半功倍的企业，就是发现了这 20％的核心客户，并把 80％的精力专注于这些核心客户身上，快速占有了较大的市场份额。

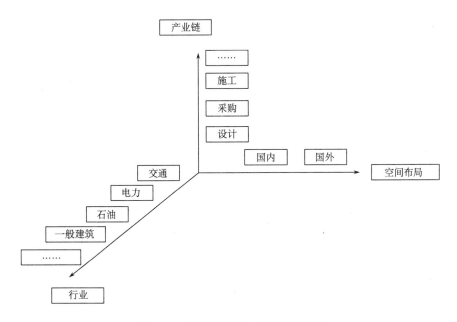

图 5-1　建筑业市场构成分析示意图

而许多企业扩张路径不明确，只一味追求合同额和产值规模扩张，平均分配力量，有项目就追逐，表现为游击队式的扩张模式：不管地域，不管类别，不论业主，不论规模，揽到一项算一项。由于资源配置没有规划、没有重点，力量平均分配到 80％的非核心客户身上，揽到顾不过来，也不了解建筑业连锁店式的生产本质，于是就采取以包代管的生产方式：揽到工程就找下家，转手包出去，生产问题由下家解决。采用提点式的价值创造方式：对于工程效益不作核算，抽几个点的管理费对上交代，成本由分包差决定。过于关注市场份额的增加和规模的扩张，结果是规模一时做大了，但由于随之而来的巨大的管理费用、博弈费用的增加，总的合同额和产值在不断增加，企业单位利润却在下降。于是，企业只有进一步扩张规模、增加基数，以增加总收益，从而走上了恶性循环的道路。

在低价放量模式下，要实现可控的、有价值的规模扩张，企业必须根据自己的实力、目标、特长，寻找到目前能容纳得下、今后足够自己扩展、实力雄厚、信誉良好的客户作为自己的实力客户，进行重点管理。改造自己的文化、能力、资源与核心客户接轨，提升自己的质量标准和服务范围以满足核心客户的要求，为客户创造更多的价值以提高竞争力扩大市场份额。这样的扩张才是有目标的、能够提升企业价值的、可持续发展的。例如，中国铁建的主要目标市场就是铁路市场，核心客户就是铁道部和各铁路局，重点客户就是其中对自己已经接纳并且有大规模发展空间的铁路局。

核心客户是所有竞争对手都渴望得到的，竞争必然更加激烈、门槛更高，但是正是这种在技术、产品、服务、客户价值贡献等方面的高要求，把大批低级竞争者挡在了门外，使这种竞争是除了低价格之外有其他内涵的竞争，是需要企业能力的竞争，是能够为企业创造价值的竞争。

3. 扩张速度取决于重复购买

有效率的扩张速度取决于重复购买的比例，原因有以下四个方面：

（1）滚动发展是现有项目资源在项目实施过程中所获得的正的外部性收益，在生产过程中，维系好关系资源，关注后续项目的进展并适时介入。相比专门经营人员筛选信息、了解情况、取得联系、增进互信、获取投标资格前去投标，滚动发展要有效、稳妥得多。正是这种经营路径的缩短使经营效率更高，双方更充分的信息使成功率更高，从而实现更快的扩张速度。事实证明也是如此，市场占有率较高的企业都是重复购买比重最大的企业。

（2）根据威廉姆森的交易成本经济学理论，影响交易成本水平和特征的因素有三个：资产专用性、不确定性和频率。当业主与承包商之间是一种长期的多次的交易，对履约能力、诚信等因素获取的信息相对充分，对于这方面的不确定因素降低；并且，对于共同解决其他不确定因素的合作态度也更了解，降低了交易中的搜寻、转换成本。显然，保持一个客户所需的投入要小于去发展一个新客户，并且，重复次数越多，均摊下来的投入越少。

（3）从博弈论的角度来看，在业主与承包商的重复交易中，由于信息相对充足，必然存在着信任机制，即各方的长期合作带来的收益会诱使合作双方自觉地采用彼此信任、相互协作的态度，而不会追求任何短期的机会主义行为所得而破坏参与方之间的信任机制。这种信任机制的存在，会使博弈双方理性选择合作而非对抗，在相互信任的基础上做到资源共享、优势互补、风险共担，达到"双赢"。当双方都希望形成多次交易关系时，交易参与人最好的选择就是诚实履行契约，降低机会主义行为。

（4）对业主而言，由于招标产生的交易费用包括搜索承包商信息的费用、招标费用、合同谈判费用、管理费用、监督费用、变更费用、争议仲裁/诉讼费用等，当交易多次进行时，可将为交易构造的专门治理结构费用分摊到多次交易中。承包商在重复购买中节省的费用一部分是来自业主所节省交易费用的分享。

关键客户、滚动发展是传统商业模式下企业规模扩张增长的关键因素，能抓住这两条，企业就可以实现更大、更快的市场份额增长。

四、低价放量模式的适用条件和决定因素

低价放量式扩张的最重要的适用条件就是全社会基建规模的总量要保持增长趋势。如果总的基建规模没有一定的增长速度，甚至收缩，企业间的竞争就成为零和游戏，所有企业的增长都将被遏制。增长被遏制，更惨烈的竞争使价格不可能提高，企业就要步入严冬。所以，这种增长方式与宏观经济波动强相关。中国经济已经经历了 30 年的连续快速增长，基建规模年年强势增长，使低价放量模式畅通无阻，使有关粗放式经营的理论解释黯然失色，再差的企业也没有倒闭，并且还在增长。但是，在这种内在规律支配

下，企业沿着这条路径发展下去，冬天总会到来的。1985 年，保罗·萨缪尔森在一篇演讲中形象地说："树木不会一直长上天，每个康德拉季耶夫长波都有它的折退点。"

低价是一种明显而直接的竞争方式，是许多竞争对手都可以学习和模仿的，因此不具备独特性。从长远来看，随着收入的提高，人们对质量和服务的要求将会越来越高，对价格的关注度也将越来越小，低价对顾客吸引力将会日益降低，也就无法创造长远的价值，因此不具备忠诚性和价值性。规模虽然是连锁超市发展的基础，但是，连锁店式的规模的扩大也不具有独特性。因此，这种模式不是一种可持续发展模式。

低价放量模式的核心能力就是市场经营能力和现场项目管理能力。市场经营能力所需要的关键资源为核心客户关系资源；现场项目管理能力所需要的关键资源为人力资源、企业隐形知识和组织文化。

在竞争战略上进行正确定位：根据波特的竞争战略理论，企业竞争战略可分为成本领先、差异化和目标聚集三大战略。在建筑业作一个深层的诠释，就是成本领先、发展差异、目标聚集于重点客户实施滚动发展。

■ 第三节　通过价值链拓展提升企业价值

低价放量模式是中国建筑企业创造企业价值的传统方式，是一种原始的低层次方式，企业的能力并没有发生质的改变，企业没能够在 30 年的持续增长中实现升级与转型，并且作为一种投资依托型方式，正如保罗·萨缪尔森所说"树木不会一直长上天，每个康德拉季耶夫长波都有它的折退点"，是不可持续的。

那么，作为一个建筑企业，还能从哪里创造企业价值？顺着价值创造这条思路，我们首先要发现价值。

一、建筑业具有明显价值链不均匀分配的特征

产业链是产业经济学中的一个概念，是各个产业内部依据特定的逻辑关

系和时空布局关系客观形成的链条式关联关系形态。产业链的形成首先是由社会分工引起的，在交易机制的作用下不断引起产业链组织的深化。产业链是一个包含价值链、企业链、供需链和空间链四个维度的概念。较多的学者是从企业链、供需链的角度来研究产业链，本书从价值链的角度对建筑产业链进行分析：从整个建筑产业链条来说，附加值不是均匀分配的，在建筑产品的生产和流通过程中，产业价值链的价值增加呈现一个"U"字形，在这个曲线上，一头是项目规划、设计，另一头是销售、服务，中间附加值最低处是施工生产。

在价值链的高端是以资信、专利技术和综合管理能力为核心竞争力的项目管理企业，价值链向下，知识、资金和管理服务能力逐步降低，直至提供纯粹施工业务的企业，相应建筑利润的空间也从价值链自上而下呈下降趋势，从而形成了建筑企业价值的微笑曲线（Smiling Curve），如图 5-2 所示。

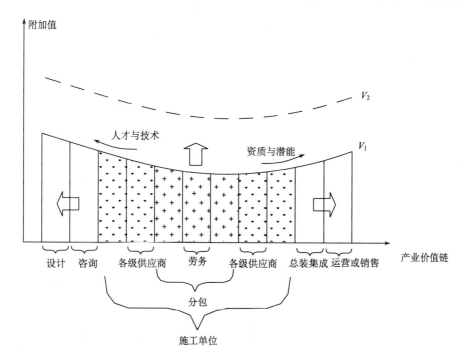

图 5-2　建筑业价值微笑曲线

注：目前施工企业模式为挖潜增效，V_1 为目前价值链，V_2 为目标价值链

在这条 U 形曲线上，一端是高技术含量作业、高资本投入作业，另一端是装配、集成项目，中间是一般施工作业项目。传统建筑企业，即"施工单位"长期定位在价值最低的生产环节，这个环节的特征就是附加值低、竞争惨烈、作业条件恶劣、安全风险高。

作为前端的设计、咨询业务具有智力密集型的特征，附加值远远高于生产作业环节，拿中国铁建来说，一个工程局约 1.2 万人，平均产值 100 亿/年，平均银行贷款额在 10 亿元左右；一个设计院约 6000 人，平均存款额约在 20 亿元，收益率差别是巨大的。作为后端的总装集成、运营或销售业务，同样处于附加值的高端。在产业中一般制造或代工是低附加值，掌握了关键技术及关键零组件是高附加值。产品整合性服务，因为结合了许多的附加值而变成另一高附加价值的区块。

总体来看我国建筑产业的利润率是非常低的，这主要由于我国建筑企业的利润来源大都来自竞争激烈而利润微薄的建筑施工环节，对现在建筑承包价值链条向施工前端和后端转移的趋势把握不好，对具有高附加值的融资承包模式如 BOT、PPP、EPC 等很少涉及。

中国建筑企业即使利用人力资源优势、严格管理手段在生产作业这个环节取得了一定竞争优势，但是在整个价值链的竞争上处于劣势，这就是中国企业国际竞争地位不高的基本原因。因为从本质上来讲，建筑市场的竞争已经成为产业链的竞争，而不仅仅是企业的竞争，如果不能认识到这一点，不管怎样努力地做，差距只会越来越大，企业价值无法提升，企业也无法取得竞争优势。

有人总结说：决策者的任务就是做对的事，执行者的任务就是把事做对。企业经营中最大的悲哀莫过于很认真地下工夫在做一件与目标不相关的事情。新的价值创造模式在哪里？经过这么多年的挖掘，一定不可能从现有商业模式的内部范畴演绎推理出来，一定存在于现有模式的外部。我们许多勤奋的企业家，为了创造更多的价值，"苦练内功、夯实基础"，一次经营认为还不能把油水拧干拧净，又通过二、三次经营工作流程，进一步挖潜增效。作为集约化管理的一种表现形式，无疑应该这样去做，但这只是战术层次的一个价值创造方法，是车间价值管理层面的内容。在企业战略层次，应该从更高的视角，从既有商业模式之外，从产业链的范畴发现新的价值创造方式，也就是必须敏锐地感知到传统建筑产业内涵的变化，从市场中自主运营的企业这一层面进行价值管理。

我国建筑企业的成长路径应该是：从附加值最低的施工作业环节入手，发挥低成本优势，稳步地边干边学，积累经验，积累资源，有规划地向高端链条攀升，企业才能发生质的变化，真正做强做大。尤其对于我国建筑企业起步较低的情况，增速将快于发达国家的企业，最后达到趋同，形成可竞争能力。而我们目前的状况是：基于以产值规模评价的"考核引导型"路径依赖，和现有法律不支持多层次分包的"规则驱动型"路径依赖，把建筑企业的发展锁定在传统施工作业产业链上，促使更多公司更多地采取占主导地位的传统模式而不是其他模式，使现有模式在环境和条件的变化中得到维持和存续。

二、调整企业活动价值域提升企业价值

在挖潜增效这一旧的商业模式下，价值空间来自成本压缩，主要是一种下压式的价值创造方式（图5-3）。管理者会在产品定价、市场扩充、成本控制上下工夫。这些正常的思维恰恰是阻止企业价值提升的症结所在，在这种思维理念下，许多企业掉进低价放量的陷阱而使企业价值长期不能提升。企业规模在不断增长，但创造的是交易，而不是价值。

技术成熟、进入门槛低，普遍化的技术，使建筑业的施工作业成为产业链条上最廉价的"微利"经济活动。为了克服低附加价值的压力，企业价值提升的方向应该是向产业发展高附加价值区块来移动，而不应该把所有精力放在挖空心思在原地下压成本以获得收益空间。

在新的商业模式（图5-4）中，管理者会在企业战略、人力资源、生产方式和顾客需求上下工夫，从新的视角去创造企业价值。调整后的建筑企业价值模式是一种向上提升的价值创造方式。

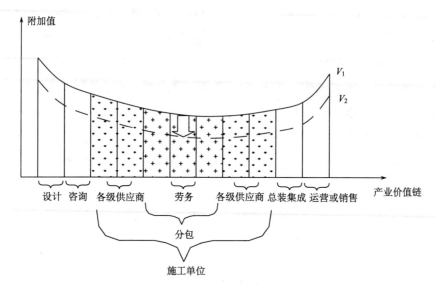

图 5-3　传统理念下的建筑业价值微笑曲线

注：目前施工企业模式为挖潜增效，V_1 为目前价值链，V_2 为目标价值链

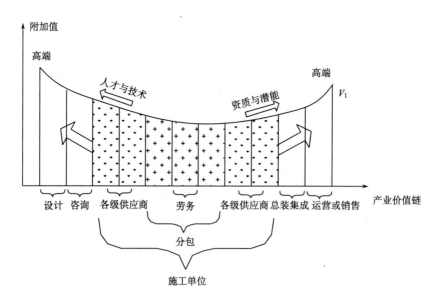

图 5-4　升级后的建筑业价值模式选择

注：价值选择模式（V_1 为目前价值链）

辛德和艾伯伦（Snyder and Ebeling，1992）指出，为了使"核心竞争力"更易理解，可以用"关键的价值附加活动"（key value-added activity）一词取而代之，公司的理想是将资源集中用于能提供高附加值及竞争优势的活动中。公司要创造能够获得并保持竞争优势的价值，就必须去寻找最有价值的核心能力，去发现怎样运用这些能力获得最大价值的方式。一个有自主经营权的企业在一个开放的市场环境中，应积极寻求价值链上的重新定位，应主动寻求不断地向上提升，而不是原地横向扩张。

在产业中一般制造或代工是低附加价值环节，掌握了关键技术及关键零组件是高附加价值环节。产品整合性的服务，因为结合了许多的附加价值而变成另一高附加价值的区块。施工总承包企业处于建筑产业下游，是最终产品的完成者，其产品的技术水平、质量、覆盖范围和附加值适中。

这里必须强调的是，价值域的选择要讲条件，一定要研究分析，本公司的特色是什么，本公司的优势是什么，本公司有没有核心技术、有没有核心竞争力，本公司能不能在市场上走出一条差异性的发展道路，在这些条件下，企业的发展方向是什么？否则，将误导所有企业向两端发展，选择附加值更高的价值域。

以中国建筑业产业为例，20世纪90年代以前，由于整个建筑产业政策管制严格，资质审批困难，所以高资质企业供给有限，成为稀缺资源，有资质就可以赚钱。于是"合作"、"挂靠"等经营方式方法产生，其实质都是收取"资质租"，资质等级越高，则越是处于价值域的高端。20世纪90年代，随着建筑产业不断发展，高资质企业很快增加，竞争加剧，面对激烈的市场竞争，最低报价的承包商就会获得竞争优势。因此，由于生产中技术难度不大，产业进入壁垒相对不高，参与竞争的企业变化频繁。在建筑产业这一阶段，价格战是竞争的主题，成本管理能力是企业的核心竞争力。2000年以后，一大批国际领先的建筑产品纷纷开工，产品需求的技术含量提高，依靠成本所能够获得的竞争优势逐渐衰弱，技术和业绩上的差异成为各承包商竞争的焦点。目前，随着建筑产业的快速发展，一大批所谓的新技术已经成熟和定型，得到普遍推广，一般作业层面的竞争优势荡然无存。既然施工作业环节不再是竞争优势的来源，那么依据产业链条的方向，就要分别向上、向下寻找竞争优势的来源。因此，提高业主效用、缩短工期的能力，提供完整建筑产品的能力，一些复杂项目前沿工艺技术的学习能力，对超大项目的集成管理能力，组成了不同企业的竞争优势。比较典型的方式之一就是设计—建造方式（design-build method），该模式就是指在项目原则确定后，业主只选定唯一的实体负责项目的设计与施工。

从中国建筑产业的竞争演变过程可以证明：建筑企业的竞争优势主要来源于产业中非劳动密集型的环节，把握产业发展的不同阶段所具有的不同非劳动密集型环节，将有助于企业打造自己的竞争优势。企业专注于附加值高的价值域，创造的财富就多，投资回报就大，对企业竞争力提升贡献也大。

经过 30 年持续的低价放量式增长，虽然企业价值创造的能力没有发生质的改变，但是，连续、稳定的积累和变化，大批量项目的实施完成，为企业积累了人力资本和管理经验，为新商业模式的转换提供了条件。但是，历史不是采用直线式的方式发展的，新商业模式的转换并不是自然演化、水到渠成发生的，同样背景、文化和资本的企业，会做出不同的抉择，会产生不同的命运和结果。而该做出这种决策的最佳时机不是一切结果明朗之后，而是之前，在不得不做出决定的时候必须做出决定，这将使决策者承担风险。国有企业的领导人一届任期一般为 4～5 年，做出这样根本性的转型和提升是有选择困难的，求稳才是理性选择，于是，按照"路径依赖效应"，沿着既定的路径，企业被"锁定"在低价放量模式上原地扩张，最多是搞一些小范围的尝试，而这种尝试由于投入的不是最优资源，往往难以见到积极效果，最后不了了之。

■第四节　提供完整产品实现企业提升价值和经营转型

如果说低价放量模式是第一层次的价值创造方式，微笑曲线上价值链拓展就是建筑企业第二层次的价值提升模式，使建筑企业的活动由劳动密集型向管理密集型转变。本书提出"完整建筑产品"的概念，对建筑产品进行重新认识，提供完整建筑产品是对建筑企业商业模式的再升级，是建筑企业第三层次的价值提升方式，它实现了建筑企业向资金密集型的延伸。

一、完整建筑产品的定义

一般国际上流行将项目划分为两个阶段，即前期阶段和实施阶段。项目前期阶段的任务包括：项目建设方案的比选，项目风险的优化，审查设计文件，完成政府各环节审批，提出进口设备、材料清单及其供应商，完成项目投资估算，编制招标文件，进行资格预审，完成招标、评标等。在传统的分工中，前期工作由业主组织，主要由设计院和咨询公司实施完成。项目实施阶段，主要是由中标的承包商负责施工建成，业主在这个阶段里负责项目的全部管理协调工作。主要工作包括：合同管理，协调技术条件，确保各承包商之间的一致性和互动性；采购管理；施工管理及协调；组织验收，组织试运营等。实施阶段，由业主组织，由多个施工承包商及设备供应商、联调联试总集成承包商等实施完成。长期以来，建筑企业提供的产品或服务只是以上两阶段中的一部分内容，换言之，传统的建筑产品只是完整建筑产品的一部分。

为了本书研究的需要，我在这里提出完整产品的概念，完整建筑产品的生产是将建设活动的各环节集成化，形成一体化生产经营的格局，集融资、设计、施工和交付运营于一体的综合性承包形式。简而言之，完整的建筑产品就是"交钥匙"工程。

传统建筑企业只是完成了产品的一个部分，提供完整建筑产品的生产企业必然是一种智力、技术、资金密集型的大型企业集团。由于生产完整建筑产品的企业集团是纵向一体化结构，其内部各环节的交易费用低于外部市场的交易费用，从而更合理的配置资源，消化个别环节的生产成本上涨因素，降低总的生产成本，节省时间。

二、完整建筑产品的形式

目前建筑市场需求中出现的完整产品主要形式有：

（1）一般民用建筑项目的业主，从降低造价、提高工程质量和提高工程的确定性出发，要求承包商担负更大的责任，因而在项目建设服务需求上，逐步由传统的设计施工向分割发包模式转向。①该模式由承包商为业主提供包括项目可行性研究、融资、土地购买、设计、施工直到竣工移交给业主的全套服务，即交钥匙方式（turn key method）；②承包商负责设计、建造的 DB（design＋build）方式；③承包商负责项目决策阶段策划和管理的 D＋D＋B（develop＋design＋build）方式；④承包商负责设计、施工和物业管理的 D＋B＋FM（design＋build＋facility management）方式。

（2）对一般工业项目的业主，由于业主更加关注在最短时间内使业主获得所希望的投资回报率总承包方式（engineering-procure-ment-construction，EPC）更加流行。该模式于 20 世纪 80 年代首先在美国出现，得到了那些希望尽早确定投资总额和建设周期的业主的重视，在国际工程承包市场中的应用逐渐扩大。FIDIC 于 1999 年编制了标准的 EPC 合同条件，这有利于 EPC 模式的推广应用。EPC 模式特别强调适用于工厂、发电厂、石油开发和基础设施等工程。传统承包模式中，材料与工程设备通常是由项目总承包单位采购，但业主可保留对部分重要工程设备和特殊材料的采购权。EPC 模式在名称上突出了采购，材料和工程设备的采购完全由 EPC 承包单位负责。在国际工程承包中，固定总价合同仅用于规模小、工期短的工程，而 EPC 模式所适用的工程一般规模均较大，工期较长，具有相当的技术复杂性，且增加了承包商的风险。

（3）出于管理的需要，业主要求工程咨询管理公司负责建设项目前期决策阶段和项目实施阶段全部管理工作的 PM（program management）方式越来越多。受业主需求影响，PM 方式在国外承包商的营业额中所占比例愈来愈高，以德国的霍克蒂夫公司为例，2003 年该公司国外的 PM 营业额达到

1.48 亿美元。

聘请管理承包商模式，即 PMC（project management contractor）方式，由业主聘请管理承包商作为业主代表或者业主的延伸，对项目进行管理。目前 PMC 项目管理模式对国际上一些知名工程公司来说已经不是什么新东西。

（4）出于融资需要的"建造—运营—移交"（build-operate-transfer，BOT）方式。BOT 方式是 20 世纪 80 年代在国外兴起的一种将政府基础设施建设项目依靠私人资本的一种融资、建造的项目管理方式，或者说是基础设施国有项目民营化。政府开放本国基础设施建设和运营市场，授权项目公司负责筹资和组织建设，建成后负责运营及偿还贷款，协议期满后，再无偿移交给政府。在标准的 BOT 方式中，私人财团或国外财团自己融资来设计、建设基础设施项目。项目开发商根据事先约定，经营一段时间以收回投资。经营期满项目所有权或经营权将被转让给东道国政府。BOT 融资模式的基本思路是：由政府或所属机构对项目的建设和经营提供一种特许权协议（concession agreement）作为项目融资的基础。由本国公司或者外国公司作为项目的投资者和经营者安排融资，承担风险，开发建设项目，并在有限的时间内经营项目获取商业利润，最后根据协议将该项目转让给相应的政府机构。有时 BOT 模式被称为"暂时私有化"（tempo-rary privatization）过程。

"融资＋建造＋占有＋运行＋移交"模式，简称 BOOT，是私人合伙或某国际财团融资建设基础产业项目，项目建成后，在规定的期限内拥有所有权并进行经营，期满后将项目移交给政府。这种模式是 BOT 模式的扩展，在运行程序上基本与 BOT 模式类似，BOOT 和 BOT 模式的区别在于，在 BOOT 模式下，项目公司不仅拥有项目的经营权，而且还拥有一定期限的项目所有权，因此，在特许期内，项目公司可以将现有项目作为其自有资产抵押从而进行二次融资。一般来说，采用 BOOT 模式，项目公司对项目的拥有和运营时间比 BOT 模式要长很多。

建筑交易方式的变化是由业主服务需求的变化决定的，对于建筑业企业来讲即是建筑承包内容和运作方式。对于我国建筑业企业来讲，这种交易方式或承包方式的变化不仅要求进行观念或管理思想的转变，更重要的在于充分认识长期以来只习惯于进行施工承包，并长期按照这种模式配置和培育企业的资源，充分认识适应新的交易方式进行企业内部资源结构调整的重要性。这个过程将是一个长期和艰苦的过程，但要适应未来的市场就必须面对这种变化，尤其是对有志于在未来建筑市场金字塔格局中高端发展的企业，更需要加快适应新的交易方式进程，因为这些新的交易方式将是未来建筑市场金字塔中高端市场最为通用的交易方式。预期将会有越来越多的承包商介入建筑物的整个生命周期，从立项、制定项目大纲、融资、采购、设计、建设、运营、使用、评估，直到改造和拆除，这种变革趋势将对中国建筑业的基本构成和活动范围产生深远的影响。

第五节　中国建筑企业价值提升驱动因素分析

前四节分析了建筑企业价值提升的三个层次的商业模式，要想实现价值提升，一是要寻找出各种模式下价值创造的方式或途径；二是要寻找出决定该方式作用的决定因素。通过对前三节分析结果的整理，我们可以得出如表5-1 所示的结果。

表 5-1　企业价值提升分析方法与驱动因素分析表

企业价值提升商业模式	价值创造方式	驱动因素
传统低价放量模式	市场：连锁店式扩张	核心客户关系资源 滚动发展/新市场拓展
传统低价放量模式	现场：项目管理	供应链，人力资源 技术、管理复制能力
价值链延伸模式	价值域重新定位	智力资本 学习能力
完整产品模式	生产完整产品	金融资本 投、融资能力 产品开发能力

随着国际建筑承包市场特征的变化，这种集中的趋势会进一步加大，大型国际建筑总承包商的地位还将不断提高。第一，国际工程承包市场是不完全竞争的市场，少数大公司在国际工程承包市场上的优势明显，资金实力、技术和管理水平远远高于发展中国家的企业，在技术资本密集型项目上形成垄断。游离于总承包商之外的建筑企业一般只能涉足劳动密集程度较高、市场竞争激烈的国际工程建筑，居于整个产业链条的低端位置，或者只能充当国际建筑总承包商的配套角色。第二，随着建筑技术的提高和项目管理的日益完善，国际建筑工程的发包方越来越注意承包商能否提供更为广泛服务的能力和实力，以往的对工程某个环节的单一承包方式被越来越多的综合承包所取代，"管理—采购—施工"合同成为大型项目的发展方向。对于公路、水利等大型公共工程项目，BOT、BOOT 等新的国际工程承包方式也因其资金和收益方面的特征，越来越吸引发包人和承包人的兴趣，成为国际工程承包中一种新的方式。国际承包方式的这种新变化使总承包商在建筑市场中的竞争地位不断提高。第三，与世界经济全球化相联系，国际工程承包发展的另一个趋势是投资作用的加强。一方面，在海外投资有利于经营国际承包业务的公司渗透到当地市场，承揽当地未在国际市场公开招标的项目；另一方面，在竞争日益激烈的国际市场，尤其是在国内资金短缺的发展中国家，资金实力成为影响企业竞争力的重要因素，带资承包成为时尚。同国际工程承包中的其他投资主体，如政府援助和国际组织援助相比，企业投资的定向性最强，与所要承揽的工程紧密相连。在进行国际工程承包招标和投标的过程中，往往规定企业提供一部分自有资金，因而垫付资金的多少成为发包商决策的重要依据。发包商经常将工程包给那些报价较高但垫付资金较多的公司。这种情况下，具备较强资金融通能力的建筑承包商就有了相对的比较优势。第四，工程承包项目包括了勘测、设计、投标、施工等多个环节，从签订合约到最后交付使用，历时数年，其间风险因素较多。同一般的建筑工程承包企业相比，总承包商除了具备很强的资金融通能力外，还可以通过建筑工程的二次发包来分散风险，增强应对各种风险因素的能力。

根据本章分析，可以归纳得出以下结论：

（1）企业价值提升的关键决定因素在于企业战略研究，一个没有向上提升战略的企业，可能几十年如一日孜孜不倦地原地横向扩张，创造了一系列的交易，企业却没有改变，企业的能力没有改变，企业创造价值的能力没有改变，企业没有实现真正的成长、发展。

（2）传统低价放量模式的一个基本条件是全社会的基本建设投资要有一个稳定的增长量，一旦出现宏观经济波动，这种模式就无法继续进行，不是一种可持续发展模式。

（3）价值链延伸模式是一种由劳动密集型向智力密集型的提升，人力资本将取代缺少技能专长的普通劳动力，成为价值提升的关键因素。

（4）完整建筑产品的提供是企业向投资领域介入的转型，完整建筑产品的提供还可以抵御宏观经济波动对企业的冲击。

第六章

中国建筑企业的价值评价模型构建

本书第四章基于建筑企业的价值模型，提出了"典型建筑企业价值评估要素图"和"建筑企业价值驱动因素分析框架"，上述研究是从经济学角度对我国建筑企业的价值构成进行分析，本章的研究目的是应用经济学原理融合管理学的方法论构建中国建筑企业价值评价模型，对第四章、第五章通过经济学研究得出的结论进行验证和评价。

第一节　建筑企业价值评价的方法和模式选择

一、适用评价方法评析

（一）层次分析法

1. 层次分析法简介

层次分析法（the analytic hierarchy process，AHP）是美国著名的运筹

学家 Satty 等在 20 世纪 70 年代提出的一种定性与定量结合的多准则决策方法。它是将决策问题的有关元素分解成目标、准则、方案等层次，在此基础上进行定性分析和定量分析的一种决策方法。它把人的思维过程层次化、数量化，并用数学方法为分析、决策、预报或控制等提供定量的依据。

2. 层次分析法的模型建立步骤

层次分析法的模型建立步骤主要有：

（1）构造层次分析结构。应用层次分析法分析问题首先要把问题条理化、层次化、构造出一个层次分析结构模型。层次分析模型一般可以分为目标层、准则层和方案层。

（2）构造判断矩阵。建立层次分析模型后，就可以在各层元素中进行两两比较，构造出比较判断矩阵。一般来说，判断矩阵应由熟悉问题的专家独立给出。

（3）层次单排序及其一致性检验。

（4）层次总排序及其一致性检验。计算各层元素对系统目标的合成权重，进行总排序，以确定结构图中最低层各个元素在总目标中的重要程度。这一过程是从最高层次到最低层次逐层进行的。

（5）根据分析计算的结果，考虑相应的决策。

3. 对层次分析法的评价

层次分析方法的特点是在对复杂决策问题的本质、影响因素及内在关系等进行深入分析后，构建一个层次结构模型，然后利用较少的定量信息，把决策的思维过程数学化，从而为求解多目标、多准则或无结构特性的复杂决策问题提供一种简便的决策方法。尤其适合于人的定性判断起重要作用的、对决策结果难于直接准确计量的场合。用层次分析法进行决策，输入的信息主要是决策者的选择与判断，决策过程充分反映了决策者对决策问题的认识，在大多数情况下，决策者可以直接使用 AHP 进行决策，这就增加了决策的有效性。但是，在 AHP 的使用过程中，无论建立层次结构还是构造判断矩阵，人的主观判断、选择、偏好结果的影响极大，判断失误就可能导致决策失误。这就使得用 AHP 进行决策主观成分很大。当决策者的判断过多地受其主观偏好影响而产生某种对客观规律的歪曲时，AHP 的结果显然就靠不住了。此外，当遇到因素众多、规模较大的问题时，该方法容易出现问题。它要求评价者对问题的本质、包含要素及其相互之间的逻辑关系掌握得十分透彻。层次分析法应用主要针对方案基本确定的决策问题，一般仅用于方案的优选。

（二）模糊综合评判法[①]

1. 模糊综合评价简介

模糊性是指某些事物或概念的边界不清楚，这种边界不清楚不是由于人的主观认识达不到客观实际造成的，而是事物的一种客观属性，是事物差异之间存在着中间过渡过程的结果。客观世界中存在大量的模糊概念和模糊现象，人们在处理这些复杂问题时就需要进行模糊识别与判断。模糊数学就是利用数学工具解决模糊事物方面的问题。模糊综合评价是借助模糊数学的一些概念对实际问题的综合评价问题提供一些评价方法。它以模糊数学为基础，应用模糊关系合成的原理，将一些边界不清、不易定量的因素定量化，从多个因素对被评价事物隶属等级状况进行综合性评价的一种方法。

2. 模糊综合评价的模型建立步骤

模糊综合评价的模型建立步骤主要有：

（1）给出备择的对象集；

（2）找出因素集（或称指标集），表明对被评判事物从哪些方面来进行评判描述；

---

① 本部分综述参考了王宗军（1998）对各种综合评价方法的研究。

（3）找出等级集，等级集是对被评判事物变化区间的一个划分；

（4）确定评判矩阵；

（5）确定权数向量；

（6）选择适当的合成算法，常用的有两种算法，即加权平均型、主因素突出型，两种算法总的来说大同小异，实际应用中根据现实问题的性质来决定算法的选择；

（7）计算评判指标。

3. 对模糊综合评判法的评价

模糊评判法是利用模糊关系合成原理，从多个因素对评价事物隶属等级状况进行综合评判的一种方法。模糊评判法不仅可以对评价对象按综合分值的大小进行评价和排序，而且还可以根据模糊评价集上的值按最大隶属度原则去评价对象所属的等级，结果包含的信息量丰富，克服了传统数学方法结果单一性的缺陷。模糊评判法最大的优点就是可以对涉及模糊因素的对象系统进行综合评判，模糊评判法的不足之处是它不能解决评价指标之间相关造成的评价信息重复问题，隶属函数的确定还没有系统的方法，而且合成的算法也有待进一步探讨。评价过程大量应用了人的主观判断，总的来说是一种基于主观信息的综合评价方法。

（三）人工神经网络评价法

1. 人工神经网络评价法简介

在利用数学模型求解问题时，当因素发生变化，无论采用层次分析法还是模糊理论方法，求得的最佳解都会产生较大误差。因此，只有对各种因素重新分析，重新建立模型。这样就存在大量的重复工作，而且以前的一些经验性知识得不到充分的利用。为了解决这样的问题，一种新的方法被提出，它模拟人的大脑神经网络工作原理，建立能够"学习"的模型，并将经验性知识充分积累和应用，从而使求出的最佳解与实际值之间的误差最小化。这种方法通常被称为人工神经网络。

2. 人工神经网络评价法的模型建立步骤

人工神经网络评价法的模型建立步骤主要有：

（1）确定评价指标集；

（2）确定神经网络的层数，一般采用具有一个输入层、一个隐含层和一个输出层的三层网络模型结构；

（3）明确评价结果，输出层的节点数为1；

（4）对指标进行标准化处理；

（5）用随机数（一般为0～1的数）初始化网络节点的权值和阈值；

（6）将标准化后的指标样本值输入网络，并给出相应的期望输入；

（7）正向传播，计算各层节点的输出，并计算各层节点的误差；

（8）反向传播，修正权重；

（9）计算误差，当误差小于给定的拟合误差，网络训练结束，否则转到（7），继续训练；

（10）训练后的网络权重就可以用于正式的评价。

3. 对人工神经网络评价法的评价

ANN是一种交互式的评价方法，它可以根据用户期望的输出不断修正指标的权值，直到用户满意为止。基于ANN的评价方法具有自适应能力，可容错性，能够处理非线性、非局域性的大型复杂系统。但是最大的缺点是需要大量的训练样本，精度不高，应用范围是有限的。评价模型的隐含性也是其应用障碍，最终无法得出一个"显式"的评价模型，使得对评价的结果心中无底，不能提供解析表达式，权值不能解释为一种回归系数，也不能用来分析因果关系，目前还不能从理论上或从实际出发来解释ANN权值的含义。而最大的应用障碍是评价算法的复杂性，只能借用计算机进行处理，当前的商品化计算软件还不够成熟。另外，网络的收敛速度慢也极大地影响评价的工作效率。

（四）灰色综合评价法

1. 灰色综合评价法简介

在控制论中用颜色的深浅来形容信息的明确程度。用"黑"表示信息未知，用"白"表示信息完全明确，用"灰"表示部分信息明确、部分信息不明确。相应的信息未知系统称之为黑色系统，信息完全明确地称之为白色系统，信息不完全明确地称之为灰色系统。灰色系统理论主要是利用已知信息来确定系统的未知信息，使系统由灰变白。目前灰色系统理论主要研究：灰色因素的相关分析、灰色建模、灰色预测、灰色决策、灰色系统分析、灰色系统控制、灰色系统优化等。本书研究竞争力评价问题，主要简介灰色关联度分析，也就是基于灰色关联度分析的综合评价方法。它是一种多因素统计分析方法，用灰色关联度来描述因素之间关系的强弱、大小和次序，它的核心就是计算关联度。

2. 灰色综合评价法的模型建立步骤

灰色综合评价法的模型建立步骤主要有：

（1）指标体系的选择和各指标值权重的确定，权重的确定可以采用层次分析法也可以由专家确定；

（2）原始评价数据收集；

（3）构造理想指标值；

（4）指标规范化处理，评判指标间通常有不同的量纲和数量级，故不能直接进行比较，需要将指标值进行规范化处理；

（5）计算指标；

（6）评价分析，根据灰色加权关联度的大小对各评价对象排序，即建立评价对象的关联序，关联度越大的其评价结果就越好。

3. 对灰色综合评价法的评价

灰色综合评价法是一种定性分析和定量分析组合的综合评价方法，这种方法可以较好地解决评价指标难以准确量化和统计的问题，可以排除人为因素带来的影响，使评价结果更加客观准确，整个计算过程简单，通俗易懂，易于为人们掌握；数据不必进行归一化处理，可用原始数据进行直接计算，可靠性强；评价指标体系无需大量样本。缺点是要求样本数据具有时间序列特性。而且该方法只是对评价对象的优劣做出鉴别，并不反映绝对水平。应用灰色综合评价法时权重的分配也是关键问题，直接影响最终评价结果。

（五）数据包络分析法

1. 数据包络分析法简介

数据包络分析（data envelopment analysis，DEA）是著名运筹学家Charnes 和 Copper 等学者以"相对效率"概念为基础，根据多指标投入和多指标产出对相同类型单位进行相对有效性或效益评价的一种新的系统分析方法，它是处理多目标决策问题的好方法。

一个经济系统或生产过程可以被看成一个单元，这个单元在一定可能范围内通过投入一定数量的生产要素产出一定数量的"产品"。从投入到产出需要经过一系列决策才能实现，所以称这样的单元为决策单元（decision making units，DMU）。所谓同类 DMU 是指具有相同的目标和任务、具有相同的外部环境、相同的输入输出指标等特征的 DMU 集合。DMU 的相对有效性，即 DMU 的优劣被称为 DEA 有效。

2. 数据包络分析法的模型建立步骤

数据包络分析法的模型建立步骤主要有：
（1）明确评价目标；

（2）选择 DMU；

（3）建立指标体系；

（4）收集、整理数据资料；

（5）选择 DEA 模型；

（6）进行相对有效性评价，并在评价结果基础上进行分析工作，并形成评价报告。

3. 对数据包络分析法的评价

DEA 法的一个直接和重要的应用就是根据输入、输出数据对同类型部门、单位（决策单元）进行相对有效性与效益方面的评价。其特点是完全基于指标数据的客观信息进行评价，剔除了人为因素带来的误差。它的优点是可以评价多输入多输出的大系统，并可用"窗口"技术找出单元薄弱环节加以改进。这主要体现在：DEA 法以决策单元各输入输出的权重为变量，从最有利于决策单元的角度进行评价，从而避免确定各指标在优先意义下的权重；假定每个输入都关联到一个或多个输出，而且每个输入输出之间确实存在某种关系，使用 DEA 方法不必确定这种关系的显示表达式。DEA 最突出的优点是无需任何权重的假设，每一输入输出的权重不是根据评价者的主观认定，而是由决策单元的实际数据求得。因此 DEA 法排除了很多主观因素，具有很强的客观性。DEA 法的缺点是只表明单元的相对发展指标，无法表示出实际发展水平。

（六）各种评价方法的综合评价

综合上述五种方法的优缺点，结合本书研究对象建筑企业价值动因的数据特点，本书选取人工神经网络评价方法来对建筑企业的价值体现 EVA 进行评价，具体评价思路和模型如下文所示。

二、适用的评价模型：平衡计分卡和 EVA

（一）平衡记分卡：已被接受的管理工具

平衡计分卡四个维度的指标并不是相互独立的，而是一条描述企业战略的因果关系链，展示了业绩和业绩动因之间的关系，如图 6-1 所示。

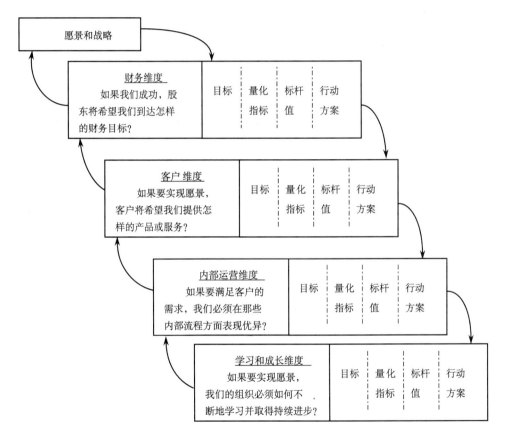

图 6-1　平衡计分卡如何定义战略的因果关系

平衡计分卡之所以能够成为连接企业战略价值创造和关键绩效指标的工具，主要在于它所体现的平衡理念，包括财务指标与非财务指标、长期目标与短期目标、结果性指标与驱动性指标、企业外部群体与内部群体、领先指标与滞后指标之间的平衡。

长期目标与短期目标的平衡是这样实现的：首先企业的长期战略目标通过平衡计分卡四个维度的内在因果关系，被分解为一系列更为具体目标，然后对于每个具体目标，又依据从选取衡量指标、到确定目标值、再到为实现目标而设计的行动方案的逻辑线索，被分解为短期的、具有可操作性的目标。

结果性指标与驱动性指标之间的平衡，同样也是基于平衡计分卡内在因果关系的线索，它促使企业不仅要关注结果性指标的平衡，而且更要关注驱动性指标的平衡。

企业组织内部群体与外部群体的平衡，是指平衡计分卡能够反映出作为外部群体的股东与客户，以及作为内部群体的员工的不同利益需求，从而帮助企业在实施战略的过程中有效地平衡不同群体间可能发生的利益冲突。

（二）战略地图：描述财务与非财务目标共同创造价值

通用的战略地图是从平衡计分卡的四层面模型发展而来的，如图 6-2 所示。战略地图提供了一个描述战略的统一方法，以使目标和指标可以被建立和管理。战略地图也为战略制定和战略执行之间的鸿沟搭起了一座桥梁（卡普兰和诺顿，2005）。

图 6-2 描述的战略地图模板为战略的构成要素及其相互关系提供了一个标准化检查清单。该图也从四个层面多个维度描述了战略的逻辑性，清楚地显示了创造价值的关键内部流程及支持关键流程所需的无形资产。平衡记分卡将战略地图目标转化为指标和目标值，但是指标和目标值不会因为它们被确定而得以实现，因此需要将这些指标和目标值细化为具体的关键目标。

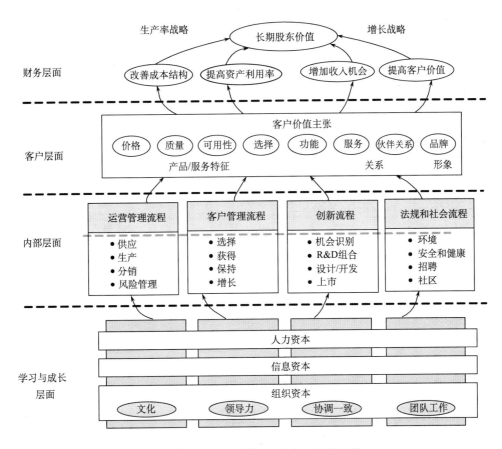

图 6-2①　战略地图说明企业如何创造价值

（三）整合 BSC 和 EVA：战略驱动价值创造

1. BSC 运用于价值创造所存在的问题

目前，基于 BSC 的价值管理研究都只是停留于定性描述上，并没有给出定量化的框架来进行价值创造研究。BSC 指出了管理者需要注意哪些价值驱动因素，但并没有从量上说明这些价值驱动因素发生怎样的变动，这将会影响公司当前和未来的业绩及公司战略的执行，缺乏对定性的价值驱动因素的

---

① 该图来源于卡普兰和诺顿（2005）所著《战略地图：化无形资产为有形成果》一书。

量化及它们在整个指标体系中的权重分配（印猛和李燕萍，2006）。

2. 使用 EVA 衡量公司战略价值存在的问题

管理的最重要目标之一就是为公司创造价值。公司价值管理本质就是整合和运用公司所有的资源，持续地增加公司的市场价值，实现公司价值最大化这一目标。经济增加值（EVA）作为战略管理工具，正是符合公司价值最大化的目标。EVA 是所有成本被扣除后的剩余收入，是对真正"经济利润"的评价，它衡量了企业创造财富的多少。EVA 越高，公司的价值就越高，股东的投资回报也就越高；相反，如果 EVA 的值为负，则表示股东的财富在减少。

EVA 的价值观念也有其局限性，它过分强调现实效果，使管理者不愿意投资于创新性产品或研发新技术。作为财务指标，EVA 仍然脱离不了片面反映企业经营最终结果这一缺陷，也不能反映企业在客户关系管理、内部运营及创新等具体状况，更不能有效地分析经营过程当中的问题症结，很难解释企业内在的成长机会，增加了企业对未来预期的难度。为实现企业长期价值最大化的目标，企业可以通过引入市场份额等超前业绩评价指标进行综合评价。但这些超前的业绩评价指标大多是非财务指标，如产品创新、员工生产效率、产品质量、品牌的号召力等。因此，若公司战略价值管理体系仅仅建立在 EVA 之上，EVA 的刚性和指标的滞后性，将使其无法对公司长期战略进行及时和有效的评价，更无法对战略的变革进行管理。

3. 整合 BSC 和 EVA：战略驱动价值创造

企业必须在其战略价值管理体系中引入超前的价值驱动因素，并使之与 EVA 相融合，形成财务与非财务指标结合在一起的战略价值管理体系。而 BSC 正好提供了这样的框架体系。将 BSC 和 EVA 两个系统整合在一起的关键，就是要对超前和滞后的业绩评价指标的相对重要程度定量化，把它们整合成一个全面的战略管理框架体系。BSC 是以组织战略和愿景为核心，从财务、顾客、内部运作过程、学习与成长四个角度说明公司的愿景与战略。BSC既强调结果也对获得结果的动因、过程进行分析，能全面、客观、及时地反映企业经营业绩状况和战略实施的效果，同时为企业战略的制定、调整提供了依据。EVA的优势在于强调公司的基本使命——创造价值；BSC的优势在于它使管理层将注意力置于创造公司价值的关键因果路径上——从价值驱动因素到实现公司价值。如果将EVA和BSC作为公司整合的战略价值管理系统内在一致的、逻辑严密的、连续的战略管理框架体系，则可以实现从价值驱动因素到实现公司价值的完整因果关系链条。通过对EVA指标的分解和敏感性分析，可以找出对EVA影响较大的指标，即关键的价值驱动因素，从而将其他关键的财务指标和非财务指标与EVA这一企业价值的衡量标准紧密地联系在一起，形成一条贯穿企业各个方面及层次的因果链。

鉴于两个指标体系的互补性，将它们进行整合，从而能更好地解决协调性部门之间的绩效评价问题。在整合框架下EVA被置于平衡计分卡的顶端，处于BSC中因果关系链的最终环节。企业发展战略和经营优势都是为实现EVA增长的总目标服务的。同时，这一整合融合了BSC和EVA的长处，前者根据企业的战略制定当前、近期及未来需要关注的最重要目标；后者作为股东价值衡量的终极标准，将其他财务和非财务指标联系在一起并最终指向价值的创造（曾旗，2006）。

第二节　以EVA为导向的建筑企业价值评价框架

一、评价的基本设想

第四章总结归纳出了如图6-3所示的建筑企业价值评估要素。为了应用管理学的方法和手段对上述价值驱动因素进行分析、评价，本章将这些价值驱动因素归纳和总结后发现，这些价值驱动因素后面隐含的财务和非财务指标与平衡计分卡所构建的四个层面的相应指标具有很好的对应性。

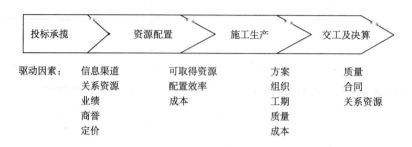

图 6-3　典型建筑企业价值评估要素图

对于企业价值的评价，管理学上有多种方法，基于下文综述的众多研究人员的成果和本书对各种评价手段和方法的考量，本书也认为用 EVA 作为企业价值的评判表，具有很好的解释性和公认性。因此，本章对建筑企业价值评价的基本设想是：将本书第四章分析总结出的建筑企业价值驱动因素，转化成可以计量和评价的财务和非财务指标，并把这些指标归类在平衡计分卡的四个层面，最终通过检验这些指标与 EVA 的相关性，来检验本书第四章对建筑企业价值构成分析的正确性。并且通过输入因素的不同所引起的 EVA 变化趋势，来检验和分析本书第五章对价值提升路径分析的正确性。

根据上述文献综述和建筑企业价值评价的基本设想，本书试图建立融合平衡计分卡和 EVA 的建筑企业价值评估框架。

二、建筑企业价值驱动因素与关键指标的对应关系分析

代理模型指出，控制系统的目标是促使代理人的真实行动与委托人所合意行动相一致。如果委托人的最终目标是股东价值最大化，那么控制系统就应重视能增加股东回报的行动。价值管理程序进一步发展了这一理念，它把重点放在能增加股东价值的财务及经营"价值动因"上。确认这些动因及其相互关系，也就是确认引起成本增加或收入变动的具体行动或动因，将有助于改进资源配置、业绩计量和信息系统设计。

根据图 6-3 的建筑企业价值驱动因素，应用平衡计分卡的基本框架和

战略地图，将这些价值驱动因素所对应的建筑企业四个层面的关键绩效指标分解如下。

（一）财务层面关键价值驱动指标选择

从分析来看，在财务层面，建筑企业的业绩和战略是驱动其价值的关键因素，这两方面的价值驱动因素根据战略地图方法又可细化为生产率战略和增长战略。生产率战略从改善成本结构、提高资产利用率两个方面来实现。这两个方面可以选择股东权益报酬率、资产报酬率和总资产周转率作为企业关键绩效指标来综合反映（Kaplan and Norton，1996）。而增长战略是通过增加收入机会和提高客户价值两方面来实现的。在《建筑时报》和美国《工程新闻记录》对全球 225 强承包商的评价中，采用营业额和市场占有率来对全球的建筑企业进行排名，这种排名方法虽然较为简单，但确实是最为有效的一种排名方式。因此在增加收入方面可以选择营业额作为建筑企业关键绩效指标，在增加客户价值方面，则选择市场占有率作为关键绩效指标，具体如表 6-1 所示。

表 6-1 建筑企业财务层面关键价值指标选择

BSC 层面	变量名称	计算公式	衡量方法	该指标的相关研究
财务层面	股东权益报酬率（ROE）	税后净利÷平均股东权益总额	A_1	Kaplan 和 Norton（1996）
	资产报酬率（ROA）	［税后净利＋利息费用×（1－税率）］÷平均总资产	A_2	Kaplan 和 Norton（1996）
	总资产周转率	销货收入净额÷平均资产总额	A_3	Kaplan 和 Norton（1996）
	营业额	营业收入	A_4	Trueman 和 Zhang（2002）
	投入产出率	投资÷产值	A_5	
	产值利润率	利润总额÷工业总产值	A_6	

（二）客户层面关键价值驱动指标选择

客户的满意是建筑企业持续价值创造的源泉。在一般研究中，选择客户满意度、客户保持率和客户获利率作为反映顾客层面的关键指标，认为客户满意度通常产生客户保持率，然后通过顾客群体的传播，企业增加了业务份额——客户份额，随着目标客户市场份额的增长，最终带来客户获利率的增加（Kaplan and Norton，1996；Van Buren，1999；Dzinknowski，2000；Fletcher and Smith，2004）。但从价值创造，即 EVA 和与财务层面紧密衔接的角度，本书在综合 Woo 和 Willard（1983）、Kaplan 和 Norton（1996）、陈玉芳（2003）、Maisel（1992）、Van Buren（1999）、吴思华（2001，2002）、Fletcher 和 Smith（2004）等人研究成果的基础上，选取营业额增长率、市场占有率和客户集中率等指标作为客户层面的关键绩效指标（表 6-2）。通过他们之间的相互作用，可以保证企业在客户层面的价值创造。

表 6-2　建筑企业客户层面关键价值指标选择

BSC层面	变量名称	计算公式	衡量方法	该指标的相关研究
客户层面	营收成长率（销售增长率）	（本期营业收入－前期营业收入）÷前期营业收入	B_1	Kaplan 和 Norton（1996）；陈玉芳（2003）
	市场占有率	公司销售收入÷该行业整体销售收入	B_2	Woo 和 Willard（1983），Van Buren（1999）；Maisel（1992）
	客户集中率	各主营业务前五名客户合计收入÷公司全年营业额	B_3	

（三）内部层面关键价值驱动指标选择

综合第三章研究，内部经营过程的好坏是建筑企业战略目标能否实现的基础，同时也是建筑企业未来价值的主要影响因素。关键的内部经营过程可以使经营单位传达在目标市场内吸引和保持客户所需的价值观念。建筑企业的内部经营过程包括内控能力、质量安全控制两个方面：①内控能力方面的价值指标有全员劳动生产率、期间费用率、重点项目比。②质量安全控制方面的价值指标有工程优良率。具体如表 6-3 所示。

表 6-3　建筑企业内部运营层面关键价值指标选择

BSC 层面	变量名称	计算公式	衡量方法	该指标的相关研究
内部经营层面	全员劳动生产率	主营业务收入÷职工平均人数	C_1	
	期间费用率	期间费用÷主营业务收入	C_2	
	工程优良率	评为优良的建筑项目数÷年度完成的建筑项目数	C_3	
	重点项目比	重点项目数量÷总项目数量	C_4	

（四）学习成长层面关键价值驱动指标选择

学习与成长描述了组织的无形资产及其在战略中的作用，这一层面包含了实施任何战略都必需的三种无形资产的目标和指标，这三种无形资产是人力资本、信息资本、组织资本三大类。这三类无形资本从不同层面支撑企业执行和持续改善内部流程，并在向客户、股东传递价值时发挥最大的杠杆作

表 6-4　建筑企业学习成长层面关键价值指标选择

BSC 层面	变量名称	计算公式	衡量方法	该指标的相关研究
学习成长层面	员工平均研发支出	研究发展费÷员工人数	D_1	
	技术人员比	技术人员÷职工平均人数	D_2	
	员工获利率	税后净利÷员工人数	D_3	
	动力装备率	自有机械设备总功率（千瓦）÷年从业人员数	D_4	按照国家统计局对建筑企业的统计指标解释，自有机械设备总功率是指企业自有的施工机械、生产设备、运输以及其他设备等列为在册固定资产的生产性机械设备年末总功率
	专利获取并应用数	年度内取得并应用的专利数	D_5	
	应用技术创新种类（个）数	应用新技术、新工艺、新材料和新设备的种类（个）数	D_6	

用。这二个方面的目标必须与内部流程目标保持一致，并且彼此融合（卡普兰和诺顿，2005）。综合 Kaplan 和 Norton（1996）、Stewart（1997）、Dzinknowski（2000）、Bukh、Larsen 和 Mouritsen（2001），Kaplan 和 Norton（2004）、吴翠治（2006）等的研究成果，本书选取：①员工平均研发支出、技术人员比、员工平均收益率；②动力装备率、专利获取并应用数、应用技术创新种类（个）数（技术创新方面）作为学习成长层面的关键绩效指标（表 6-4）。

（五）各角度关键价值驱动指标选择对企业价值创造的影响分析

顾客、内部过程、学习与成长三个角度最终将直接或间接影响绩效指标，但他们的影响发生在不同时期，并且影响的程度也不一样。顾客角度指标的改进，一般会影响当期的财务指标，影响程度最低，作用时间最短。而内部业务过程角度不同部分的改进，其对财务指标的影响不一样，既可以影响短期收益，又可以影响长期收益。其中，运作效率的提高和过程的改进，提高短期的收益；顾客关系的改进会在改进期间带来收入的增长；创新的提高通常增加长期收益和边际收益；学习与成长角度指标的提高，一般在短期内不会对财务指标产生影响，但会提高未来的财务指标，并且影响的时间最长。

三、BSC 与 EVA 的整合框架

国内外学者对平衡记分卡四个层面描述指针的研究已经非常多了，而且根据各自不同的研究角度，提出了不同的表征指标。但是这些指标的可计量性有多强？他们和 EVA 的相关性有多大？本书进行了考证和分析。在此基础上，本书从企业价值创造的角度出发，结合平衡记分卡的基本框架和思想，将体现企业价值创造的 EVA 通过 BSC 的四个层面，分解为具体的 KPI 指标，以这些指标来评价建筑企业价值（图 6-4）。

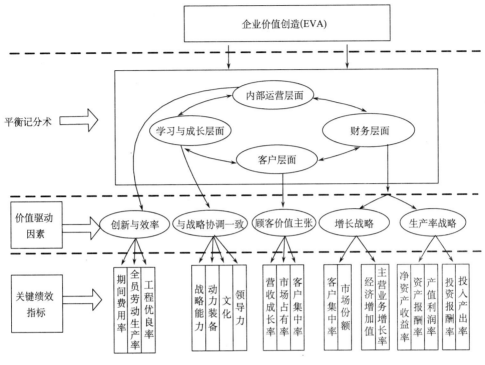

图 6-4　建筑企业 BSC 与 EVA 的整合框架

第三节　中国建筑企业价值评价模型构建

一、ANN 经济预测的基本原理及在管理评价中的应用

一般来说，经济指标都具有时序性，那么运用 BP 神经网络对其进行预测从本质上看就是对时间序列进行预测，这方面的研究已经有了非常深厚的理论基础（石山钻和刘豹，1994；陈明，1995；刘豹和胡代平，1999；刘艳和杨鹏，2006）。而 ANN 应用于管理评价也有多方面的研究。

前馈三层 BP（back propagation）神经网络映像存在定理在理论上已证明了任意一个连续函数都能与一个三层 BP 网络建立映像关系（石山钻和刘豹，1994；杨成等，2005）。前馈三层 BP 神经网络被认为是最适用于模拟输入、输出的近似关系，它是在 ANN 中算法最成熟、应用最广泛的一种。它通常由输入层、输出层和隐藏层组成，其信息处理分为前向传播和后向学习两步进行，网络的学习是一种误差从输出层到输入层向后传播并修正数值的过程，学习的目的是使网络的实际输出逼近某个给定的期望输出（杨成等，2005）。BP 神经网络的典型结构如图 6-5 所示。

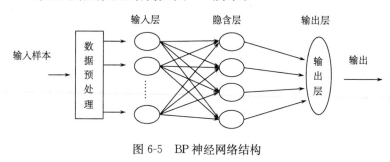

图 6-5　BP 神经网络结构

针对本书研究对象的 EVA 预测模式的建立，可视为构建一个包含输入层、若干隐含层与输出层的多层前馈 BP 神经网络。

（1）输入层。输入层神经元个数由输入量决定，按照本书所选取的指针，模式的输入变量为三批次（第一次 12 个，第二次 15 个，第三次 19 个）绩效指标指针。

（2）输出层。输出层神经元个数由输出类别决定。本书的网络输出层定义了 1 个节点。

（3）隐含层。关于隐含层的层数有关文献证明在一定条件下一个三层的 BP 网可以以任意精度逼近任意映射关系。而且经过实验发现，与一个隐含层相比，采用两个隐含层的网络训练无助于提高预测的准确率（马若微，2006）。因此，本书采用的是三层前馈神经网络的拓扑结构。关于隐含层神经元个数，其设定一般采用经验值，只能根据一些经验法则，通过实验来确定。本书采用的隐含层神经元个数为 6 个。

（4）传递函数。传递函数的好坏对一个神经网络的训练效率至关重要，一般研究中采用型 Sigmoid 函数（刘艳和杨鹏，2006）。经反复测试，本书对输入层到隐含层和隐含层到输出层之间的传递函数分别确定为传递函数 tan sig 和 log sig。综合上述界定，本书研究最终确定的前馈三层 BP 神经网络结构如图 6-6 所示。

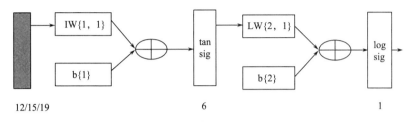

图 6-6　前馈三层 BP 神经网络结构

二、基于 ANN 的建筑企业 EVA 的评价模型构建

依据图 6-7 的整合框架，本书研究的重点是：以构建的 KPI 指针体系为输入变量，以 EVA 为输出变量，通过 ANN 模型来建立基于绩效关键指针的 EVA 评价模型。

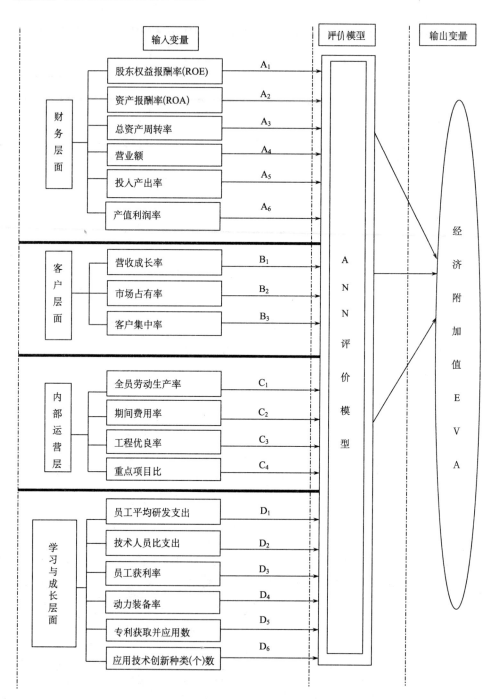

图 6-7 基于 ANN 的 EVA 评价框架

第七章

实证研究：案例分析与模型验证

■ 第一节　中国铁建的基本情况及价值构成分析

一、中国铁建基本情况分析

中国铁建是全球最具规模的较大型建设集团之一，2010 年《财富》"世界 500 强企业"排名第 133 位，"全球 225 家最大承包商"排名第 1 位，"中国企业 500 强"排名第 8 位，是中国最大的工程承包商，也是中国最大的海外承包商。2009 年年底，全年新签合同额 6013 亿元，其中海外新签合同额 597 亿元，营业收入 3555 亿元。

自 20 世纪 80 年代以来，中国铁建获国家科技进步奖 23 项，省部级科技进步奖 182 项，省部以上设计奖 61 项，取得国家专利 131 项，国家级工法 57 项，中国詹天佑土木工程大奖 13 项，中国建筑工程鲁班奖 47 项，获国家优质工程 58 项，省部级优质工程 491 项。中国铁建在关键技术领域领先行业，部分行业尖端技术居世界领先地位。中国铁建是目前国内唯一拥有磁悬浮轨道技术自主知识产权的企业。

（一）各主营业务板块的经营情况

1. 工程承包业务

工程承包业务是中国铁建集团的核心及传统业务领域，业务种类覆盖铁路、公路、房屋建筑、市政公用、城市轨道、水利电力、桥梁、隧道、机场建设等多个领域。该集团在中国内地 31 个省、市、自治区及中国香港和中国澳门提供服务，并在非洲、亚洲、中东和欧洲等海外国家及地区参与基础设施建设工程项目。

2009 年，中国铁建的工程承包业务营业收入与毛利分别较上一年度增长56.68％和 42.12％。铁路市场的营业收入占其工程承包业务收入的58.36％，比重较 2008 年增加了 7.42％，铁路市场营业收入的增长是该集团营业收入整体增长的主要因素。

2. 勘察设计咨询业务

勘察设计咨询业务是中国铁建集团另一项重要的收入来源，业务覆盖范围包括提供铁路、公路、城市轨道交通、水利及电力设施、机场、码头、工业与民用建筑和市政工程等土木工程和交通基础建设的勘察设计及咨询服务。

2009 年，该集团勘察设计咨询业务营业收入达 76.380 亿元，增长61.50％，毛利较 2008 年增长 60.69％。

3. 工业制造业务

中国铁建集团的工业制造业务主要包括设计、研发、生产及保养大型养路机械设备与铁路、桥梁、轨枕及轨道系统零部件。

2009 年，该集团工业制造业务营业收入增幅较大，其主要原因如下：

铁路投资极大地带动了市场对大型养路设备的需求，大型养路机械设备的设计、研发、生产和维修保养业务大幅增长，完善了中铁轨道的产品配套，形成了轨道系列产品，形成了完整的产业链，增强了该集团的综合发展能力。2009年国内原材料价格上涨较快、进口件价格上升及产品销售单价由铁道部参考国际市场价制定，每年浮动较小所致工业制造业务毛利率较2008年度下降0.55%。

4. 其他业务

中国铁建集团其他业务板块主要包括房地产开发、物流与物资贸易等业务。

2009年房地产业务实现的营业收入较2008年增长141.11%。未扣除分部间交易之前，房地产业务的毛利率为32.43%，与2008年相比减少1.51%。

该集团主要从事建筑材料相关的物流与物资贸易业务。随着国内基建规模的扩大，公司物流和物资贸易业务实现大幅增长，利润贡献逐年上升。2009年该集团物流和物资贸易业务实现的营业收入较2008年增长62.66%。未扣除分部间交易之前，2009年物流与物资贸易业务的毛利率为7.07%，较2008年减少0.09%。

（二）2009年公司的投资情况

1. 募集资金使用情况

1）公司A股募集资金使用情况

公司A股于2008年3月10日在上海证券交易所上市交易，共募得资金总额222.460亿元，净额217.257亿元。截至2009年12月31日，已累计使用174.714亿元募集资金，尚未使用42.543亿元，募集资金专户余额44.289亿元（含利息收入人民币1.746亿元）。公司募集资金的使用与招股说明书中承诺的用途一致。暂时未用的募集资金部分存放于公司募集资金专户。

2）公司 H 股募集资金使用情况

公司 H 股于 2008 年在香港交易所上市，共募得资金净额折合人民币 173.586 亿元。截至 2009 年 12 月 31 日，已累计使用折合人民币 125.031 亿元募集资金，利息收入冲减后的净汇兑损失 1.876 亿元，尚未使用折合人民币 46.678 亿元。本公司于 2009 年 6 月 19 日召开的 2008 年度股东大会审议通过了《关于 H 股募集资金用途变更的议案》，将原计划用于购置海外项目使用的设备的资金用途变更为"在国内外购置国内外项目使用的设备"，并拟将其中约合人民币 100 亿元资金汇回国内结汇，对暂未使用的 H 股募集资金，在 20 亿元人民币额度内，暂时用于营运资金周转，期限不超过六个月。公司于 2009 年 6 月 19 日从 H 股募集资金境外专户中转入境外营运账户折合人民币 20 亿元，暂时补充流动资金，并已于 2009 年 12 月 18 日将该笔资金归还 H 股募集资金境外专户。暂时未用的募集资金存放于公司募集资金专户。

2. 2009 年内重大非募集资金投资情况

1）昆明市主城东南二环快速系统改扩建工程

昆明市主城东南二环快速系统改扩建工程已于 2009 年 9 月 28 日建成通车，进入验收移交、结算审计阶段。

2）重庆鱼洞长江大桥下游幅桥（二期工程）项目

2009 年经第一届董事会第十二次会议审议通过，公司以 BT 方式投资续建重庆鱼洞长江大桥下游幅桥（二期工程）项目，该工程合同总价 45 785 万元。2009 年公司对该项目投入资金 14 369 万元。

3）京沪高速公路乐陵（鲁冀界）至济南段 BOT 项目

经第一届董事会第二十一次会议审议通过，同意公司以 BOT 方式投资建设京沪高速公路乐陵（鲁冀界）至济南段项目。项目投资估算总金额约 70 亿元，项目资本金为不低于总投资的 25%，公司认缴项目资本金的 65%，剩余 35% 由山东省交通运输厅公路局筹集认缴。2009 年内，公司向中铁建山东京沪高速公路济乐有限公司投入资本金 2.298 亿元。

4）向石武铁路客运专线增加投资

2009 年公司第一届董事会第十八次会议审议通过了关于向石武铁路客运专线增加投资的议案，同意在原承诺投资 15 亿元的基础上，以自有资金再向京广客运专线河南有限公司（以下简称"京广客专河南公司"）增资 10 亿元人民币，作为股权投资，用于京广客运专线石家庄至武汉客运专线项目建设。待前述投资完成后，公司共向京广客专河南公司投入资本金 25 亿元，约占其股本总额的 8.12%。截至 2009 年年末，公司已向京广客专河南公司累计投资 9 亿元。

5）投资成立中铁建铜冠投资有限公司

经第一届董事会第二十五次会议审议通过，为联合收购加拿大初级矿业公司 Corriente Resources Inc.，公司与铜陵有色金属集团控股有限公司（以下简称"铜陵控股"）于 2009 年 12 月 10 日共同投资成立中铁建铜冠投资有限公司，注册资本 20 亿元，公司与铜陵控股各持有其 50% 的股份。截至 2009 年年末，公司已投入资本金 10 亿元。

6）向中土北亚国际投资发展有限公司增资

2009 年 9 月 22 日承担尼日利亚拉格斯州莱基自贸区开发、运营、管理的中土北亚国际投资发展有限公司（以下简称"中土北亚公司"）股东会通过决议，同意中土北亚公司注册资本金增至人民币 20 000 万元。2009 年，公司及中国土木工程集团有限公司向中土北亚公司投入资本金合计 10 500 万元。截至 2009 年 12 月 31 日，公司直接及间接持有中土北亚公司股权的比例增至 65%。

二、中国铁建近几年业务发展状况

根据中国铁建总体发展状况，可以将其发展分两个阶段来对比分析。

1. 第一阶段（1999～2003 年）

2000 年之前中国铁建作为铁道部直属企业，还带有浓厚的行政管理特点和计划经济的痕迹。公司 2000 年与铁道部脱钩，移交中央企业工委（国务院国资委前身）管理后，从 2002 年开始，步入了快速发展、企业化经营的良性发展轨道，其承揽任务、总产值、施工产值有了大幅度提升，如图 7-1 所示；而相应的工程成本却有了明显的降低，如图 7-2 所示；从而也导致了实现利润的大步幅度提高，如图 7-3 所示。

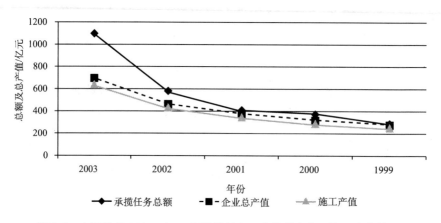

图 7-1　中国铁建 1999～2003 年承揽任务、企业总产值、施工产值情况

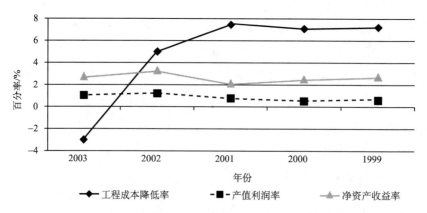

图 7-2　中国铁建 1999～2003 年工程成本降低率、产值利润率情况

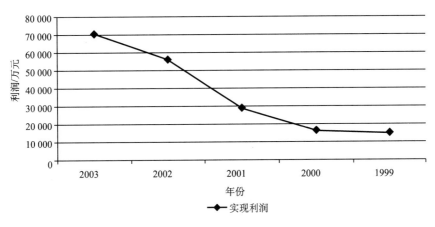

图 7-3 中国铁建 1999～2003 年实现利润情况

2. 第二阶段（2004 年至今）

2004 年至今，公司营业收入及盈利水平大幅提高，主要盈利数据指标如图 7-4 所示。其中，营业收入由 2004 年的 887.30 亿元增长至 2008 年的 2261.4 亿元；净利润由 0.83 亿元增长至 37.06 亿元，其他指标如新承接订单、利润总额等也有了跨越式的突破和发展，如图 7-5 所示。

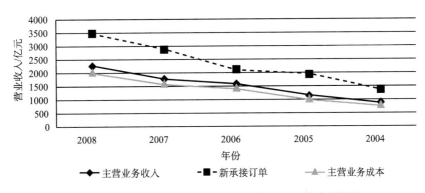

图 7-4 中国铁建 2004～2008 年营业收入及新签合同情况

一方面我国及世界范围内建筑市场的景气现状为中国铁建营业收入及盈利水平的大幅增长提供了良好的外部环境，尤其在"十五"计划期间与"十

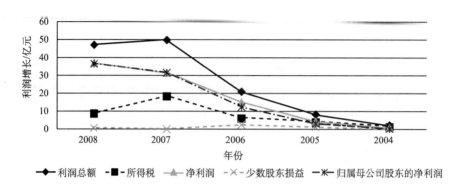

图 7-5　中国铁建 2004～2008 年利税增长情况

一五"规划期间，我国铁路网建设、全国高速公路网建设、城镇化建设进入高速发展阶段，庞大的基础设施建造规划与建设规模使得境内建筑市场处于景气环境之中。另一方面，全球经济持续几年的稳定发展，特别是亚洲、非洲与拉丁美洲经济的增长，推动了境外基础设施建设市场的需求，使得境外建筑市场整体活跃。同时，不断进行的内部整合与日渐改善的内部管理也提高了中国铁建的盈利水平。尤其在 2008 年公司 A 股和 H 股的同时上市，更是促进了其管理的规范化和业务的良性发展。

近几年，中国铁建营业毛利润率略有下降，但营业利润率、净利润率呈逐年上升趋势，如图 7-6 所示。

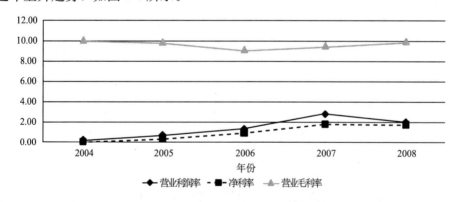

图 7-6　中国铁建 2004～2008 年成本费用情况

中国铁建及其下属各级子公司大力压缩管理层级、缩短管理跨度，减少了由于机构庞杂、人员众多带来的控制成本与管理成本，提高了企业运营效率，并大大减少了在经营管理方面的成本开支，同时通过指导下属公司专注于地区市场、协调大项目竞标，推动下属公司发展专长、发挥协同效应，减少集团各层控股公司之间对业务合同的竞争等措施，逐步改变公司粗放的经营策略与发展模式，并正在产生积极的效应，加大成本控制力度、大力推进内部整合，有效缓解了毛利润率下降带来的影响。

三、中国铁建价值构成分析

1. 中国铁建在资质、品牌、关系资源方面拥有比较优势①

中国铁建在业内拥有完整的资质体系，是我国建筑业资质覆盖领域最为广泛的综合承包商之一。中国铁建的业务范围几乎覆盖了基础设施建设的所有领域，包括铁路、公路、城市轨道交通、市政、桥梁、隧道、工业与民用建筑、水利水电、机场、港口、地质灾害治理等。

中国铁建的前身铁道兵成立于 1948 年，比中华人民共和国成立还早一年。60 年来，中国铁建承建和修建了鹰厦、黎湛、成昆、京原、兖石、大秦、青藏（一期、二期）、嫩林、南疆、京九、南昆、西康、内昆、梅坎、朔黄、秦沈、渝怀、西合、粤海通道等百余条铁路新线、复线、干线铁路，累计里程 32 000 多千米，占全国新线铁路的 1/2 强；设计的铁路干线累计占全国铁路网的 3/5；承建和修建了沈大、济青、太旧、宣大、成渝、京珠、京沪、京福、京深、京承、赣粤等上百条高速公路和高等级公路工程，累计18 000 千米；参加建设的机场 26 个，水利电力工程 132 项，地下铁路和轨道交通 50 项；房屋建筑面积 3541 万平方米。中国铁建承揽的建设工程项目多次获奖，大量优质工程为中国铁建在建筑市场上创造了卓越的品牌和声誉，借此确立的"中国铁建"品牌已经在国内外市场上享有很高的知名度。

---

① 参考了中国铁建招股说明书及中国铁建部分内部管理文件。

铁道兵战友每年转业全国各地，长期以来，使中国铁道建筑总公司积累了巨大的人脉资源。铁道兵1984年"兵改工"，是第一批被推向市场的国企，中国铁建在长期的市场竞争中逐步形成的遍布全国的庞大的市场营销网络。这两方面的基础，使中国铁建拥有庞大的关系资源。长期专注于基础设施建设及与主要客户保持的良好合作关系使中国铁建的保有一个巨大的核心客户网络。

2. 中国铁建拥有一个良好的企业文化

秉承于铁道兵的军队作风，与一般企业相比，中国铁建在市场开拓和工作效率上具有显著特征。

"敢打必胜"的信念使中国铁建旗下各集团公司在新市场开拓方面的成绩明显优于其他企业。例如，在海外工程承包方面，中国铁建是目前我国成长最快、海外新签合同额最高的基础建设工程承包商。中国铁建近年来海外市场新签合同额增长迅速，2006年全年和2007年1～11月的新签海外合同金额分别达到439.29亿元和895.37亿元，居全国对外工程承包企业的首位，区域遍及世界60多个国家和地区。

"令行禁止"的作风使中国铁建所属企业在决策效率、执行力方面具有快速、高效的特征。这些员工长期所形成的工作绩效判别标准和价值观，对于把组织能力作为驱动因素之一的建筑企业来讲，是一个难以学习和仿效的积极因素。

3. 中国铁建拥有业内雄厚的人力资源

中国铁建在许多专业技术领域达到国内领先水平，部分尖端技术达到世界先进水平。中国铁建在勘察、设计、修建青藏铁路时攻克了高原多年冻土、生态脆弱、高原缺氧三大技术难题，成套技术达到了世界领先水平，取得了辉煌的建设成就。中国铁建形成了具有自主知识产权的时速350千米客运专线标准体系和我国高速铁路的设计技术标准，掌握了客运专线路基设计施工技术，实现了铁路技术的质的飞跃。中国铁建修建的秦沈客运专线创造了时速 321.6 千米的全国第一速度，制造了最高时速达 432 千米的世界首条商用磁悬浮营运线——上海磁悬浮轨道梁。中国铁建承建的部分桥梁设计施工已达到国际领先水平，成功攻克了磁悬浮商业运营线高精度轨道梁制造安装关键技术，成为世界上唯一拥有该关键技术的企业。中国铁建承建的部分隧道及地下工程处于国内领先乃至世界领先水平，参与了全国所有城市的轻轨和地铁的建设。中国铁建大型自动化养路机械产品从根本上改变了我国铁路依靠人工养路的历史。

中国铁建的管理团队拥有丰富的行业营运知识和管理经验，善于把握市场机遇，严格执行各项管理和生产措施。

4. 中国铁建已经具有一定的在价值链高价值区域探索运营的成功经验

中国铁建主要在省会城市和其他大中城市从事房地产开发业务。凭借着资金、勘察设计与施工技术能力等方面的优势，近年来中国铁建的房地产开发业务快速成长。截至 2007 年 12 月 31 日，中国铁建处于不同开发阶段的房地产项目共有 21 个，总占地面积 228 万平方米，规划建筑面积合计 540 万平方米，待销售面积达 491 万平方米。以此为基础，中国铁建的房地产开发业务将会有更快的发展并成为中国铁建重要的利润来源。

中国铁建所属的大型养路机械装备设计制造企业——昆明中铁大型养路机械集团有限公司是我国铁路大型养路机械产销量最大、自主研发和制造能力最强的铁路养路机械制造和修理企业，位居亚洲第一、世界第二。截至 2006 年年底，中国铁建大型养路机械主要产品占全国市场约 80％的份额，在行业内处于绝对优势地位。中国铁建是我国仅有的 2 家高速铁路道岔定点生产企业之一，开发生产一系列我国客运专线专用的配套产品和零部件，且区位优势明显，能够把握不断增加的商业机遇，为拥有主要高速铁路和客运专线的经济发达地区提供产品。

中国铁建的物流业务主要由专业从事物流贸易的全资子公司中铁物资集

团有限公司及其他下属公司的物资公司来经营，近年来取得了较快的发展。中铁物资集团有限公司已经发展成为我国最大的铁路工程物流服务商和全球第二大铁路物资供应商。中国铁建已经形成了发达的物流网络，在全国拥有25个物流配送中心、31处大型仓储基地、133万平方米的物流场地、4万余米的铁路专用线和32 550平方米的成品油储存设施。物流业务不仅增加了独立的利润增长点，而且能够降低中国铁建工程承包业务的材料采购成本，进而提升中国铁建的利润率和竞争力。

5. 中国铁建具有资金优势

企业上市募集到大量资金，并且作为央企拥有一般企业所不具备的大量银行信贷额度，形成巨大的资本优势。总之，中国铁建具有一个建筑企业价值创造与价值提升所需要的所有驱动因素，只要确立了正确的价值提升路径，明确了目标，就可以迅速实现有价值的成长。

第二节　评价模型验证：中国建筑企业价值评价

——以中国铁建为例

一、样本计算过程及结果

在如第六章图6-6所示的框架中，有12～19个预设的输入变量。本研究进行了三批次的模型验证研究。具体分类如下：

（1）第一批次，输入变量12个。分别是：财务层面3个（股东权益报酬率、资产报酬率、总资产周转率）；客户层面3个（营收成长率、市场占有率、客户集中率）；内部流程层面3个（全员劳动率、期间费用率、工程优良率）；学习与成长层面4个（技术员工比、员工平均研发支出、动力装备率）。

（2）第二批次，输入变量15个。分别是：财务层面5个（股东权益报酬率、资产报酬率、总资产周转率、营业额、产值利润率）；客户层面 3 个（营收成长率、市场占有率、客户集中率）；内部流程层面 3 个（全员劳动率、期间费用率、工程优良率）；学习与成长层面 4 个（技术员工比、员工获利率、员工平均研发支出、动力装备率）。

（3）第三批次，输入变量 19 个。分别是：财务层面 6 个（股东权益报酬率、资产报酬率、总资产周转率、营业额、投入产出率、产值利润率）；客户层面 3 个（营收成长率、市场占有率、客户集中率）；内部流程层面 4 个（全员劳动率、期间费用率、工程优良率、重点项目率）；学习与成长层面 6 个（技术员工比、员工获利率、员工平均研发支出、动力装备率、专利数、新技术应用数）。

二、模型样本数据计算与获取

（一）样本选取区间

本书研究的样本数据选择以季度作为样本选择区间。选取中国铁建 2002 年第一季度至 2009 年第二季度共计 30 期的样本数据。

（二）样本数据来源

样本数据主要来源于以下途径：

（1）Wind 资讯。通过该系统可获得大部分中国铁建的财务指标数据和相关资料。

（2）非财务资料及部分明细财务资料取自上海证券交易所中国铁建公开说明书及年报，如员工人数、销售费用等；同时也参考了新浪财经、中金网等专业网站的相关信息。

（3）行业总体情况资料，取自中国国家统计局行业统计数据，加以推算而得，如市场占有率等。同时也参考和借鉴了中国经济信息网 2002～2008 年的建筑行业研究报告的相关统计资料。

（三）输入变量计算

输入变量的计算公式如表 7-1 所示。

表 7-1　ANN 评价模型输入变量计算公式表

BSC 层面	变量名称	计算公式	衡量方法	和价值驱动因素的对应关系
财务层面	股东权益报酬率（ROE）	税后净利÷平均股东权益总额	A_1	反映企业基本规模与效率
	资产报酬率（ROA）	［税后净利＋利息费用×（1－税率）］÷平均总资产	A_2	
	总资产周转率	销货收入净额÷平均资产总额	A_3	
	营业额	营业收入	A_4	
	投入产出率	投资÷产值	A_5	发生明显变化，说明产品发生变化，第三种价值提升方式起作用

（四）输出变量 EVA 的计算

1. 经济附加值计算时对部分项目调整的说明

为了真实反映企业的经济价值创造，在计算 EVA 之前，需要对 GAAP[①]处理方式下的部分科目进行调整，以便恰当计算 EVA。具体调整项目及调整方式如表 7-2 所示。

表 7-2　EVA 计算调整项目及调整方式

需调整的科目	GAAP 处理方式	EVA 调整方式	本书研究调整方式
研究发展费用及营销费用	列为当期费用	列为资产并逐年摊销	以 3 年期效用年限并进行资本化摊销

① GAAP 即 generally accepted accounting principles，指公认会计原则。GAAP 是为会计界普遍接受并有相当权威支持的，用以指导和规范企业财务会计行为的各项原则的总称。

续表

需调整的科目	GAAP 处理方式	EVA 调整方式	本书研究调整方式
各项准备	当期提列估计数字	将累计的各项准备加入 IC，而将每期的增量加入 NOPAT	将累计的各项准备加入 IC，而将每期的增量加入 NOPAT
递延所得税	依各期状况，列为资产或负债	将累计的递延所得税加入 IC，而将每期的增量加入 NOPAT	将累计的递延所得税加入 IC，而将每期的增量加入 NOPAT
在建工程	列为资产	将其从 IC 中排出，而其对 NOPAT 不作调整	将其从 IC 中排出，而其对 NOPAT 不作调整
停业部门与其他特殊租项目	纳入当期盈余与资产	将停业部门损益排除在 NOPAT 之外，且停业部门的资产、负债也从 IC 中扣除；非常项目及累计影响数也采用同样方法	将停业部门损益排除在 NOPAT 之外，且停业部门的资产、负债也从 IC 中扣除；非常项目及累计影响数也采用同样方法
后进先出（LIFO）存货准备	先进先出法（FIFO）、后出先进法（LIFO）皆可	全部为先进先出法（FIFO）	相关财务报表无此科目，故不作处理
营业租赁资产	当期费用	以资本租赁方式处理	有关公司营业租赁的各个方面的资料取得困难，故不对其进行调整
商誉	列为资产并逐年摊销	将累计摊销加回 IC，将商誉摊销费用加回 NOPAT	多数公司以换股方式进行而不确认商誉，同时，有关样本太少，故不对其进行调整
折旧费用	可采直线法或加速折旧法	可采用"偿债基金法"的方式	有关"偿债基金法"的各个方面的数据取得困难，故不对其进行调整

2. EVA 计算过程

1）EVA 计算公式

EVA 计算公式为

$$EVA = NOPAT - (WACC \times IC) \tag{7-1}$$

2) NOPAT 及 IC 计算过程

NOPAT 及 IC 计算过程具体计算过程如表 7-3 所示。

表 7-3　NOPAT 及 IC 计算过程

调整项目	NOPAT＝税后净利 ＋调整项目	IC＝总资产－不付息流动负债* ＋调整项目
研究发展费用及营销费用	＋当期研发及营销费用×2/3 －前两期研发及营销费用×1/3	＋当期研发及营销费用×2/3 ＋前期研发及营销费用×1/3
各项准备	＋期末各项备抵数 －期初各项备抵数	＋当期各项备抵数
递延所得税	＋当期所得税费用 －当期支付所得税	－递延所得税
在建工程	不作调整	－在建工程
停业部门与其他特殊项目	－停业部门损益 －非常项目 －累计影响数	

＊不付息流动负债＝应付账款＋应付票据＋应付费用＋预收款项＋应付所得税＋其他流动资产。

3) WACC 计算过程

WACC 计算公式为

$$\text{WACC} = K_d(1-T)\times D/(D+E) + K_e \times E/(D+E) \tag{7-2}$$

式中，K_d 为付息负债资金成本；K_e 为权益资金成本；D 为负债总额；E 为股东权益总额；T 为实质税率。

其中，①负债资金成本率（K_d）（有息负债率），即 K_d＝当期利息支出/计息负债；②权益资金成本率（K_e）。

本研究采用资本资产定价模式（capital assets pricing model，CAPM）来估计权益资金成本，公式为

$$K_e = R_f + \beta(R_m - R_f) \tag{7-3}$$

式中，R_f 为无风险利率；R_m 为市场风险溢价；β 为公司风险系数。

在众多研究和实务操作中，通常选用 10 年期国债到期收益率作为无风险利率的估计值，这一收益率包含了对长期通货膨胀率的预期对应的股权资本成本。本书参考"中国债券信息网"（www.chinabond.com.cn）发布的近期（2009 年 9 月）"固定利率国债收益率曲线"，选取 10 年期国债的平均收益率作为无风险报酬率。截至 2009 年 9 月，我国 10 年期国债的平均收益率为 4.01%，因此本次无风险报酬率 R_f 取 4.01%。

市场风险溢价[1]是对于一个充分风险分散的市场投资组合，投资者所要求的高于无风险利率的回报率，由于目前国内 A 股市场是一个新兴而且相对封闭的市场，一方面，历史数据较短，并且在市场建立的前几年中投机气氛较浓，投资者结构、投资理念在不断地发生变化，市场波动幅度很大；另一方面，目前国内对资本项目下的外汇流动仍实行较严格的管制，再加上国内市场股权割裂的特有属性（存在非流通股），因此，直接通过历史数据得出的股权风险溢价包含有较多的异常因素，不具有可信度。国际上新兴市场的风险溢价通常采用成熟市场的风险溢价进行调整确定，因此本书采用公认的成熟市场（美国市场）的风险溢价进行调整，具体计算过程为

$$市场风险溢价 = 成熟股票市场的基本补偿额 + 国家补偿额$$
$$= 成熟股票市场的基本补偿额 + 国家违约补偿额$$
$$\times (S_{股票}/S_{国债}) \qquad (7\text{-}4)$$

式中，成熟股票市场的基本补偿额取美国 1928～2006 年股票与国债的算术平均收益差 6.57%；国家违约补偿额：根据国家债务评级机构 Moody'Investors Service 对我国的债务评级为 A_2，转换为国家违约补偿额为 0.8%；$S_{股票}/S_{国债}$：新兴市场国家股票的波动平均是债券市场的 1.5 倍；则

$$R_m = 6.57\% + 0.8\% \times 1.5 = 7.77\%$$

故本研究计算中市场风险溢价取 7.77%。

中国铁建在 2008 年 3 月之前为非上市公司，因此，中国铁建 2002～

---

① 本文对市场溢价的计算和指标选取，参考了国内最大的资产评估机构中企华评估公司在对上市公司资产评估过程中风险溢价的计算思路和方法。该方法因其合理性，得到了资本市场的基本认可。

2007 年的风险系数选择建筑施工业上市公司平均风险系数作为其在研究期的风险系数。2008 年全年和 2009 年上半年中国铁建的风险系数在 Wind 资讯系统中已有数据可直接选用。

T 为实质税率，计算公式为

$$T = 当期所得税费用 / 税前净利 \tag{7-5}$$

三、资料验证与结果分析

（一）试验结果对比与分析

1. 试验结果：当输入变量为 12 个

通过 ANN 软件运行，本研究当输入变量是 12 个时，最终的试验结果如下。

1）误差检验结果

输入变量 12 个，中间节点 10 个，输出变量 1 个。

拟合残差 0.000 235 385，相关系数 $R = 0.997\ 347$，调整相关 $R' = 0.997\ 252$。

2）层权重生成

第 1 隐含层各个结点的权重矩阵为

$$
\begin{pmatrix}
0.171\,8 & -0.071\,9 & -0.187\,1 & -0.532\,7 & 0.539\,2 & -0.773\,8 & 1.033\,9 & -0.853\,0 & -0.531\,3 & 0.022\,0 \\
1.591\,8 & 0.179\,7 & -1.226\,2 & 0.730\,9 & -1.037\,5 & 0.555\,8 & 0.484\,7 & 0.000\,8 & 0.136\,1 & 1.059\,9 \\
-1.336\,9 & -0.020\,2 & 1.376\,7 & -0.977\,0 & -0.876\,0 & 0.259\,2 & 0.310\,0 & -0.220\,1 & 0.278\,1 & 1.510\,4 \\
-0.153\,9 & -1.510\,1 & -0.217\,8 & 0.048\,8 & -0.701\,4 & -0.541\,9 & -0.090\,8 & 0.492\,8 & -0.322\,0 & 0.522\,2 \\
-0.331\,7 & -1.614\,1 & -1.403\,5 & 0.555\,7 & 0.290\,2 & 0.691\,1 & 1.734\,2 & 0.710\,2 & 1.604\,3 & 1.210\,4 \\
-3.004\,2 & -0.940\,1 & -1.436\,9 & -0.050\,3 & 0.526\,0 & -0.840\,6 & -1.302\,2 & -0.269\,4 & -0.618\,9 & 0.785\,2 \\
-0.197\,3 & 1.024\,5 & 1.949\,2 & 0.220\,8 & -0.027\,7 & -0.426\,7 & 1.374\,1 & 0.073\,7 & -0.227\,2 & 0.158\,7 \\
-0.354\,8 & 0.087\,2 & -0.098\,5 & -0.078\,8 & 0.789\,1 & -0.426\,5 & -1.632\,0 & 0.284\,0 & -0.840\,9 & -0.179\,2 \\
1.514\,8 & 0.067\,6 & 0.246\,1 & -0.255\,4 & -0.463\,9 & 0.558\,5 & 0.297\,1 & 0.589\,5 & 0.335\,5 & -0.332\,9 \\
-0.276\,5 & 0.618\,8 & 0.117\,3 & -1.045\,1 & 0.249\,2 & 0.197\,8 & 0.152\,4 & -1.126\,1 & -0.064\,1 & -0.435\,6 \\
1.093\,4 & -1.842\,0 & 0.934\,8 & 0.312\,3 & -0.769\,2 & -0.098\,1 & 1.262\,5 & 0.067\,0 & 1.518\,6 & 0.279\,7 \\
0.665\,3 & 0.995\,9 & 1.153\,1 & -0.711\,4 & -1.964\,7 & 0.012\,9 & -0.877\,1 & -0.393\,6 & -0.453\,1 & 1.541\,4
\end{pmatrix}
$$

输出层各个结点的权重矩阵为

$$
\begin{bmatrix}
3.298\ 5 \\
-2.596\ 4 \\
-2.249\ 9 \\
0.902\ 7 \\
2.820\ 0 \\
0.130\ 7 \\
1.535\ 1 \\
1.163\ 3 \\
1.359\ 2 \\
-2.680\ 5
\end{bmatrix}
$$

2. 试验结果：当输入变量为 15 个

通过 ANN 软件运行，本研究当输入变量是 15 个时，最终的试验结果如下。

1）误差检验结果

输入变量 15 个，中间节点 11 个，输出变量 1 个。

拟合残差 0.000 208 028 1，相关系数 $R = 0.997\ 693$，调整相关 $R' = 0.997\ 611$。

2）各层权重生成

第 1 隐含层各个结点的权重矩阵为

$$
\begin{bmatrix}
-0.247\ 3 & -0.119\ 3 & -0.714\ 0 & 0.837\ 3 & 0.048\ 3 & -0.884\ 3 & -0.553\ 8 & 0.473\ 7 & 0.250\ 8 & -0.770\ 3 & 0.755\ 1 \\
0.309\ 9 & 0.527\ 6 & -0.658\ 3 & -0.530\ 7 & 0.444\ 7 & 0.121\ 9 & 0.048\ 7 & 0.545\ 5 & -1.086\ 7 & -0.458\ 9 & -0.980\ 7 \\
0.397\ 0 & 0.641\ 1 & -0.098\ 2 & 0.611\ 7 & 0.637\ 4 & -0.533\ 6 & -0.638\ 9 & -0.682\ 7 & -0.668\ 9 & -0.594\ 8 & 0.623\ 2 \\
-0.170\ 1 & 0.705\ 3 & -0.517\ 5 & 0.281\ 8 & 0.683\ 8 & -0.467\ 7 & 1.423\ 0 & -0.695\ 6 & 1.330\ 0 & -0.250\ 6 & 1.620\ 7 \\
0.625\ 4 & 0.080\ 6 & -1.758\ 5 & -0.033\ 2 & 0.511\ 3 & -0.705\ 6 & 0.717\ 4 & -0.424\ 9 & 0.791\ 0 & 0.202\ 5 & 1.820\ 5 \\
0.348\ 7 & 0.727\ 2 & -0.218\ 8 & 0.052\ 3 & 0.878\ 8 & -0.919\ 4 & 0.433\ 3 & 0.417\ 1 & -0.203\ 8 & -0.516\ 4 & -0.050\ 6 \\
-0.411\ 9 & 0.259\ 1 & -1.288\ 9 & 0.431\ 8 & -0.014\ 8 & 0.414\ 7 & -0.681\ 6 & -0.250\ 6 & -0.183\ 4 & -0.889\ 1 & 0.174\ 1 \\
-0.965\ 6 & 0.381\ 7 & 0.592\ 1 & 0.030\ 0 & 0.233\ 8 & -1.307\ 2 & -2.073\ 5 & -0.852\ 0 & -0.527\ 0 & -0.522\ 6 & -1.005\ 3 \\
0.519\ 9 & -0.488\ 1 & 0.812\ 1 & -0.843\ 4 & -0.076\ 4 & -0.123\ 2 & 0.177\ 6 & -0.591\ 4 & -0.134\ 7 & 0.041\ 0 & 0.539\ 3 \\
0.477\ 7 & 0.229\ 8 & -1.730\ 0 & 0.128\ 1 & -0.977\ 2 & -0.650\ 7 & -0.604\ 2 & -0.022\ 3 & -0.379\ 9 & -0.836\ 1 & -1.710\ 0 \\
-0.092\ 1 & -0.008\ 2 & -1.418\ 8 & -0.600\ 9 & 0.322\ 0 & 0.754\ 4 & 1.449\ 5 & 0.564\ 6 & 0.792\ 7 & -0.181\ 8 & 1.058\ 0 \\
0.083\ 1 & -0.770\ 6 & -1.421\ 0 & -0.152\ 3 & -0.606\ 2 & 1.194\ 1 & -1.742\ 7 & -0.056\ 7 & 0.312\ 7 & 0.428\ 0 & 0.164\ 3 \\
0.621\ 1 & 0.503\ 0 & -0.113\ 6 & 0.354\ 1 & 1.156\ 2 & -1.066\ 8 & 0.205\ 2 & 0.381\ 5 & 0.593\ 1 & -0.316\ 1 & 0.547\ 7 \\
0.587\ 5 & -0.994\ 3 & 0.085\ 6 & 0.156\ 8 & -0.561\ 2 & 1.023\ 2 & -0.222\ 4 & 0.668\ 9 & -0.201\ 1 & 0.470\ 4 & 0.755\ 8 \\
1.572\ 9 & -1.087\ 8 & 1.791\ 2 & -0.069\ 5 & 1.835\ 4 & 0.974\ 4 & 0.713\ 9 & 0.330\ 5 & -1.218\ 9 & -0.478\ 2 & -0.434\ 4
\end{bmatrix}
$$

输出层各个结点的权重矩阵

$$\begin{pmatrix} -1.051\ 9 \\ 1.515\ 8 \\ -2.388\ 4 \\ 0.283\ 0 \\ -2.433\ 9 \\ -1.787\ 3 \\ 2.767\ 5 \\ 0.070\ 4 \\ 1.821\ 0 \\ 0.733\ 5 \\ 2.101\ 2 \end{pmatrix}$$

3. 试验结果：当输入变量为 19 个

通过 ANN 软件运行，本研究当输入变量是 19 个时，最终的试验结果如下。

1）误差检验结果

输入变量 19 个，中间节点 13 个，输出变量 1 个。

拟合残差 0.000 170 664 8，相关系数 $R = 0.998\ 201$，调整相关 $R' = 0.998\ 137$。

2）各层权重生成

第 1 隐含层各个结点的权重矩阵为

$$\begin{bmatrix}
0.359\,3 & -0.313\,9 & -0.293\,7 & -0.600\,2 & 0.567\,1 & 0.477\,2 & 0.671\,0 & 0.016\,6 & -0.050\,6 & -0.264\,9 & -0.718\,5 & 0.858\,1 & -0.237\,1 \\
1.191\,5 & 0.512\,6 & -0.552\,9 & 0.087\,4 & 0.036\,7 & -0.807\,8 & -1.245\,5 & 0.179\,0 & -0.096\,8 & -0.422\,8 & -0.626\,1 & -1.026\,2 & 0.229\,3 \\
-0.708\,1 & 0.473\,5 & 1.113\,2 & 0.328\,4 & -0.823\,6 & 0.516\,8 & -0.490\,0 & 0.653\,8 & 0.243\,1 & 0.319\,9 & -0.102\,1 & 0.314\,2 & -0.303\,7 \\
-0.531\,5 & 1.239\,4 & -0.706\,4 & 0.748\,4 & 0.373\,9 & 0.290\,6 & 1.468\,8 & -0.359\,4 & -0.508\,1 & -0.818\,9 & 0.549\,5 & -0.617\,3 & -0.491\,6 \\
-0.867\,1 & -0.050\,3 & 0.180\,1 & -0.657\,8 & 1.057\,4 & -0.605\,2 & 1.006\,5 & -0.648\,4 & 0.533\,7 & 0.493\,5 & 0.592\,9 & -0.017\,7 & 0.102\,3 \\
-0.514\,2 & -0.413\,6 & -1.208\,8 & -0.425\,3 & -0.826\,2 & 0.153\,8 & 0.296\,7 & -0.534\,9 & -0.233\,6 & 0.111\,2 & -0.551\,4 & -0.135\,5 & 0.214\,6 \\
-1.385\,9 & 0.651\,2 & 0.400\,8 & 0.357\,0 & 0.928\,0 & 0.038\,5 & -0.197\,2 & 0.310\,0 & -0.800\,9 & -0.080\,8 & -0.324\,8 & -1.087\,0 & -0.626\,7 \\
-0.933\,8 & 0.939\,3 & 0.435\,8 & 0.665\,2 & -0.619\,6 & 0.494\,8 & 0.207\,7 & 0.744\,4 & -0.865\,0 & -0.446\,5 & -0.173\,4 & -0.451\,9 & -0.037\,5 \\
0.528\,1 & 0.589\,5 & 2.439\,0 & -0.052\,8 & 0.479\,4 & -0.759\,8 & -1.036\,7 & 0.356\,0 & -0.415\,3 & -0.132\,1 & -0.427\,3 & 0.757\,7 & -0.773\,3 \\
-0.002\,9 & 0.295\,4 & 0.372\,4 & 0.843\,0 & 0.112\,6 & -0.162\,3 & -1.112\,0 & -0.927\,6 & 0.324\,6 & 0.928\,6 & -0.439\,4 & -1.056\,3 & -0.075\,3 \\
-1.862\,9 & -0.278\,3 & 1.089\,6 & 0.399\,6 & -0.365\,8 & -0.118\,7 & 0.606\,0 & 0.364\,7 & 0.387\,8 & 0.708\,9 & -0.325\,0 & 0.505\,9 & -0.060\,3 \\
0.087\,6 & -0.627\,2 & -1.717\,0 & 0.474\,0 & 0.453\,8 & 0.667\,7 & 1.395\,9 & -0.104\,3 & -0.025\,4 & -0.317\,3 & 0.489\,4 & -0.493\,9 & -0.645\,6 \\
0.146\,9 & -0.514\,0 & -0.878\,3 & 0.318\,8 & -0.026\,9 & -0.346\,9 & -0.291\,9 & 0.247\,0 & 0.611\,1 & 0.241\,2 & -0.367\,2 & -0.894\,4 & -0.625\,0 \\
-0.521\,5 & -0.902\,9 & 0.521\,6 & 0.604\,1 & 0.331\,3 & -1.040\,6 & 0.570\,8 & -0.763\,5 & 0.553\,4 & -0.793\,9 & 0.566\,6 & -0.017\,1 & 0.211\,6 \\
0.368\,5 & 0.953\,4 & -0.730\,3 & -0.831\,8 & -0.336\,0 & -0.755\,8 & 0.479\,6 & 0.029\,0 & 0.011\,9 & -0.082\,7 & -0.557\,2 & 0.614\,1 & -0.606\,6 \\
0.505\,1 & -1.115\,0 & -0.944\,0 & -0.537\,7 & -0.813\,6 & 0.596\,0 & -0.718\,7 & 0.055\,4 & 0.404\,6 & 0.367\,4 & 0.185\,6 & -0.450\,2 & -0.327\,8 \\
0.193\,5 & -0.150\,8 & -0.510\,9 & -0.058\,0 & 0.648\,8 & -0.562\,6 & 0.076\,4 & 0.596\,9 & 0.060\,3 & 0.573\,0 & -1.296\,7 & -0.821\,0 & -0.361\,0 \\
1.375\,2 & -0.109\,8 & 0.426\,1 & 0.807\,8 & -0.214\,3 & 0.589\,0 & -0.572\,8 & -0.083\,9 & -0.019\,0 & -0.077\,4 & 0.057\,6 & -0.757\,3 & -0.604\,4 \\
-0.770\,3 & 0.359\,5 & -0.424\,6 & -0.077\,8 & 0.192\,4 & -0.071\,0 & 0.123\,8 & -0.319\,7 & -0.144\,9 & 0.113\,0 & -0.025\,2 & -0.362\,1 & -0.079\,1
\end{bmatrix}$$

输出层各个结点的权重矩阵为

$$\begin{bmatrix}
-2.582\,1 \\
1.787\,1 \\
-2.815\,0 \\
-0.648\,0 \\
0.727\,8 \\
0.614\,6 \\
2.334\,5 \\
0.280\,1 \\
-0.873\,0 \\
-0.848\,9 \\
1.322\,3 \\
1.994\,9 \\
0.477\,7
\end{bmatrix}$$

（二）三类情况的试验结果对比分析

当输入变量分别是 19 个、15 个、12 个时，应用本研究方法和模型，通过 ANN 软件的运行，得到如表 7-4 所示的试验结果。

表 7-4　不同输入变量的试验结果

项目	输入变量 19 个	输入变量 15 个	输入变量 12 个
中间节点	13	11	10
拟合残差	0.000 170 664 8	0.000 208 028 1	0.000 235 385
R^2 *	0.998 201	0.997 693	0.997 347
$R^2.\text{adj}$ **	0.998 137	0.997 611	0.997 252

* R^2 为目标值与输出值之间的相关系数，当 R^2 越接近 1，表示目标值与输出值之间有好的适配相关。

** $R^2.\text{adj}$ 为修正的复相关系数平方，其公式为 $R^2.\text{adj}=1-\dfrac{n-i}{n-p}(1-R^2)$，式中，$i$ 当有截距项时取 1，否则取 0，这个公式考虑到了自变量个数 p 的多少对拟合的影响，原来的 R^2 随着自变量个数的增加总会增大，而修正的 $R^2.\text{adj}$ 则因为 p 对它有一个单调减的影响，所以 p 增大时修正的 $R^2.\text{adj}$ 不一定增大。由于扣除了回归方程中包含项数的影响的相关系数，可以更准确反映模型的好坏，便于不同自变量个数的模型的比较。

从表 7-4 的研究结果可以得出以下结论：①以平衡计分卡的 KPI 构建基于 ANN 的模型来评价 EVA 是可行的，而且可以取得比较理想的评价效果。②KPI 的选择对评价结果的影响很大。本书通过四次不同指标组合的选择来构建评价模型。在输入变量由 12 个逐步增加为 19 个的过程中，从综合拟合残差和相关系数 R^2 与 $R^2.\text{adj}$ 的结果来看，19 个绩效 KPI 输入变量的训练模型相对最优，以此作为输入变量所建立的 ANN 评价模型具有较好的评价效果和较高可信度。因此，本书最终确定以股东权益收益率、市场占有率等 19 个指标作为评价 EVA 的 KPI。③随着对平衡计分卡 KPI 与 EVA 内在关系的深入，还能选择更加有效的指标组合来更加准确地评价 EVA，这将是一个有待深入研究的领域。④从数据验证的结果来看，随着投入产出率、产值利润率、重点项目率、专利数、新技术应用数等指标的增加，评价效果越来越理想，这充分说明对于建筑企业而言，提高投入产出效率，增加研发费用，加快新技术在工程项目中的应用，将有助于提高建筑企业竞争力，提升其企业价值。

第三节 中国铁建企业价值提升的路径建议

通过上面的实证分析，验证了以平衡计分卡的 KPI 来构建基于 ANN 的模型来评价企业 EVA 是可行和有效的。而本书对建筑企业的指标选取，是基于前述经济学分析的结果，这些指标应该反映了建筑企业价值提升的内在本质特征。在中国铁建企业规模得到如此快速增长的同时，量（规模）变为什么没有引起质（价值创造方式）变？企业的业务板块和商业模式为什么没有实现升级和转型的自然演变？除了中国建筑企业所共有的一些共性问题之外，这仍然是一个值得进一步研究的命题。即便关注于传统施工承包领域，追求更多的合同额还是更多的效益，追求在低端市场的不断放大还是进军金字塔顶端的高端市场，也是必须要做出的选择。因为市场是分层次的，竞争也是分层次的，不能拿下一层平台的部分数据与上一层平台作简单比较，应该通过一套反映本质内涵的系统指标作出评判与选择。当前，这个金字塔高端市场从国别上来说，是指欧、美等发达国家市场；从专业板块来说，指交通、石油、电力、通讯等高附加值领域；从商业模式来讲应该向微笑曲线的两端移动。根据本书的经济学分析和实证分析结果，建议中国铁建应通过以下三个主要方面的路径来提升企业价值：

（1）转变数量型增长方式，实现企业规模和内核价值的同步提升。在传统施工承包领域，中国铁建紧紧抓住自己的核心板块，一直做到了目前的世界第一，应该说在全球来讲也是做得很好的。旗下企业合同额的增长速度超过了全国基建规模的增速，在地域、行业两方面快速推进与覆盖，超过了其他中国建筑企业的增长速度，表现出了较强的国内市场竞争能力。但是，中国铁建的施工产值利润率长期没有明显改善，值得深思与警惕。建议中国铁建的企业增长方式要从数量的扩张转变为质量的提高，即提高项目"含金量"：①进一步明晰与强化核心客户，通过满足甚至超越核心客户需求的精细化方案，提高在核心客户中的市场份额，提升自身价值创造能力；②应考核项目的规模与技术先进性,对于零散的、小规模的、技术含量较低的项目,要减少持有比例;③制度化、长期化地构建企业各级供应链系统,把自己的精力集中于高价值域,实现供应链上下游共赢发展,在价值链价值创造能力不断提升的同时,实现企业由劳动密集型向管理、技术密集型发展模式的深刻转变。

(2)整合内部资源,通过各层级母子公司的战略协同,发挥大集团公司的竞争优势。中国铁建总公司、下属各集团公司、集团公司下属各工程公司,三个层次除了数量级的差别之外,功能作用区分不明显;各集团公司之间、各工程公司之间特征差异不大,是叠加或捆绑的链接方式,与连锁分店相似。这样造成管理上过于分散,没有核心层,大企业优势表现不强。总公司应该关注于组织结构、人才结构、业务结构、专业结构、市场结构等企业内、外部结构的调整与整合问题,通过并购互补的资源、整合分散的资源,使咨询、设计、施工力量形成整体竞争能力,要拥有高端市场完整产品的设计、施工一体化运作能力,扩大设计施工总承包的份额,发挥好产品/服务各模块的协同作用,形成大企业优势,实现资源组合的相互促进,从生产主导型企业向服务主导型企业转变。各集团公司应该把握竞争层次,具备一般项目的设计能力,具有高层平台竞争的技术、管理整合能力和强大的融资能力,安排好低端市场、高端市场和投资开发板块的合理比例关系。在低端市场,劳动力成本优势是最大的优势,而在高端市场上,技术、工艺也明显影响成本,科技含量较高的成套专业设备、雄厚的资金实力也成为成本的构成因素,没有这方面的资源,低成本优势将无法取得,要想进军高端市场,就必须调整资源配置,工程公司要突出专业能力,拥有先进的专业化成套设备,拥有合理的专业人才结构,要具有专业的协同能力、流程的复制能力和现场深化设计的能力。

(3)在企业的发展规划上,要改变交易方式,优化产品分工体系,提高开发或提供完整产品的比重,扩展基于完整建筑产品的产业链,开发中国铁建多元的价值创造源泉。业绩突出的国际承包商无不从施工承包这种一元化的经营方式，走向了设计、咨询等多元领域，本书已经分析了其内在逻辑的必然性。中国铁建已经积累了庞大的资金实力，并且作为央企中的"老大"，具有融资方面的优越条件，放大企业投融资功能，改善企业业务结构，增强提供完整建筑产品的能力，使企业的发展向资金密集型延伸以提升企业价值，是与"吃苦耐劳"型的施工生产板块不在同一增长极的价值创造方式。

（4）在业务板块选择中，在突出主营业务的前提下，要使盈利性强但资金周转慢的板块与盈利性弱但资金周转快的业务板块取得平衡，使受经济影响大的业务与影响小的业务板块取得平衡，使规模的扩张与增长质量取得平衡，以保证企业成长的稳定性。

总之，利润应该更多地取决于集成的方式，把主要精力集中于高附加值领域。

参 考 文 献

FIDIC 国际咨询工程师联合会，中国工程咨询协会编译．1998．工程咨询业 ISO9001：1994 标准解释和应用指南．北京：中国计划出版社

阿尔钦，H．德姆塞茨．1996．生产，信息费用与经济组织．上海：三联书店

埃巴 A．2001．经济增加值——如何为股东创造财富（第 1 版）．凌晓东，刘文军等译．北京：中信出版社，12～108

安佳·V．扎柯尔．2002．价值大师：如何提高企业与个人业绩．徐育才译．上海：上海交通大学出版社

彼得·F．德鲁克等．1999．公司绩效测评．李焰，江娅译．北京：中国人民大学出版社

彼得·圣吉．2001．第五项修炼：学习型组织的艺术与实务．郭进隆译．上海：三联出版社

波特．1997．竞争战略．北京：华夏出版社

陈德强，刘佳，赵彦辉．2009．基于 VAR 模型的建筑业产业组织与产业绩效实证研究——以江苏省为例．科技管理研究，(12)：286～289

陈良华．2002．价值管理：一种泛会计概念的提出．会计研究，(10)：53～56

陈茂明．2005．建筑企业经营管理．北京：中国建筑工业出版社

陈梦茹．2000．由经济附加价值（EVA）检视产业间价值驱动因子之差异性，政治大学会计研究所硕士论文

陈松．1997．日本建筑业的技术创新简介．建筑经济，(3)：45～47

陈薇薇，王忠民．2003．基于图论的工程成本工期平衡算法．计算机工程与应用，(18)：97～99

陈湘永，张剑文，张伟文．2000．我国上市公司"内部人控制"研究．管理世界，(4)：103～109

陈小洪，金忠义．1990．企业市场关系分析——产业组织理论及其应用．北京：科技文献出版社，1～10

陈雪松，韩秀华．2003．平衡计分卡和关键成功要素在战略管理中的运用与整合．西安交通大学学报（社会科学版），(3)：37～41

陈勇．2008．以建筑工程总承包企业为核心的商业生态系统的构建．南京航空航天大学博士论文

陈跃，张小强，徐复南．2004．日本大成建设株式会社考察报告．建筑经济，(4)：69～71

程敏，林知炎，余婕．2003．建筑企业供应链管理中的不确定性研究．建筑管理现代化，(1)：24～26

董俊武，黄江圳，陈震红．2004．动态能力演化的知识模型与一个中国企业的案例分析．管理世界，(4)：117

董文忠．2004．关于建筑工程总承包企业转变项目管理模式的思考．建筑经济，(3)：28～30

董悦，白玲．2006．我国建筑产业的产业组织与产业绩效研究，北方经济，(4)：27，28

杜静，仲伟俊，叶少帅．2004.供应链管理思想在建筑业中的应用研究．建筑，(5)：52～55

樊益棠．2004. 从产业组织结构分析浙江建筑企业经营模式．中国房地产，(10)：65，66

冯彦杰．2002.企业系统持续发展模式：秩序与混沌的边缘．系统辩证学学报，10 (2)：49～52

符曜伟．2004.北美大型建筑企业及工程承包市场——中国大型建筑企业家经济合作考察团考察报告摘要．
    国际经济合作，(6)：26～35

傅淼成．2005.建筑施工企业项目管理问题探讨．建筑技术，(3)：232

高莉，樊卫东．2003.中国银行业创值能力分析——EVA 体系对银行经营绩效的考察．财贸经济，(11)：
    26～27

高一凡，王选仓．2001. 图论在工程进度管理中的应用．西安公路交通大学学报，(2)：24～26

郭海兰．2010.基于 SCP 范式的我国建筑业产业组织分析．科技创新导报，(5)：538，539

郭敏，张凤莲．2004. 对财务管理与管理会计的融合性思考．管理世界，(11)：152，153

郭敏，张凤莲．2005. 基于价值创造的财务管理体系建构．管理世界，(5)：156，157

国家统计局固定资产投资统计司．中国建筑业统计年鉴 2001～2008.北京：中国统计出版社

郭庆军，何晖．2005. 工程施工网络计划中工期——成本优化方案．基建优化，(5)：25～28

韩太祥．2002.企业成长理论综述．经济学动态，(5)：82

何波，何跃，陈瑜．2004.企业组织结构创新的现状和发展趋势研究．西南民族大学学报（人文社科版），
    (11)：194

何锦超．2004.大型建筑设计企业生产组织管理模式的探讨．中外建筑，(3)：119，120

洪兆平，洪兆根．2003.建筑企业培育和提升核心竞争力的途径．建筑经济，(7)：57～59

胡长明，於东，梁森，等．2005. 大型冶金建设项目进度控制及其应用．施工技术，(2)：18～20

胡勤．2007. 我国建筑产业组织分析与组织优化研究．兰州学刊，(6)：96，97

黄登仕，周应峰．2004.EVA 的理论和实证研究：综述及展望．管理科学学报，7 (1)：80～87

建设部"十五"计划前期课题组．2000.建筑业"十五"及 2015 年预测．建筑经济，(2)：9～13

姜阵剑．2007.基于价值网的建筑施工企业供应链协同研究．同济大学博士论文

金碚．1999.产业组织经济学．北京：经济管理出版社

金维兴，杨占社．1999.中国建筑业及其企业重组论．建筑经济，(4)：8～4

金维兴等．2008.中国建筑业新的经济增长点和增长力．北京：中国建筑工业出版社

拉佐尼克．2006.经济学手册．谢关平，高增安，杨萍译．北京：人民邮电出版社

赖熹．2004.美国建筑业行业竞争及其实证研究．建筑经济，(3)：92～95

雷书华，刘新社，韩同银．2004.价值链理论对国有建筑企业集团内组织结构调整的启示．建筑经济，
    (6)：58～60

李柏洲，李海超．2004.层次分析法在高技术企业成长力评价中的应用．高科技与产业化，(9)：17～19

李进峰．2003．中国建筑业企业结构现状分析及调整对策．建筑经济，(6)，19～23

李启明，谭永涛，申立银．2002．中国建筑企业竞争力参数模型．建筑经济，(3)：5～8

李世蓉．2000．国外建筑业承包商资质管理模式．世界建筑，(8)：36～37

李文华，孟文清．建筑工程中的模糊网络计划优化方法．数量经济技术经济研究，2 (2)：63～65

李学伟．2001．经济数据分析预测学．北京：中国铁道出版社

理查德·R．纳尔逊，悉尼·G．温特．1997．经济变迁的演化理论．胡世凯译．北京：商务印书馆

利维．2004．施工项目管理．王要武译．北京：中国建筑工业出版社

林玳玳．1996．西方就业理论及其给本书的启示．财经研究，(6)：46，47

林毅夫，蔡昉，李周．1999．中国的奇迹：发展战略与经济改革（增订版）．上海：上海人民出版社

林宗辉．2006．营造业经营模式关键成功因素之研究——以台湾综合营造业为例．成功大学博士论文

刘尔烈，张艳梅．2001．建筑施工项目进度、成本和质量目标的综合优化．天津理工学院学报，17 (2)：
　　90～93

刘芳．2007．提高我国工程总承包企业总承包能力的研究．北京交通大学博士论文

刘力，宋志毅．1999．衡量企业经营业绩的新方法——经济增加值（EVA）与修正的经济增加值
　　（REVA）指标．会计研究，(1)：118，119

刘琳，刘长滨，郭磊．2000．中外建筑业企业结构的比较与借鉴．建筑经济，(6)：7～9

刘猛．2000．过度竞争行业壁垒及其政策援助．建筑经济，(2)：13～16

刘瑞国，尚伟岩，李小冬．2001．提高建筑产业集约化程度措施的误区和出发点．建筑管理现代化，(2)：
　　56，57

刘淑敏，芮明杰．2005．企业成长可持续性的内在逻辑：一个理论分析框架．软科学，19 (6)：9，10

刘晓君，张宏．2004．基础设施项目融资的有效方式——TBT．建筑经济，(4)：63～65

刘伊生．2003．建筑企业管理．北京：北方交通大学出版社

刘志君，董兵，兰丽．2000．吉林省建筑行业结构现状分析．吉林建筑工程学院学报，(02)：41～44

卢有杰．2005．新建筑经济学（第二版）．北京：中国水利水电出版社，42～56

陆散弘，金维兴．2002．建筑业生产活动的重新思考．建筑，(12)：10～12

吕文学．2004．我国大型建筑企业竞争力及其提升途径研究．天津大学博士论文

吕岩，翟嵘．2004．我国项目管理发展趋势及对策的探讨．低温建筑技术，(5)：108，109

罗伯特·卡普兰，戴维·诺顿．1998．综合计分卡——一种革命性的评估和管理系统．王丙飞，温新年，
　　九宏义译．北京：新华出版社

罗伯特·卡普兰，戴维·诺顿．1999．公司绩效测评．李焰，江娅译．北京：中国人民大学出版社，169～194

罗伯特·卡普兰，戴维·诺顿．2004．平衡计分卡——化战略为行动．刘俊勇，孙薇译．广州：广东经济
　　出版社

罗伯特·卡普兰，戴卫·诺顿．2004.战略中心型组织．周大勇译．北京：人民邮电出版社

马建堂．1993.我国企业行为与现代产业组织理论．经济研究，(4)：34～39

马歇尔．1991.经济学原理．朱志泰译．北京：商务印书馆

迈克尔·波特．1997.竞争优势．陈小悦译．北京：华夏出版社

迈克尔·波特．2005a.国家竞争优势．李明轩，邱如美译．北京：华夏出版社

迈克尔·波特．2005b.竞争战略．陈小悦译．北京：华夏出版社

闵永慧，苏振民．2007.精益建造体系的建筑管理模式研究．建筑经济，(1)：52～55

宁之杰，房瑞民，高晓红．2006.基于层次分析法的价值工程评标方法研究．价值工程，25(3)：66～68

戚聿东．1998.中国产业集中度与经济绩效关系的实证分析．管理世界，(4)：26～36

钱颖一．1995.企业的治理结构改革和融资结构改革．经济研究，(1)：20～29

青木昌彦．1994.对内部人控制的控制：转轨经济中公司治理的若干问题．改革，(6)：11～24

任延艳．2004.关于工程总承包企业提高竞争优势的思考．建筑经济，(1)：48～50

尚耀华，金维兴．2005.中国建筑企业的战略选择：基于价值链理论的分析．建筑经济，(10)：5～10

申琪玉．2004.工程总承包企业界定和核心竞争力的研究．建筑经济，(3)：22～24

沈恒夙．2005.营造业利润中心关键成功因素之研究——以南部某营造厂商为例．中山大学硕士论文

史蒂文．霍华德．2000.公司形象管理：21世纪的营销制胜之路．高俊山译．北京：中信出版社

水亚佑．1994.我国建筑业科技进步在经济增长中的作用．建筑经济，(5)：27，28

斯蒂芬·P.罗宾斯，玛丽·库尔特．2004.管理学．孙健敏译．北京：中国人民大学出版社

宋艳华，金维兴，张文荣．2004.基于供应链管理的建筑企业核心竞争力分析．建筑经济，(12)：17～19

苏向明．2003.建筑工程项目管理的发展新趋势：面向顾客的增值服务．建筑施工，(6)：231～236

孙国强．2001.建筑企业组织结构创新的思考．水运工程，(8)：83

孙建华．2004.论如何正确分析和评价企业的成长能力．创新科技，(9)：62～64

孙敬水．2002.市场结构与市场绩效的测度方法研究．统计研究，(5)：11～21

孙永玲，毕意文．2003.平衡计分卡——中国战略实践．北京：机械工业出版社

孙铮，吴茜．2003.经济增加值：盛誉下的思索．会计研究，(3)：8～12

汤谷良，杜菲．2004.基于公司战略预算目标体系模型的构建．财会通讯，4(2)：13～15

汪文忠．2003.建筑业企业跨国经营．北京：方志出版社

汪文忠．2003.新经济条件下建筑业企业集团如何提高核心竞争力．建筑经济，(1)：47，48

汪应洛．2002.系统工程理论方法与应用．北京：高等教育出版社

王斌，高晨．2004.论管理会计工具整合系统．会计研究，(4)：59～64

王放伟．2005.建筑企业自组织行为的研究．建筑管理现代化，(2)：60～62

王飞，朱小林，黄约瑟．2008.中国建筑装饰业产业组织的实证研究．广州建筑，(3)：44～46

王国顺等．2006．企业理论——能力理论．北京：中国经济出版社

王化成，程小可，佟岩．2004．经济增加值的价值相关性——与盈余、现金流量、剩余收益指标的对比．会计研究，（5）：74～80

王化成，佟岩．2001．财务管理理论研究的回顾与展望．会计研究，（12）：37～45

王家远，刘春乐．2004．建设项目风险管理．北京：中国水利水电出版社

王丽．2005．建筑企业的自组织与产业组织优化研究．鞍山科技大学学报，（Z1）：290～294

王乾厚．2006．企业家能力与核心竞争力．商丘师范学院学报，22（1）：119

王挺，谢京辰．2005．建筑供应链管理模式（CSCM）应用研究．建筑经济，（4）：45～50

王文鹏，李万庆．2002．基于遗传算法的网络计划工期——费用优化．建筑技术开发，29（4）：51～53

王要武，薛小龙．2004．供应链管理在建筑业的应用研究．土木工程学报，37（9）：86～91

王宗军．1998．综合评价的方法、问题及其研究趋势．管理科学学报，（1）：75～81

魏新亚，林知炎．2004．中国建筑业的产业地位和发展水平分析．哈尔滨工业大学学报，（1）：124～128

温凤荣，徐学东，吕式孝．2005．入世后大型建筑企业竞争战略的研究．山东农业大学学报（自然科学版），（3）：437～440

吴翠治．2006．绩效评估整合架构之建立：平衡计分卡与经济附加价值之结合．东吴经济商学学报，（3）：59～92

吴济华，何柏正，黄元璋．2008．台湾地区营造业营运绩效与经营策略．中华建筑学刊，（64）：25～48

吴赟一．2006．EVA理论与公司治理．同济大学博士论文

吴正刚，韩玉启，周亚铮．2004．复杂环境下企业能力演化机理研究．科学学与科学技术管理，25（9）：121

西宝．1998a．建筑业界定与行业管理．建筑经济，11：3～6

西宝．1998b．建筑业比较．哈尔滨建筑大学博士论文

夏清华．2002．从资源到能力：竞争优势战略的一个理论综述．管理世界，（4）：14～17

谢地．1999．产业组织优化与经济集约发展．北京：中国经济出版社，34～36

徐锐，李垣．2006．基于动态能力的企业竞争优势培育．情报杂志，25（3）：90

徐学军．2005．项目制造型企业上游价值链增值特征．工业工程，（4）：21～24

许天戟，王用琪．2001．面对WTO中国建筑业如何与国际接轨．西安交通大学学报（社会科学版），（1）：22～29

许馨云．2005．以平衡计分卡观点探讨信息电子业智能资本指针与企业经济附加价值之关联性，东吴大学会计研究所硕士论文

亚当·斯密．1981．国民财富的性质和原因的研究．郭大力，王亚南译．北京：商务印书馆

晏胜波，王孟钧．2003．建筑企业核心能力指标体系及实证研究．基建优化，24（4）：14～16

扬 S D，奥伯恩 S F. 2002. EVA 与价值管理——实用指南. 李丽萍，史璐译. 北京：社会科学文献出版
　　社，45～89

杨公朴，夏大慰. 2000. 产业经济学教程. 上海：上海财经大学出版社，10～12

杨惠馨，盛洪. 2000. 企业的进入推出与产业组织政策——以汽车制造业和耐用消费品制造业为例. 上海：
　　上海人民出版社，3～47

杨建龙. 2004. 国际建筑业的现状与趋势分析. 施工企业管理，(8)：15～17

姚兵. 2007. 建筑经营学研究. 北京：北京交通大学出版社

叶浩文，杨双田. 2004. 规范项目管理体系提高企业核心竞争力. 建筑经济，(4)：21～26

叶敏. 2001. 关于我国建筑企业规模结构问题的思考. 建筑经济，(4)：14～16

印猛，李燕萍. 2006. 基于 BSC 和 EVA 整合战略管理的应用研究. 南开管理评论，(5)：83～89

于立，李平. 1999. 产业经济学理论与实践问题研究. 北京：经济管理出版社，(4)：8～14

于立，钱勇，张媛. 2001. 产业经济学学科定位涉及的几个基本概念. 中国工业经济研究与发展促进会
　　2001 年会议论文集，12～16

于立，王询. 1996. 当代西方产业组织学. 东北财经大学出版社，158～162

袁伦渠. 1988. 现代劳动组织学——宏观论与微观论. 北京：中国财经出版社

袁伦渠. 2002. 劳动经济学. 东北财经大学出版社

曾肇河. 2004. 建筑业企业价值链管理探索. 建筑经济，(6)：6～7

詹姆斯·A. 奈特. 2002. 基于价值的经营. 北京天则经济研究所，北京江南天慧经济研究有限公司译.
　　昆明：云南人民出版社

张国富. 1997. 论技术进步与经济增长. 北京大学学报（哲学社会科学版），(3)：72

张会恒. 2004. 论产业生命周期理论. 财贸研究，(6)：8～10

张静文，徐渝，何正文. 2005. 多模式资源约束型折现流时间费用权衡项目进度. 系统工程，23 (5)：
　　17～21

张茉楠，李汉铃. 2005. 基于资源禀赋的企业家机会识别之框架分析. 管理世界，(7)：158～159

张维迎，盛洪. 1998. 从电信业看中国的反垄断问题. 改革，(2)：45～52

张文杰，李学伟. 2000. 管理运筹学. 北京：中国铁道出版社

张孝忠，周慧兰，衣春光. 2007. 建筑企业供应链绩效 BSC 方法. 中国物流与采购，(8)：72～74

张兴野. 2001. 建筑业从业人员素质分析. 建筑经济，(2)：16～19

张雪芹. 2007. 基于市场主导的建筑业产业结构调整研究. 重庆大学博士论文

赵国杰，刘红梅. 2007. EVA，MVA，BSC 评价指标体系比较分析. 内蒙古农业大学学报（社会科学版），
　　(1)：118～120

赵亮. 2005. 建筑施工企业的市场营销研究. 清华大学博士论文，38～52

赵雪锋.3004.建筑业价值链理论与应用研究.华中科技大学硕士学位论文

赵振宇等.2003.FIDIC 施工合同条件下承包商风险探析.土木工程学报,36(9):34~37

郑筱青.2006.台湾地区营造业厂商经营绩效分析.台北交通大学硕士论文

中国社会经济系统分析研究会.2006.中国建筑行业风险分析报告(2006 年版)

中华人民共和国国家统计局.2006.中国统计年鉴 2005.北京:中国统计出版社

周建国,晋宗魁,窦同宽.2006.基于有效竞争的企业集团组织重构.集团经济研究,(12z):27~28

周其仁.1997.控制权回报和企业家控制的企业——"公有制经济"中企业家人力资本产权的个案研究.
    经济研究,(5):31~42

周强.1998.主导产业支柱产业和建筑业.建筑经济,(1):5~8

周强,卢有杰.1999.建筑市场进入壁垒.建筑经济,(9):16~17

周三多.2005.管理学——原理与方法(第四版).上海:复旦大学出版社

朱·弗登博格,让·梯若尔.2002.博弈论.姚洋,黄涛等译.北京:中国人民大学出版社

朱超.2002.企业价值评估体系分析.企业改革与管理,(6):9~10

朱广君.2007.基于 IT 的建筑企业价值链管理研究.北京交通大学博士论文

朱秘颖.2005.西方产业组织理论的演进与发展.生产力研究,(4):228~231

卓益豊.2004.评估台湾营造业经营绩效之研究.中兴大学博士论文

Abudayyeh O, Amber D D Y, Jaselskis E. 2004. Analysis of trends in construction research: 1985 ~
    2002. Journal of Construction Engineering and Management, 130 (3): 433~439

Alkass S, Mazerolle M, Harris F. 1996. Construction delay analysis techniques. Construction Management
    and Economics, (14): 375~394

Anna S. 2000. Simulation modeling for logistics re-engineering in the construction company. Construction
    Management and Economics, 18 (2): 183~195

Banker R D, Hsihui C, Mina J P. 2004. The balanced scorecard: Judgmental effects of performance
    measures linked to strategy. The Accounting Review, (79): 1~23

Barney J, Muhanna W A. 2004. Capabilities, business processes, and competitive advantage: choosing the
    dependent variable in empirical tests of the resource-based view. Strategic Management Journal, 25:
    23~37

Barney J. 1991. Firm resource and sustained competitive advantage. Journal of Management, 17 (1): 99~
    120

Bassioni H A, Price A D, Hassan T M. 2004. Performance measurement in construction. Journal of
    Management in Engineering, 20 (2): 42~50

Becker G S. 1964. Human capital. New York: Columbia University Press

Behn B, Riley R. 1999. Using non-financial information to predict financial performance: the case of the U. S. airline industry. Journal of Accounting, Auditing and Finance, 14 (1): 29～56

Blattberg R C, Deighton J. 1996. Manage marketing by the customer equity test. Harvard Business Review, 74 (4): 136～144

Brien O. 1990. A field study of Job productivity on a major commercial building site. Proceding of CIB International Symposium on Building Economics and Construction Management, 360～381

Chanberlin E H. 1993. The Theory of Monopolistic Competition. Cambridge: Harvard University Press

Chen S, Dodd J. 1997. Economic value added: an empirical examination of a new corporate performance measure. Journal of Managerial Issues, (9), No. 3: 318～333

Chiang Y H, Tang B S, Leung W Y. 2001. Market structure of the construction industry in Hong Kong. Construction Management and Economics, 19 (5): 675～687

Chinowsky P, Meredith E. 2000. Strategic management in construction. Journal of Construction Engineering and Management, 126, (1): 1～9

Christensen J F. 1996. Innovative assets and inter-asset linkages—A resource-based approach to innovation. Economics of Innovation & New Technology, (4): 193～209

Collis D J. 1994. Research note: hoe valuable are organizational capabilities? Strategic Management Journal, (15): 143～152

Copeland T E, Koller T, Murrin J. 1994. Valuation: Measuring and Managing the Value of Companies. (2nd edition). USA: Mckinsey & Company, Inc, 22

Demsetz H. 1997. The firm in economic theory: a quiet revolution. American Economic Review, 87 (2): 426～429

Dewenter K, Malatesta P H. 2001. State-owned and privately-owned firms: an empirical analysis of profitability, leverage, and labor intensity. American Economic Review, (91): 320～334

Dierickx I, Cool K. 1989. Asset stock accumulation and sustainability of competitive advantage. Management Science, 35 (12): 1504～1513

Dosi G. 1994. "Boundary of the Firm" in The Elgar Company to Institationary and Evolutionary Economics. Englanol: Adward Elgar Pubrish Limited

Druker P F. 1990. Managing the Non-Profit Organization: Practices and Principles. NY: Harper Collins Publisher

Eccles R G. 1981. The Quasifirm in the construction engineering. Journal of Economic Behavior and Organization, (2): 335～357

Feldman M S. 2000. Organizational routines as a source of continuous change. Organization Science,

11 (6),611 630

Fletcher H D, Smith D B. 2004. Managing for value: developing a performance measurement system integrating EVA and the BSC in strategic planning. Journal of Business Strategies, 21 (1): 1~17

Fogelberg L, Griffith J M. 2000. Control and bank performance. Journal of Financial and Strategic Decisions, Fall: 63~69

Foss N J. 1993. The theory of the firm: Contractual and competence perspectives. Journal of Evolutionary Economics, (3): 127~144

Freeman A M. III. 1993a. The Economics of Valuing Marine Recreation: A Review of the Empirical Evidence. Bowdoin College: Economics Working Paper, 93~102

Garwein D. 1997. Competing on eight dimensions of quality. Harvard Bus. Rev. 65 (6): 101~109

Gary E. Whitehouse. 1973. Systems analysis and design using network techniques. New Jersey: Prentice-Hall, Englewood Cliffs

Gary E W. 1983. Systems analysis and design using network techniques

Gomez, F. and C. Segami. 1989. The recognition and classification of concepts in understanding scientific texts. Journal of Experimental and Theoretical Artificial Intelligence, (1): 51~77

Grant R M. 1996. Toward a knowledge-based theory of the firm. Strategic Management Journal, (17): 109~122

Grossman S, Hart O. 1983. An analysis of the principal-agent problem. Econometrica, (51): 7~45

Gusack M. 1995. An alternative integer linear programming model based on points of breakthrough on the time-cost curve. (3)

Heskett J L, Thomas O J, Gary W L, et al. A Schlesinger "Putting the Service-Profit Chain to Work". Harvard Bussiness Review Mar. /Apr: 164~174

Hines P. 1998. Value stream management. International Journal of Logistics Management, 9 (1): 25~42

Hitt M A, Ireland R D. 1985. Corporate distinctive competence, strategy, industry and performance. Strategy Management Journal, (6): 273~293

Holmstrom B. 1979. Moral hazard and observability. Bell Journal of Economics, (10): 74~79

Holmstrom B. 1982. Moral hazard in teams. Bell Journal of Economics, (13): 324~340

Hsieh T. 1998. Impact of subcontracting on site productivity. Lessons Learned in Taiwam. Journal of Construction Engineering and Management. 124, (2): 91~100

Ittner C, Larcker D. 1998a. Innovations in performance measurment: Trends and research implications. Journal of Management Accounting Research, (10): 205~238

Ittner C, Larcker D. 1998b. Are nonfinancial measures leading indicators of financial performance? An analysis of customer satisfaction. Journal of Accounting Research: 205~238

Jaafari A. 2001. Management of risk, uncertainties and opportunities on projects: time for a fundamental shift. International Journal of Project Management, 19 (2): 89~101

Jack M, Tim K, Tom C. 1990. Valuation: Measuring and Managing the Value of Companies (1st edition), New York: Toho Wiley & Sous

Jensen M, Meckling W. 1976. Theory of the firm: managerial behavior, agency costs and ownership structure. Journal of Financial Economics, (3): 305~360

Kagioglou M, Cooper R, Aouad G. 2001. Performance management in construction: A conceptual framework. Construction Management and Economics, 19 (1): 85~95

Kaplan R S, Norton D P. 2000. The Strategy-focused Organization: How Balanced Scorecard Companies Thrive in the New Business Environment. Harvard: Harvard Business School Press

Kaplan R S, Norton D P. 1996. Using the balanced scorecard as a strategic management system. Harvard Business Review. Jan-Feb: 75~85

Kaplan R S, Norton D P. 2001. The Strategy-Focused Organization: How Balanced Scorecard Companies Thrive in the New Business Environment. Harvard Business School Press

Kaplan R S, Norton D P. 2004. Strategy Map: Converting Intangible Assets into Tangible Outcomes. Harvard Business School Press

Karpoff J. 2001. Public versus private initiative in arctic exploration: the effects of incentives and organizational form. Journal of Political Economy, (109): 38~78

Kashiwagi Dean T. , Savicky John. Identify the True Value of Construction. 47th Annual Meeting of ACCE International, Jun. 22-25 2003, Orlando, FL, US. PIT031-IT036

Kenichi O. 1988. Getting Back to Strategy. Harvard Business Review. Nov-Dec. (29): 149~156

Khaled M N, Hordur G G, Mohamed Y H. 2005. Using Weibull analysis for evaluation of cost and schedule performance. Journal of Construcfion Engineering and Management, 131 (2): 1257~1262

Kirzner I. 1973. Competition and Entrepreneurship. Chicago: University of Chicago Press

Knight F H. 1921. Risk, Uncertainty and Profit. New York: Harper

Kogut B, Zender U. 1992. Knowledge of the firm, combinative capabilities, and the replication of technology. Organizational Science, (3): 383~397

Kotter J P, Heskett J L. 1992. Corporate Culture and Performance. New York: Free Press

Kramer J K, Peters J R. 2001. An interindustry analysis of economic value added as a proxy for market value added. Journal of Applied Finance, Fall/Winter, 11 (1): 41~49

Langlois R, Cosgel M. 1993. Frank knight on risk uncertainty, and the firm: a new interpretation.

Economic Inquiry, (31): 456~465

Langlois R. 1988. Economic change and the boundaries of the Firm. Journal of Institutional and Theoretical Economics, (144): 635~657

Lehn K, Makhija A K. 1996. EVA and MVA: As performance measures and signals for strategic change. Strategy and Leadership, (24): 128~130

Leonard-Barton D. 1992. Core capabilities and core rigidities: a paradox in managing new product development. Strategic Management Journal, (13): 111~125

Lester R B. 1985. Ecological Economics: An Introduction to the Study of Sustainability. Cambridge: Cambridge University Press

Levine R, Barth J, Caprio G. 2004. Bank regulation and supervision: what works best? Journal of Financial Intermediation, 13: 205~248

Lippman S, Rumelt R. 1982. Uncertain imitability: an analysis of interfirm differences in efficiency under competition. Bell Journal of Economics, (13): 418~438

Machuga S M, Pfeiffer R J J, Verma K. 2002. Economic value added, future accounting earnings, and financial analysts'earnings per share forecasts. Review of Quantitative Finance and Accounting, (1): 59~73

Makelainen E. 1998. Economic Value Added as a Management Tool. New York: Stern Stewart&Company, 29~31

Makhija M V, Ganesh U. 1997. The relationship between control and partner learning in learning-related jint ventures. Organization Science, 8 (5), September-October: 508~527

Milunovich S, Tsuei A. 1996. EVA in the computer industry. Journal of Applied Corporate Finance, (9): 105~115

Mirrlees J. 1974. Notes on welfare Ecouomics, Information, and Uncertaiaty. In: Balch M, McFadden D, Wu S. Essays on Economic Behavior ander Uncertainty. Awsterdam: North Holland Publishiag Co

Mirrlees J. 1976. The optimal structure of incentives and authority within an organization. The Bell Journal of Economics, (7) No. 1: 105~131

Morcos M S, Singh G. 1995. Decision support system for reliability assessment of management structures of organizations in the construction industry. Congress on Computing in Civil Engineering, Proceedings, (2): 1577~1583

Moussourakis J, Haksever C. 2004. A linear approximation approach to multi-product multi-constraint inventory management problems. Tamsui Oxford Journal of Management Sciences, (20): 1: 35~55

Namba M T. 2003. An economic approach to bank performance and value creation. http: //www. Wib.

Org/wb_articles/value_jun03/value_creation_jun03. htm

Nelson R R, Winter S G. 1982. An Evolutionary Theory of Economic Change. Cambridge: MA: Harvard University Press

Ofori G. 1996. International contractors and structural changes in host country construction: case of Singapore. Engineering Construction and Architecture Management, 3 (4): 271~288

Oliver H, John M. 1990. Property Rights and the Nature of the Firm. PE, 98 (6) 1119~1158

O'Byrne S. 1996. EVAR and market value. Journal of Applied Corporate Finance, No. 2: 116~125

Penrose E T. 1959. The Theory of Growth of the Firm. Oxford: Basil Blackwell Publisher

Penrose E T. 1959: The Theory of Growth of the Firm. Oxford: Basil Blackwell Publisher

Porter E M. 1985. Competitive Advantage: Creating and Sustaining Superior Performance. New York: The Free Press

Pott R. 1986. Creating Shareholder Value: The New Standard for Business Performance. Northampton: Free Press.

Prahalad C K, Hamel G. 1990. The core competence of the corporation. Harvard Business Review, 68 (3), 79~91

Rakshit D. 2006. EVA based performance measurement: a case study of Dabur India limited. Vidyasagar University Journal of Commerce, (11): 40~59

Ray, Russ. 2001. Economic Value added: theory evidence, a missing link. Review of Business, Summer, 22 (2): 57~83

Rayport J F, Sviokla J J. 1995. Exploiting the virtual value chain. Harvard Business Review, (9-12): 75~99

Richardson G B. 1972. The organization of industry. Economic Journal, Vol. 82: 883~896

Robinson E A G. 1934. The problem of management and the size of firms. Economic Journal, (38): 387~404

Ross S A. 1973. The economic theory of agency: the principal's problem'. American Economic Review Proceedings, (63): 134~139

Rumelt R. 1991. How much does industry matter? Strategic Management Journal, 12 (3): 167~186

Salop S. 1977. The noisy monopolist: imperfect information, price dispersion. Journal of Economics, 90: 629~650

Sanford J, Oliver D H. 1986. The cost and benefit of ownership: a theory of vertical and lateral integration. PE, 94 (4): 691~719

Say J B. 1803. Traité d'économie Politique ou Simple Exposition de la Manière dont se Forment. se Distribuent. Paris: et se Consomment les Richesses

Schumpeter J. 1934. The Theory of Economic Development. Oxford: Oxford University Press

Selznick P. 1957. Leadership in Administration. New York: Harper & Row pubusher, Inc

Shen Q P, Liu G W. 2003. Critical success factors for value management studies in construction. Journal of Construction Engineering and Management, ASCE, 129 (5): 485~491

Shirazi B, Langford D, Rowlinson S. 1996. Organizational structures in the construction industry. Construction Management and Economics, 14 (3): 199~212

Silver M. 1984. Enterprise and the Scope of the Firm. London: Martin Robertson

Sinclair D, Zairi M. 1995. Effective process management through performance measurement. Business Process Re-engineering& Management Journal, 1 (1): 75~88

Snow C C, Hrebiniak L G. 1980. Strategy, distinctive competence, and organizational performance. Administrative Science Quarterly, (25): 317~336

Spence M, Zeckhauser R. 1971. Insurance, information, and individual action. The American Economic Review, (61): 380~387

Spender J C. 1996. Making knowledge the basis of a dynamic theory of the firm. Strategic Management Journal, (17): 45~62

Stern J M, Stewart G B, Chew K H. 1995. The EVA financial management system. Journal of Applied Corporate Finance, (10): 435~446

Stumpf I. 1995. Competitive pressures on middle-market regional contractors in the UK. Engineering Construction and Architecture Management, 7 (2): 159~168

Tapscort D, Ticoll D, Lowy A. 2000. Digital Capital-Harnessing the Power of Business Webs. Boston: Harvard Business School Press

Teece D J, Pisano G, Shuen A. 1997. Dynamic capabilities and strategic management. Strategic management journal, 18 (7): 509~533

Teece D J, Rumelt R, Dosi G, et al. 1994. Understanding corporate coherence: theory and evidence. Journal of Economic Behavior and Organization, (23): 1~30

Teece D J, Pisano G. 1994. The dynamic capabilities of firms: an introduction. Industrial Corporate Change, 3 (3): 537~556

Teece D J. 1998. Capturing value from knowledge assets: the new economy, markets for know-how, and intangible assets. California Management Review, 40 (3) (Spring): 55~79

Tian L. 2001. Government shareholding and the value of China's modern firms. William Davidson Working Paper Number, 395

Tully S. 1993. The real key to creating wealth. Fortune, 9 (20): 35~50

Vickrey W. 1961. Counter speculation, auctions, and competitive sealed tenders. Journal of Finance, (93): 675~689

Wallace J E. 1995. Organizational and professional commitment in professional and nonprofessional organizations. Administrative Science. Quarterly, (40): 228~255

Webbe N M. 1989. Peer interaction and learning in small groups. International Journal of Educational Research, (13): 21~39

Wegelius-Lehtonen T. 2001. Performance measurement in construction logistics. International Journal of Production Economics, 68 (1): 107~116

Wernerfelt B. 1984. A resource-based view of the firm. Strategic Management Journal, 5: 171~180

Westerveld E. 2003. The project excellence model: linking success criteria and critical success factors. International Journal of Project Management, 21 (6): 411~418

Williamson O E. 1979. Transaction-cost economics: the governance of contractual relations. Journal Law and Economics, 22 (2): 223~261

Williamson O. 1991. Strategizing, economizing and economics organization. Stragegic Management Journal, 34 (12): 75~94

Wilson R. 1969. The Structure of Incentives for Decentralization under Uncertainty. La Decision: Agregation et Dynamique des Ordres de Preference. Guilbaud G. Paris: Centre National de la Recherche Scientifique: 287~307

Winter S G. 1987. Knowledge and Competence as Strategic Assets. The competitive Challenge-Strategies for Industrial Innovation and Renewal. New York: Harperaol kow Publishers

Winter S G. 2003. Understanding dynamic capabilities. Strategic Management Journal, 24 (10): 991

Young D S, O'Byrne S F. 2001. EVA and Value-Based Management. New York: McGraw Hill

Zott C. 2003. Dynami capabilities and the emergence of Intra industry differential firm performance: insights from a Simulatio study. Strategic Management Journal, 24 (2): 97~125

附录 中国铁建基于 ANN 的公司 EVA 评价模型计算数据

BSC层面	代码	自变量名称	2009年中报	2009年一季报	2008年年报	2008年三季报	2008年中报	2008年一季报
财务层面	A1	股东权益报酬率(ROE)/%	4.595 075 175	1.932 816 407	13.83 587 126	8.859 992 63	5.631 044 914	2.629 053 3?3
	A2	资产报酬率(ROA)/%	0.963 198 642	0.405 148 135	1.966 310 003	1.259 153 964	0.800 266 188	0.373 632 701
	A3	总资产周转率	0.558 538 461	0.220 167 148	1.199 751 278	0.717 969 667	0.436 288 239	0.174 482 369
	A4	营业额/万元	13 022 036.4	5 133 083.6	22 614 070.8	13 532 985.7	8 223 582.1	3 288 812.
	A5	投入产出率	1.096 005 56	2.177 532 367	0.724 900 487	0.724 900 487	0.724 900 487	0.724 900 487
	A6	产值利润率	1.987 020 633	1.522 743 469	2.020 718 709	1.298 200 354	0.844 164 971	0.397 085 35
客户层面	B1	营收成长率(销售增长率)	53.688 375 54	−43.474 997 28	71.037 762 13	7.591 715 675	50.047 178 13	−53.856 256 53
	B2	市场占有率	0.024 513 978	0.009 663 028	0.042 570 979	0.025 475 84	0.015 480 89	0.006 191 188
	B3	客户集中率	0.979 5	0.979 5	0.979 5	0.979 5	0.979 5	0.979 5
内部经营层面	C1	全员劳动生产率	96.848 268 95	96.848 268 95	96.848 268 95	96.848 268 95	96.848 268 95	96.848 268 65
	C2	期间费用率	4.224 383 062	4.729 952 187	4.702 966 173	4.812 812 298	4.984 526 147	4.838 132 745
	C3	工程优良率	0.212 053 571	0.212 053 571	0.212 053 571	0.212 053 571	0.212 053 571	0.212 053 571
	C4	重点项目比	0.453 125	0.453 125	0.453 125	0.453 125	0.453 125	0.453 125
学习成长层面	D1	技术人员比	0.021 847 291	0.021 847 291	0.021 847 291	0.021 847 291	0.021 847 291	0.021 847 291
	D2	员工获利率	0.961 733 619	0.404 531 906	1.587 276 66	1.016 434 69	0.646 003 854	0.301 609 85
	D3	员工平均研发支出	0.505 888 651	0.505 888 651	0.404 710 921	0.404 710 921	0.404 710 921	0.404 710 92
	D4	动力装备率	16.591 006 42	16.591 006 42	16.591 006 42	16.591 006 42	16.591 006 42	16.591 006 42
	D5	专利获取并应用数	98	98	98	98	98	98
	D6	应用技术创新种类(个数)	95	95	95	95	95	95

续表

BSC层面	代码	自变量名称	2007年年报	2007年三季报	2007年中报	2007年一季报	2006年年报	2006年三季报	2006年中报	2006年一季报
财务层面	A1	股东权益报酬率(ROE)/%	77.560 696 41	49.667 070 89	30.755 318 44	4.2845 320 46	67.064 731 83	42.945 833 96	17.098 575 65	4.369 357 357
	A2	资产报酬率(ROA)/%	2.237 568 057	1.432 857 832	0.887 267 924	0.123 605 544	1.331 800 596	0.852 837 039	0.339 550 948	0.086 768 598
	A3	总资产周转率	1.261 335 751	0.754 823 793	0.521 292 817	0.193 563 027	1.409 428 051	0.843 446 977	0.550 129 352	0.181 366 111
	A4	营业额/万元	17 748 728.8	10 621 408.91	7 335 306.9	2 723 698	15 848 809.2	9 484 436.047	6 186 122.9	2 039 435
	A5	投入产出率	0.076 112 676	0.076 112 676	0.076 112 676	0.076 112 676	0.080 2	0.080 2	0.080 2	0.080 2
	A6	产值利润率	2.803 824 225	1.801 302 47	1.419 935 775	0.243 752 113	1.395 59	0.896 589 626	0.314 390 667	0.165 413 333
客户层面	B1	营收成长率(销售增长率)	116.892 837 6	−28.742 829 69	69.314 252 17	−57.203 986 4	92.958 426 6	−20.459 093 46	103.325 327 8	−55.499 103 21
	B2	市场占有率	0.035 917 873	0.021 494 408	0.014 844 366	0.005 511 912	0.039 469 065	0.023 619 555	0.015 405 605	0.005 078 905
	B3	客户集中率	0.665 384 615	0.665 384 615	0.665 384 615	0.665 384 615	0.758	0.758	0.758	0.758
内部经营层面	C1	全员劳动生产率	76.701 507 35	76.701 507 35	76.701 507 35	76.701 507 35	69.695 730 87	69.695 730 87	69.695 730 87	69.695 730 87
	C2	期间费用率	3.877 827 014	4.019 884 942	2.845 508 754	4.901 644 749	4.517 745 093	4.611 425 67	5.355 999 313	5.622 684 714
	C3	工程优良率	0.201 334 816	0.201 334 816	0.201 334 816	0.201 334 816	0.146 455 224	0.146 455 224	0.146 455 224	0.146 455 224
	C4	重点项目比	0.413 793 103	0.413 793103	0.413 793 103	0.413 793 103	0.333 022 388	0.333 022 388	0.333 022 388	0.333 022 388
学习成长层面	D1	技术人员比	0.022 553 763	0.022 553 763	0.022 553 763	0.022 553 763	0.022 352 941	0.022 352 941	0.022 352 941	0.022 352 941
	D2	员工获利率	1.360 659 464	0.871 317 216	0.539 545 376	0.075 164 218	0.658 570 8	0.421 724 973	0.167 906 772	0.042 906 772
	D3	员工平均研发支出	0.324 546 24	0.324 546 24	0.324 546 24	0.324 546 24	0.249 340 369	0.249 340 369	0.249 340 369	0.249 340 369
	D4	动力装备率	13.906 655 14	13.906 655 14	13.906 655 14	13.906 655 14	11.987 686 9	11.987 686 9	11.987 686 9	11.987 686 9
	D5	专利获取并应用数	40	40	40	40	15	15	15	15
	D6	应用技术创新种类(个数)	87	87	87	87	92	92	92	92

续表

BSC层面	代码	自变量名称	2005年年报	2005年三季报	2005年中报	2005年一季报	2004年年报	2004年三季报	2004年中报	2004年一季报
财务层面	A1	股东权益报酬率(ROE)/%	29.979 925 78	17.940 949 7	11.664 751 62	4.272 854 224	1.093 241 977	0.654 231 083	0.425 364 499	0.155 813 C47
	A2	资产报酬率(ROA)/%	0.490 787 494	0.293 702 987	0.190 958 252	0.069 948 92	0.120 272 554	0.071 974 956	0.046 796 296	0.017 141 207
	A3	总资产周转率	1.268 116 085	0.758 881 362	0.493 405 463	0.180 736 777	1.281 865 554	0.767 109 485	0.498 755 181	0.182 696 405
	A4	营业额/万元	11 412 534.6	6 829 626.957	4 440 450.669	1 626 558.285	8 873 002.8	5 309 889.629	3 452 355.906	1 264 614.455
	A5	投入产出率	0.887 323 944	0.887 323 944	0.887 323 944	0.887 323 944	0.020 922 747	0.020 922 747	0.020 922 747	0.020 922 747
	A6	产值利润率	0.683 444 905	0.408 995 364	0.265 918 439	0.097 407 194	0.222 243 562	0.132 997 68	0.086 471 727	0.031 675 006
客户层面	B1	营收成长率(销售长率)	91.819 568 4	−15.093 544 41	72.996 713 93	−54.350 080 75	91.819 568 4	−15.093 544 41	72.996 713 93	−53.441 696 2
	B2	市场占有率	0.034 376 666	0.020 572 1	0.013 375 459	0.004 899 495	0.031 584 404	0.018 901 121	0.012 289 031	0.004 501 531
	B3	客户集中率	0.903 157 895	0.903 157 895	0.903 157 895	0.903 157 895	0.864 137 931	0.864 137 931	0.864 137 931	0.864 137 931
内部经营层面	C1	全员劳动生产率	51.407 813 51	51.407 813 51	51.407 813 51	51.407 813 51	40.983 846 65	40.983 846 65	40.983 846 65	40.983 846 35
	C2	期间费用率	5.690 935 649	5.690 935 649	5.690 935 649	5.690 935 649	6.337 351 77	6.337 351 77	6.337 351 77	6.337 351 77
	C3	工程优良率	0.156 529 517	0.156 529 517	0.156 529 517	0.156 529 517	0.174 757 282	0.174 757 282	0.174 757 282	0.174 757 2日2
	C4	重点项目比	0.305 903 399	0.305 903 399	0.305 903 399	0.305 903 399	0.375	0.375	0.375	0.375
学习成长层面	D1	技术人员比	0.021 345 029	0.021 345 029	0.021 345 029	0.021 345 029	0.022 006 472	0.022 006 472	0.022 006 472	0.022 006 472
	D2	员工获利率	0.198 959 009	0.119 063 456	0.077 412 047	0.028 356 402	0.038 453 58	0.023 011 856	0.014 961 727	0.005 480 552
	D3	员工平均研发支出	0.161 711 712	0.161 711 712	0.161 711 712	0.161 711 712	0.116 397 229	0.116 397 229	0.116 397 229	0.116 397 229
	D4	动力装备率	10.599 099 1	10.599 099 1	10.599 099 1	10.599 099 1	10.397 228 64	10.397 228 64	10.397 228 64	10.397 228 64
	D5	专利获取应用数	17	17	17	17	11	11	11	11
	D6	应用技术创新类(个)数	75	75	75	75	96	96	96	96

续表

BSC 层面	代码	自变量名称	2003 年报	2003 年三季报	2003 年中报	2003 年一季报	2002 年报	2002 年三季报	2002 年中报	2002 年一季报
财务层面	A1	股东权益报酬率(ROE)/%	4.200 791 691	2.513 888 56	1.634 466 745	0.598 712 974	4.203 396 845	2.515 447 568	1.635 480 372	0.599 084 27
	A2	资产报酬率(ROA)/%	1.028 015 816	0.615 197 655	0.399 985 952	0.146 516 764	1.067 335 454	0.638 727 788	0.415 284 649	0.152 120 75
	A3	总资产周转率	1.215 196 043	0.727 212 31	0.472 815 047	0.173 194 41	1.036 715 761	0.620 403 982	0.403 370 974	0.147 756 714
	A4	营业额/万元	6 763 975	4 047 779.71	2 631 763.966	964 027.7085	5 445 758	3 258 916.353	2 118 864.968	776 150.3563
	A5	投入产出率	0.005 619 597	0.005 619 597	0.005 619 597	0.005 619 597	0.005 831 533	0.005 831 533	0.005 831 533	0.005 831 533
	A6	产值利润率	1.016 440 922	0.608 270 868	0.395 482 33	0.144 867 066	1.592 224 622	0.952 838 312	0.619 511 365	0.226 929 971
客户层面	B1	营收成长率(销售增长率)	91.819 568 4	-15.093 544 41	72.996 713 93	-55.916 894 58	91.819 568 4	-15.093 544 41	72.996 713 93	-51
	B2	市场占有率	0.030 693 345	0.018 367 883	0.011 942 333	0.004 374 533	0.030 689 356	0.018 365 496	0.011 940 781	0.004 373 965
	B3	客户集中率	0.873 521 383	0.873 521 383	0.873 521 383	0.873 521 383	0.869 191 05	0.869 191 05	0.869 191 05	0.869 191 05
内部经营层面	C1	全员劳动生产率	35.046 502 59	35.046 502 59	35.046 502 59	35.046 502 59	31.478 369 94	31.478 369 94	31.478 369 94	31.478 369 94
	C2	期间费用率	6.579 622 19	6.579 622 19	6.579 622 19	6.579 622 19	7.467 353 489	7.467 353 489	7.467 353 489	7.467 353 489
	C3	工程优良率	0.196 165 192	0.196 165 192	0.196 165 192	0.196 165 192	0.177 664 975	0.177 664 975	0.177 664 975	0.177 664 975
	C4	重点项目比	0.438 053 097	0.438 053 097	0.438 053 097	0.438 053 097	0.475 465 313	0.475 465 313	0.475 465 313	0.475 465 313
学习成长层面	D1	技术人员比	0.021 212 121	0.021 212 121	0.021 212 121	0.021 212 121	0.016 014 235	0.016 014 235	0.016 014 235	0.016 014 235
	D2	员工获利率	0.296 481 865	0.177 424 263	0.115 356 767	0.042 255 735	0.324 080 925	0.193 940 426	0.126 095 159	0.046 189 259
	D3	员工平均研发支出	0.093 782 383	0.093 782 383	0.093 782 383	0.093 782 383	0.070 520 231	0.070 520 231	0.070 520 231	0.070 520 231
	D4	动力装备率	11.357 512 95	11.357 512 95	11.357 512 95	11.357 512 95	11.849 710 98	11.849 710 98	11.849 710 98	11.849 710 98
	D5	专利获取并应用数	7	7	7	7	7	7	7	7
	D6	应用新技术创新类(个数)	65	65	65	65	87	87	87	87

后 记

在科学出版社严肃、严谨的治学要求下，终于完成本书的最终修订，在感喟学术研究不易和艰辛之时，心亦充满了无限的感激和感动。

本书是以本人在北京交通大学攻读博士学位的学位论文为蓝本，经修订完善而成，所以我首先要特别感谢我的导师袁伦渠教授。通过读博士近6年和导师的交流与学习，我深切感受到了导师严谨的治学风范和磊落的为人风骨，这使得我在学术、科研能力方面都得到了较大的提高。老师身兼数职，工作、研究任务繁重，仍为本书撰写了序言，值此本书完稿之时表达我对导师深深的敬意和由衷的谢意！同时也向我的师母林玳玳教授献上我衷心的感谢！

特别感谢著名经济学家和管理学家李京文院士、中国铁建孟凤朝董事长和赵广发总裁在百忙之中对本书提出宝贵意见，并撰写了书评。

感谢北京交通大学2003级的博士同学们，我的914宿舍几乎成为一个博士沙龙，在学习中，每有新的想法或思路总会招来热烈的点评与讨论，在和同学们的交流中，我获得了很多的启发和知识，也收获了真诚的同窗之谊。

最后，我要对不断支持和鼓励我的朋友和家人表示衷心的感谢，是他（她）们无私的全力支持，才使我能顺利完成博士学业并著就此书。尤其是我的母亲尉芝兰，每当我有所懈怠的时候，我总能穿越万里河山看到她在甘肃老家院子里那总也放不下的牵挂，亲情给了我前进的动力和研究的激情。

科学出版社的徐蕊女士及其同仁为本书的策划、出版做了大量的编审、协调工作，在此谨表示深切的谢意。

陈宏伟

2010年秋于北京